山东大学中文专刊

牟世金文集

第三册 文心雕龙精选
刘勰和文心雕龙

人民文学出版社

目 录

文心雕龙精选

前言 …………………………………………………… 3

原道 …………………………………………………… 10
明诗 …………………………………………………… 17
神思 …………………………………………………… 27
体性 …………………………………………………… 35
风骨 …………………………………………………… 42
通变 …………………………………………………… 50
情采 …………………………………………………… 58
熔裁 …………………………………………………… 66
比兴 …………………………………………………… 73
夸饰 …………………………………………………… 81
时序(节选) ………………………………………… 89
物色 …………………………………………………… 99
知音 …………………………………………………… 107
序志 …………………………………………………… 117

刘勰和文心雕龙

- 一、序言 ································· 129
- 二、刘勰的生平和思想 ····················· 133
  - (一)刘勰的一生 ······················· 133
  - (二)积极入世的态度和"奉时骋绩"的幻想 ··· 140
  - (三)与统治阶级不很吻合的文学思想 ······· 143
  - (四)信仰佛教与标榜儒家 ················· 147
  - (五)唯心主义还是唯物主义 ··············· 155
- 三、枢纽论 ······························· 167
  - (一)原道论 ··························· 168
  - (二)征圣论 ··························· 175
  - (三)宗经论 ··························· 178
  - (四)《正纬》和《辨骚》 ················· 180
  - (五)简短的结论 ······················· 184
- 四、理论体系 ····························· 187
  - (一)子书还是文学理论著作 ··············· 189
  - (二)写作目的与理论体系 ················· 192
  - (三)组织结构和理论体系 ················· 195
  - (四)以心为主导的心物交感 ··············· 204
  - (五)以情为中心的情采相胜 ··············· 213
- 五、文体论 ······························· 226
  - (一)原始以表末 ······················· 230
  - (二)释名以章义 ······················· 233
  - (三)选文以定篇 ······················· 235

（四）敷理以举统 ·· 237
　　（五）简短的结论 ·· 239
六、创作论 ·· 243
　　（一）创作论的总纲 ··· 247
　　（二）摛神、性 ··· 253
　　（三）图风、势 ··· 256
　　（四）苞会、通 ··· 266
　　（五）阅声、字 ··· 275
　　（六）创作论的总结 ··· 280
七、批评鉴赏论 ·· 283
　　（一）崇替于时序 ·· 283
　　（二）褒贬于才略 ·· 288
　　（三）怊怅于知音 ·· 290
　　（四）耿介于程器 ·· 293
　　（五）简短的结论 ·· 295

文心雕龙精选

前　言

　　中国古代文学理论遗产极为丰富,《文心雕龙》是其中具有典型意义的一部重要著作,可说是一部中国古代的文学概论。它不仅为国内研究者所珍视,也为世界各国许多文艺理论研究者所注目。我们要建设具有中国特点的社会主义,文学评论也要发扬民族文学的优良传统,走自己的路,建立有民族特色的马克思主义文艺理论体系。从《文心雕龙》这个典型中,不仅可以看到中国古代文学理论的一些重要特色,其中所论不少艺术规律、艺术方法,对我们今天认识文学艺术的某些理论、批评或欣赏都是有益的。

　　《文心雕龙》的作者刘勰(467—522)[①],字彦和,祖籍是山东莒县。西晋末年,他家祖上随晋室南迁,寄居京口(今江苏镇江)。刘勰出身寒微,父亲刘尚曾做过越骑校尉(低级军职),又去世较早;《梁书·刘勰传》说他"家贫不婚娶",可见他幼年时期的生活是不会太好的。但他自幼"笃志好学",十分勤奋;七岁时,夜梦天上出现一片五彩祥云,刘勰竟能"攀而采之"。他自己特在《文心雕龙·序志》篇讲到此事,显然是说明少有奇志。约二十岁左右,刘勰的母亲去世,守丧三年后,正值齐竟陵王萧子良广招天下才

---

① 刘勰的生卒年代及生平事迹系年,详见拙著《刘勰年谱汇考》,巴蜀书社1988年出版。

学之士;随后,齐武帝也下诏推荐人才。这对刘勰是有吸引力的,因而离京口去京师(今南京)谋求出路。但奔走无门是必然的,最后只得依靠僧祐住到定林寺协助整理佛经。当时寺庙图书很多,刘勰在定林寺住了十多年,一面整理佛经,一面苦读儒家经书,特别是研究历代文学创作。

魏晋以来,文学创作和评论都空前繁荣,到宋明帝立总明观,分儒、道、文、史、阴阳五部,文学成了一门正式的独立学科。正当刘勰入定林寺前后,沈约、谢朓等文人,出入竟陵王的府邸,时号"竟陵八友",十分荣耀;他们的诗歌创作,形成文学史上著名的"永明体"。所有这些,对刘勰这个二十来岁的青年都有深刻的影响。他在定林寺对文学的历史和现状做了冷静的观察和深入的分析研究,便决定针对现实来写一部总结历史经验的《文心雕龙》,从三十一二岁开始,经过五六年的努力,约在501—502年完成。但由于刘勰当时名位不显,书成之后,未能引人注意。刘勰对自己的著作却充满信心,他想请当时文坛领袖沈约加以鉴定。又由于沈约在政治上正处于十分显要的地位,刘勰没有正式拜访沈约的资格,就只能装扮成小贩,候沈约车出,上前挡驾,请他审阅。《梁书·刘勰传》载:沈约读后"大重之",并做了"深得文理"的评论。从此,《文心雕龙》这部宏伟的古代文学理论,才逐渐为人所知。

可能由于沈约的称誉,年近四十的刘勰,才于梁初踏上仕途。他从"奉朝请"的虚衔开始,相继做过记室(管理文书)、仓曹参军(管理仓账)、太末(今浙江龙游县)令等。最后做昭明太子萧统的通事舍人(管理章奏),所以至今仍有人称刘勰为"刘舍人"。虽其位清要,但官品很低,《隋书·百官志上》载梁代的"十八班"官制,"东宫通事舍人"是最低的一班。518年,僧祐卒。可能他生前整理佛经的未竟事业需要继续完成，所以第二年刘勰奉命回定林寺整理佛经。这次旧地重游，难免引起许多往事的回忆。刘勰在此，曾做过捧着礼器跟随孔子南行的美梦；在《文心雕龙·程器》中曾提出过写作必有助于治理军国大事，担负重任必成为国家的栋梁之材等主张。二十多年来，不仅这些理想未能实现，今后也绝无可能了。因此，在整理佛经的任务完成之后，便于521年落发自誓，弃官为僧，改法名为慧地。刘勰出家后，不到一年就死了。他的一生虽不很得志，却留下一部不朽的著作《文心雕龙》。

《文心雕龙》这个书名的含意，刘勰在《序志》篇解释说："文心"就是讲写文章的用心；"雕龙"指自古以来的文章都是如雕画得很丰富的文采构成的；合而言之，就是研究怎样写出美好的文章。这正是《文心雕龙》一书的主旨。全书共五十篇，除最后一篇《序志》为其书的序言外，依次由四大部分组成：

一、总论。刘勰自称从第一篇《原道》至第五篇《辨骚》为"文之枢纽"，意为这五篇是他论述文学的一些关键问题。其中前三篇《原道》《征圣》《宗经》，阐述刘勰的基本文学观点，也就是他写此书的指导思想，所以具有总论的性质。第一篇论"自然之道"，就是天地万物都有其自然文采的道理。刘勰从天地、日月、山河，讲到龙凤、草木万物之美，他说："夫岂外饰，盖自然耳。"天地万物如此，人为万物之灵，更是如此："心生而言立，言立而文明，自然之道也。"有思想、语言的人，其作品也有自然之美。刘勰总结这种普遍现象说："故形立则章成矣，声发则文生矣"，凡有形有声就必有其自然之美，这种必然性就是"道"，就是规律，刘勰就称之为"自然之道"。《文心雕龙》全书就以此为根据，既强调任何作品都应该有文采、有艺术性，也以此反对汉魏以后过分雕琢、违反

"自然之道"的创作倾向。

《征圣》《宗经》两篇,主要讲写作要向儒家圣人及其著作学习。刘勰根据儒家的有关言论提出:"志足而言文,情信而辞巧,乃含章之玉牒,秉文之金科矣。"以情志的充实可信和文辞的巧丽有文采为金科玉律,这就是刘勰论文的最高准则。刘勰认为儒家经典值得学习,就因为它的主要优点是"衔华而佩实",即内容和形式的完美结合。这就是《文心雕龙》全书评论作家作品和阐述文学理论的基本观点。刘勰借重儒家圣人来提出这种观点,一方面有他的保守性,一方面也是针对"楚艳汉侈,流弊不还"的六朝文风而发。

二、**文体论**。从《辨骚》到《书记》的二十一篇,一般称为文体论,但并非专论文章体裁,实为分别对各种文体的历代作家作品进行评论,从而总结各种文体的创作经验。如《辨骚》篇是对楚辞的评论和写作经验的总结(此篇兼有一二两部分的性质),《明诗》篇是对诗歌的评论和创作经验的总结。这二十一篇,共论述了骚、诗、乐府、赋、颂等三十五种文体,有的一篇评论一体,有的一篇评论相近的两体,如《颂赞》《论说》等。各种文体的评论,大都从四个方面进行:一是说明文体的起源和演变,二是解释文体名称的意义,三是评论各个时期的重要作家作品,四是总结该体的基本特征和写作要领。前两项很简略,且并非各体皆备,后两项则是每篇必有的主要内容。所以,文体论部分主要是分体的文学评论。这部分所论文体,现在看来,如章、表、奏、启等,很多不是文学作品的体裁,这固然是刘勰的历史局限,但古代文史哲不分,如《章表》篇所评孔融的《荐祢衡表》、诸葛亮的《出师表》等,和文学作品的界线很难划分;且刘勰对这类作品提出"以文为本""辞令有斐"的主张,说明他是从文学的角度来总结这类作品的。

三、创作论。从《神思》到《总术》的十九篇是创作论。《总术》之后的《时序》《物色》两篇，介于创作论和鉴赏论之间，其中也有一些论创作的重要意见。这二十一篇是《文心雕龙》的精华部分，文学理论上的一些重要问题大都集中在这一部分。如以《神思》篇论艺术构思，《体性》篇论艺术风格，《风骨》篇论怎样使作品有风教和骨力，《通变》篇论文学的继承和革新，《定势》篇论如何遵循作品的体势，《情采》篇论内容和形式的关系，《熔裁》篇论内容的规范和文辞的剪裁，《时序》《物色》两篇分别论述社会现象和自然现象与文学的关系等。此外，从《声律》到《练字》的几篇，对用字、谋篇的要领，比兴、夸张的方法，对偶、典故的运用，以及声律音韵的安排等，也逐一进行了专题论述。

创作论的最后一篇《总术》，主要是论掌握创作艺术的重要性。值得注意的是其中提出一个文学创作的总要求：

> 义味腾跃而生，辞气丛杂而至，视之则锦绘，听之则丝簧，味之则甘腴，佩之则芬芳；断章之功，于斯盛矣。

前两句总述这种作品之妙：充实的内容，奔腾飞跃而生；丰富的文辞，蓬勃的气势，一齐涌现出来。这种作品，视之如五彩锦绣，听之如琴笙合奏，品尝则味美，佩带则芳香。刘勰认为，文学创作能如此，就算达到极点了。这样理想的作品是怎样创作出来的呢？《总术》篇提出："才之能通，必资晓术"，若能通晓创作之术而"执术驭篇"，就能达于此境。而从《神思》至《总术》以上各篇，就是对各种创作之"术"的论述，能掌握这些"术"来驾驭篇章，进行创作，就可写出美好的作品了。这说明，《文心雕龙》创作论的性质，的确是文学创作论，其中确是深刻地探讨了一些艺术规律和艺术方法。

四、鉴赏论。《才略》《知音》《程器》三篇，通常称为批评论。这是一个概略的说法，实际上，《才略》篇评历代作家的文才，《程器》篇评历代作家的品德，这两篇应为作家论。真正在批评欣赏的理论上进行论述的，只《知音》一篇。文学批评和鉴赏有共同的一面，也有不同的一面，古代文学批评多是鉴赏式的，刘勰也是如此。《知音》篇强调"深识鉴奥""玩绎方美"等，更具玩味、品赏的审美特点。刘勰对文学鉴赏或批评的论述，虽较集中于《知音》篇，散见于其他各篇的也不少；把《文心雕龙》五十篇作为一个整体来看，各个部分都有密切的联系，如总论所阐明的基本文学观，也是其论鉴赏或进行文学批评的原则。《知音》篇的"六观"，也必须联系全书许多有关篇章才能理解，如"三观通变"的具体内容见于《通变》篇等。所以，刘勰的鉴赏论从全书着眼，还是相当丰富的。

从以上四个方面可知，《文心雕龙》不仅有相当全面的内容，也有完整的系统，确可说是我国古代文论的一个典型。古代文论著述虽多，还找不出第二部这样全面系统的论著，是很值得我们珍视的。今天研究这部"体大思精"的巨著，必须从阅读原文、理解原意开始，而此书不仅取材浩博，又是用比较艰深的骈文写成的，这给今天的读者造成一定的困难。这本小书主要就是企图帮助初学者理解原文，掌握《文心雕龙》的一些重要理论。本书选了其中最重要的十四篇，以创作论部分为主，但为了让读者对《文心雕龙》有一个较全面的了解，对总论、文体论、鉴赏论三个部分，也各选一篇。若能精读这十四篇，对古代文论的这个典型，也就得其大要了。

最后要说的是，《文心雕龙》虽是一部文学理论著作，也是一部"穷形尽状"的文学作品。年青读者接触骈文的机会可能不多，

《文心雕龙》则是千古称道的骈文之高品。读此书,既可继承古代批评文学的传统,也可欣赏古代骈文的佳作。所以,我更希望读者注重原文,译文只作为理解原文的参考。这也是提高阅读古书能力的一个重要途径。

原　道

　　简　析　《原道》是《文心雕龙》的第一篇,为其书的总论之一。本篇主要论述文章应有艺术性,而以自然美为最高准则。它以生动具体的形象和严密的逻辑,来论证一条艺术规律:"自然之道"。天地万物都是有其形就必有其自然之美,有思想、语言的人,其作品更应有"文",即自然美。这种自然美的必然性,就是"自然之道"。刘勰把这一规律视为天经地义,强调"言之文也,天地之心哉",天地间的基本精神,就是要言之有"文";所以古来圣人也必须遵循"自然之道"的精神来写作;写作之所以能起到鼓动天下读者的巨大作用,就因为是符合这一艺术规律的作品。刘勰以此为全书立论的基点,一方面强调作品的艺术性,一方面反对过分雕琢、违反自然规律的文学创作。

原　文

　　文之为德也①,大矣!与天地并生者,何哉?夫玄黄色杂,方圆体分②,日月迭璧,以垂丽天之象;山川焕绮(qǐ)③,以铺理地之形:此盖道之文也④。仰观吐曜(yào)⑤,俯察含章;高卑定位,故两仪既生矣⑥;惟人参之,性灵所钟,是谓三才⑦,为五行之秀⑧,实天地之心;心生而言立,言立而文明,自然之道也。傍及万品,动植皆文:龙凤以藻绘呈瑞,虎豹以炳蔚凝姿。云霞雕色,有逾画工之妙;草木贲(bì)华,无待锦匠之奇:夫岂外饰,盖自然耳。至于林籁结响⑨,调如竽瑟(yú sè);泉石激韵,和若球锽(huáng)⑩,故形立则章成矣,声发则文生矣。夫以无识之物,郁然有采,有心之器,其无文欤?

人文之元,肇自太极⑪;幽赞神明⑫,《易》象惟先⑬。庖(páo)牺画其始⑭,仲尼翼其终⑮,而《乾》《坤》两位,独制《文言》⑯,言之文也,天地之心哉!若乃河图孕乎八卦⑰,洛书韫乎九畴⑱;玉版金镂之实⑲,丹文绿牒(dié)之华⑳:谁其尸之㉑,亦神理而已㉒。自鸟迹代绳㉓,文字始炳;炎、暤(hào)遗事㉔,纪在《三坟》㉕,而年世渺邈,声采靡追。唐、虞文章,则焕乎始盛。元首载歌㉖,既发吟咏之志,益、稷(jì)陈谟㉗,亦垂敷奏之风㉘。夏后氏兴,业峻鸿绩,九序惟歌㉙,勋德弥缛(rù)㉚。逮及商周,文胜其质;《雅》《颂》所被,英华日新。文王患忧,《繇(zhòu)辞》炳曜㉜;符采复隐㉝,精义坚深。重以公旦多材㉞,振其徽烈㉟,剬(zhì)《诗》辑《颂》㊱,斧藻群言㊲。至夫子继圣,独秀前哲;熔钧六经㊳,必金声而玉振㊴。雕琢情性,组织辞令;木铎(duó)起而千里应㊵,席珍流而万世响㊶。写天地之辉光,晓生民之耳目矣。

爰(yuán)自风姓㊷,暨(jì)于孔氏㊸,玄圣创典㊹,素王述训㊺,莫不原道心以敷章,研神理而设教。取象乎河洛，问数乎蓍（shī）龟㊻，观天文以极变，察人文以成化；然后能经纬区宇㊼，弥纶彝（yí）宪㊽，发挥事业，彪炳辞义㊾。故知道沿圣以垂文，圣因文而明道；旁通而无滞（zhì），日用而不匮（kuì）。《易》曰："鼓天下之动者，存乎辞。"㊿辞之所以能鼓天下者，乃道之文也。

赞曰(51)：道心惟微，神理设教。光采玄圣(52)，炳耀仁孝(53)，龙图献体，龟书呈貌(54)；天文斯观，民胥（xū）以效(55)。

简　注

① 德：得，指广义的"文"所独得独具的意义。

② 方：指地。圆：指天。

③ 绮：有花纹的丝织品。

④ 道：指自然美的规律。

⑤ 曜：照耀。

⑥ 两仪：天地。

⑦ 三才：天、地、人。

⑧ 五行：金、木、水、火、土。

⑨ 籁：孔穴发出的声音。

⑩ 球：玉磬（qìng）。锽：钟声。

⑪ 太极：天地混沌时的元气。

⑫ 神明：精微神妙的道理。

⑬ 《易》象：《易经》的卦象。

⑭ 庖牺：伏牺，相传伏牺氏始作八卦。

⑮ 翼：相传孔子作解释《易经》的《十翼》。

⑯ 《文言》：《十翼》之一。

⑰ 河图：相传伏牺时黄河中有龙献图。

⑱ 洛书：相传夏禹时洛水中有龟献书。九畴：九类治国大法。

⑲ 玉版:相传尧得玉版,上有天地图形。镂:刻。
⑳ 丹文:相传黄帝时出现的河图洛书是"赤文绿字"。牒:简版。
㉑ 尸:主管。
㉒ 神理:微妙的自然之理。
㉓ 绳:指上古时的结绳而治。
㉔ 炎、皞:神农、伏牺。
㉕ 《三坟》:传为伏牺、神农、黄帝时的书。
㉖ 元首:指舜。
㉗ 益、稷:伯益和后稷,舜的二臣。谟:谋议。
㉘ 敷:陈说。
㉙ 九序:各方面都有秩序。
㉚ 缛:繁盛。
㉛ 患忧:指周文王作西伯时被殷纣王所囚禁。
㉜ 《繇辞》:《易经》中的《卦辞》和《爻辞》。
㉝ 符采:玉的横纹。
㉞ 公旦:周公名旦。
㉟ 徽烈:美业。
㊱ 剬:同制。
㊲ 斧藻:删削修饰。
㊳ 熔钧:古代铸器的模子与制瓦器,借指对古籍的整理。
㊴ 金声玉振:借钟磬之声喻集音乐之大成。
㊵ 木铎:木制大铃,古代执教者的教具。
㊶ 席珍:儒者的教席,其道德学问可珍。
㊷ 爰:语首助词。风姓:伏牺姓风。
㊸ 暨:及。
㊹ 玄圣:远古的圣人,指伏牺。
㊺ 素王:有帝王之德而无帝王之位的人,指孔子。
㊻ 问数:指占卜。蓍龟:占卜用的蓍草和龟甲。

㊼ 经纬:指治理。区宇:国家。

㊽ 弥纶:整理阐明。彝宪:大法。

㊾ 彪炳:如虎斑明丽。

㊿ “鼓天下”句:见《周易·系辞上》。

(51) 赞:助,明。辅助总括全篇大意。

(52) 光采:指自然之道的光彩。

(53) 仁孝:泛指儒家伦理道理。

(54) “龙图”二句:八卦、九畴由河图、洛书孕育而成,所以这两句表示人文的发展。

(55) 胥:都。

译 文

文的意义很大,它和天地一齐产生,何以是这样呢?从混沌一色,到天地最初形成时,日月就像两块璧玉,显示了高悬于天的景象;如锦似绣的山河,也铺陈了有条不紊的地形:这都是天然的文采。上面发出光耀,下边具有华采,上下位置既定,天地就形成了;人又参入其中,因为他钟聚着天地间的性灵,所以合称为三才。人是万物的精华,天地的核心;人有心思便有语言,语言的表达必有文采,这是自然的道理。推及各种品类,一切动物植物都有自然的文采:龙凤以华丽的鳞羽显现祥瑞,虎豹以斑斓的皮毛构成雄姿。五彩的云霞,超过画家的妙笔;草木的花朵,不需织锦的奇手:这些都不是外加的装饰,而是自然形成的美景。至于林木中结成的声响,就如吹竽鼓瑟相协调;泉水激石的音韵,也像敲钟击磬的合奏。所以,有其形就会成其美,有其声就会生其韵。种种无知无识的东西,都有浓郁的文采,有心思的人,怎能没有文章呢?

人类文化的本原,开始于宇宙的元气;能深刻阐明其微妙道理的,最早是《易经》的卦象。伏牺氏开始画八卦,孔子最后作《十翼》,对《乾》《坤》两卦,特写了一篇《文言》。可见言辞必须有文采,这是天地间的基本精神。至于由河图孕育出八卦,由洛书酝酿出九类大法,玉版上刻着金字,绿简上写着红字等,这些是谁主办的呢?也不过是自然之理形成的。自从用类似鸟迹的古字代替结绳记事,才发挥出文字的巨大作用。神农、伏牺时的事迹,记在《三坟》之中,但年代久远,那些文章已无法追究了。唐尧虞舜时的文章,就开始繁盛起来。大舜首先作歌,已是抒发自己的情志了;伯益和后稷的进言,也下开章奏的风气。夏朝兴起,事业宏伟,一切都有秩序而受到歌颂,功德就更加巨大了。到商周时期的作品,雅丽超过质朴;由于《诗经》的影响所及,好作品不断更新。周文王被拘囚的时候,写成了《易经》的《卦爻辞》;文辞像含蓄的玉石花纹,意义精确而深刻。加以周公多才多艺,继续发扬文王的事业,他自己写诗,并辑录《周颂》,对各种作品进行修改润色。到孔子继承前代圣人,比已往贤哲更为突出;他整理六经,确是集前人之大成。孔子培养锻炼自己的思想品德,写成精美的文辞;他兴起教化使千里响应,其道德文章万代之后还有回响。孔子真是写出天地的精华,来启发世人的聪明才智了。

  从伏牺到孔子,前者开创,后者加以阐释,无不是本着自然之道的基本精神来进行著作,研究其精深的道理来从事教育。他们取法于河图洛书,用蓍草和龟甲来占卜,观察天文以穷究万物的变化,研究人类文化以完成教化;然后才能治理国家,制定恒常的大法,发扬光大各种功业,使文辞意义产生彰明显著的作用。由此可知:自然之道通过圣人而表达在文章之中,圣人借助于文章而阐明自然之道;这样就可四处通达而没有阻碍,天天运用也不会匮乏。《易经》中说:"能够起到鼓动天下作用的,主要在于文辞。"文辞之所以能够鼓动天下,就因为它是符合自然之道的缘故。

总之,自然之道的基本精神是微妙的,应根据这种精深之理来从事教育。古代圣人使这些道理发出光彩,也使仁孝之道得以发扬。黄河有龙献图,洛水有龟呈书,再加对天文的观察,所有的人都在效法。

明　诗

简　析　《明诗》是《文心雕龙》的第六篇,是文体论中较重要的一篇。本篇可说是从先秦到晋宋的诗歌发展简史,以四言诗和五言诗的发展线索为主,分别对各个时期诗歌创作的基本情况和重要作家作品进行了评述。能用精要的文词来准确地说明一个时期或作家的主要特征,充分表现了刘勰的认识和概括能力。如用"清峻"二字评嵇康,用"遥深"二字评阮籍,已是千古定论。在评述中,也表达了刘勰对诗歌的一些观点。如强调诗的教育作用和"顺美匡恶"的传统,诗歌创作由作者"应物斯感,感物吟志"而产生,重视建安风力,反对脱离现实的玄言诗,以"雅润""清丽"概括四言诗和五言诗的特点,主张诗歌创作要"随性适分"等。但以四言为"正体",说明刘勰对诗体的发展缺乏正确的认识。

原　文

　　大舜云:"诗言志,歌永言。"①圣谟所析,义已明矣。是以"在心为志,发言为诗"②;舒文载实③,其在兹乎!诗者,持也,持人情性。三百之蔽④,义归"无邪"⑤;持之为训,有符焉尔。

人禀七情,应物斯感;感物吟志,莫非自然。昔葛天氏乐辞云⑥,《玄鸟》在曲⑦;黄帝《云门》⑧,理不空绮(qǐ)⑨。至尧有《大唐》之歌⑩,舜造《南风》之诗⑪,观其二文,辞达而已。及大禹成功,九序惟歌⑫,太康败德⑬,五子咸怨:顺美匡恶,其来久矣。自商暨(jì)周⑭,《雅》《颂》圆备⑮;四始彪炳⑯,六义环深⑰。子夏监"绚素"之章⑱,子贡悟"琢磨"之句⑲,故商、赐二子⑳,可与言诗。自王泽殄(tiǎn)竭㉑,风人辍采㉒,春秋观志,讽诵旧章,酬酢(zuò)以为宾荣㉓,吐纳而成身文㉔。逮楚国讽怨,则《离骚》为刺。秦皇灭典,亦造《仙诗》㉕。

汉初四言,韦孟首唱㉖;匡谏之义,继轨周人。孝武爱文,《柏梁》列韵㉗。严、马之徒㉘,属辞无方㉙。至成帝品录,三百余篇;朝章国采,亦云周备。而辞人遗翰㉚,莫见五言;所以李陵、班婕妤(jié yú)㉛,见疑于后代也。按《召南·行露》,始肇半章㉜;孺子《沧浪》㉝,亦有全曲㉞;《暇豫》优歌㉟,远见春秋;《邪径》童谣㊱,近在成世。阅时取证,则五言久矣。又《古诗》佳丽㊲,或称枚叔㊳;其《孤竹》一篇㊴,则傅毅之词㊵。比采而推,两汉之作乎?观其结体散文㊶,直而不野;婉转附物,怊怅(chāo chàng)切情㊷,实五言之冠冕(miǎn)也㊸。至于张衡《怨篇》㊹,清典可味;《仙诗缓歌》㊺,雅有新声㊻。

暨建安之初㊼,五言腾踊。文帝、陈思㊽,纵辔(pèi)以骋节㊾;王、徐、应、刘㊿,望路而争驱。并怜风月,狎

(xiá)池苑(51),述恩荣,叙酣宴;慷慨以任气,磊落以使才。造怀指事,不求纤密之巧;驱辞逐貌(52),唯取昭晰之能:此其所同也。乃正始明道(53),诗杂仙心(54);何晏之徒(55),率多浮浅(56)。唯嵇志清峻(57),阮旨遥深(58),故能标焉(59)。若乃应璩(qú)《百一》(60),独立不惧;辞谲(jué)义贞(61),亦魏之遗直也(62)。

晋世群才,稍入轻绮(63)。张、潘、左、陆(64),比肩诗衢(qú)。采缛(rù)于正始(65),力柔于建安。或析(xī)文以为妙(66),或流靡以自妍(67):此其大略也。江左篇制(68),溺乎玄风(69);嗤笑徇务之志(70),崇盛亡机之谈(71),袁、孙已下(72),虽各有雕采,而辞趣一揆(kuí)(73),莫与争雄;所以景纯《仙篇》(74),挺拔而为俊矣。宋初文咏,体有因革(75),庄、老告退,而山水方滋。俪采百字之偶(76),争价一句之奇;情必极貌以写物,辞必穷力而追新:此近世之所竞也。

故铺观列代,而情变之数可监(77),撮(cuō)举同异(78),而纲领之要可明矣。若夫四言正体,则雅润为本;五言流调,则清丽居宗:华实异用,惟才所安(79)。故平子得其雅(80),叔夜含其润(81),茂先凝其清(82),景阳振其丽(83)。兼善则子建、仲宣(84),偏美则太冲、公幹(85)。然诗有恒裁,思无定位;随性适分(86),鲜能通圆。若妙识所难,其易也将至;忽之为易,其难也方来。至于三六杂言,则出自篇什(87);离合之发(88),则明于图谶(chèn)(89);回文所兴(90),则道原为始(91);联句共韵,则《柏梁》余制。巨细或殊,情理同致;总归诗囿(yòu)㊉,故不繁云。

　　赞曰:民生而志,咏歌所含。兴发皇世㊉,风流《二南》㊉。神理共契㊉,政序相参㊉。英华弥缛㊉,万代永耽(dān)㊉。

简　注

① "诗言志"二句:出《尚书·尧典》。永:延长。
② "在心为志"二句:见《毛诗序》。
③ 实:指情志。
④ 蔽:盖遮。
⑤ "无邪":《论语·为政》载孔子对《诗经》的评语。
⑥ 氏、云:二字是衍文。葛天:葛天氏,传说中的古代氏族首领。
⑦ 《玄鸟》:相传葛天氏时八首歌的第二首。
⑧ 《云门》:传为黄帝时的舞乐。
⑨ 绮:应为"弦"字,指乐器。
⑩ 《大唐》:传为对唐尧禅让的颂歌。
⑪ 《南风》:传为帝舜作的诗。
⑫ 九序:各方面都有秩序。
⑬ 太康:夏朝第三代帝王。
⑭ 暨:到。
⑮ 《雅》《颂》:指《诗经》。
⑯ 四始:《国风》《小雅》《大雅》《颂》。彪炳:光彩。
⑰ 六义:风、雅、颂、赋、比、兴。
⑱ 子夏:孔子的弟子。监:看清。"绚素":喻先有白底然后施彩作画的诗句。
⑲ 子贡:孔子的弟子。"琢磨":指"如琢如磨"的诗句。
⑳ 商:子夏姓卜名商。赐:子贡姓端木名赐。

㉑ 殄:尽。

㉒ 风人:采诗的人。

㉓ 酬酢:主客的进酒与回敬。

㉔ 吐纳:指诵诗。文:文采,指善于应对的光荣。

㉕ 《仙诗》:即《仙真人诗》。

㉖ 韦孟:汉初诗人,有《讽谏诗》等四言诗。

㉗ 《柏梁》:汉武帝和群臣在柏梁台联句作成《柏梁诗》。

㉘ 严、马:严忌、司马相如。

㉙ 无方:无定。

㉚ 翰:笔,指作品。

㉛ 李陵:汉武帝时的名将,相传有《与苏武诗》等十余首,后人多以为伪托。班婕妤:汉成帝的宫人,有《怨诗》一首。都是五言诗。

㉜ 肇:始。半章:《行露》每章六句,其中有五言四句。

㉝ 《沧浪》:儿歌名。

㉞ 全曲:《沧浪歌》共四句,除"兮"字外都是五言句。

㉟ 《暇豫》:传为春秋时优施所作《暇豫歌》,共四句,三句五言。

㊱ 《邪径》:汉成帝时童谣,共六句,全是五言。

㊲ 《古诗》:指《古诗十九首》。

㊳ 枚叔:枚乘,字叔。

㊴ 《孤竹》:《冉冉孤生竹》。

㊵ 傅毅:东汉初作家。

㊶ 体:风格。散文:抒写。

㊷ 怊怅:悲愁。切:贴近。

㊸ 冠冕:帽子。

㊹ 张衡:东汉科学家、文学家。

㊺ 《仙诗缓歌》:可能指乐府杂曲的《前缓声歌》。

㊻ 雅:常常。

㊼ 建安:汉献帝的年号(196—220)。

㊽ 文帝:魏文帝曹丕。陈思:陈思王曹植。

㊾ 辔:马缰绳。

㊿ 王、徐、应、刘:王粲、徐幹、应玚(chàng)、刘祯,都是建安时期的著名作家。

(51) 狎:亲近。

(52) 逐:追求。

(53) 正始:魏王曹芳的年号(240—248)。

(54) 仙心:指道家思想。

(55) 何晏:魏国学者、诗人。

(56) 率:大致。

(57) 嵇:嵇康,魏末作家。

(58) 阮:阮籍,魏末作家。

(59) 标:树木的末端,指显著。

(60) 应璩:应玚之弟。

(61) 谲:奇异不常。

(62) 魏:指建安时期到正始以前的诗风。

(63) 轻绮:浮丽。

(64) 张、潘、左、陆:张载、张协、张亢兄弟,潘岳、潘尼叔侄,左思和陆机、陆云兄弟,均西晋作家。

(65) 缛:繁盛。

(66) 枏:即析,指雕琢。

(67) 流靡:指音韵的流畅谐美。

(68) 江左:江东,指东晋。

(69) 玄风:谈论老庄思想的风气。

(70) 徇务:从事政务。

(71) 亡机:应为"忘机",忘掉机诈的人世。

(72) 袁、孙:袁宏、孙绰,东晋玄言诗人。

(73) 趣:趋向。揆:道理,这里指玄理。

明　诗　　23

㉔ 景纯:郭璞的字。《仙篇》:郭璞有《游仙诗》十四首。
㉕ 体:风格。
㉖ 俪:对偶。百字:指全诗。
㉗ 监:应作"鉴",看清。
㉘ 撮:聚集。
㉙ 安:定。
㉚ 平子:张衡的字。
㉛ 叔夜:嵇康的字。
㉜ 茂先:张华的字。凝:应作"拟",模拟。
㉝ 景阳:张协的字。
㉞ 子建:曹植的字。仲宣:王粲的字。
㉟ 太冲:左思的字。公幹:刘桢的字。
㊱ 分:本分,指作者的个性特点。
㊲ 篇什:《诗经》中的《雅》《颂》,每十篇为"什"。
㊳ 离合:按字形结构的分合而组成的离合诗。
㊴ 明:应作"萌"。图谶:汉代预言灾异的迷信文字。
㊵ 回文:可以倒念的回文诗。
㊶ 道原:"道质"之误,指前秦写回文诗的苏蕙之父苏道质。
㊷ 囿:园林,这里指诗的范围。
㊸ 皇:美盛。
㊹ 风流:指诗歌传统的发展。《二南》:《诗经》的《周南》《召南》。
㊺ 神理:自然神妙的道理。契:合。
㊻ 参:加入结合。
㊼ 英华:精华。弥:更。
㊽ 耽:爱好。

译　文

虞舜曾说:"诗是表达思想感情的,歌则是拉长语言的咏唱。"

圣人的这种分析,诗歌的含义已很明显了。所以,"在作者的内心是情志,用语言表达出来就是诗"。诗歌是用文辞来表达情志,道理就在这里。所谓"诗",就是扶持的意思,是用以扶正人的情性的。孔子说《诗经》三百篇概括起来,其意义就是"没有不正当的思想";用扶持来解释,是符合孔子这话的。

　　人具有喜怒哀乐等情感,受到外物的刺激而有所感应;因外物的感动而吟咏情志,这是很自然的。从前葛天氏时的歌辞,有《玄鸟》等曲子;黄帝时的《云门舞》,按理是不会只配管弦而无歌词的。到唐尧时有《大唐歌》,舜帝自己写了《南风诗》,看来这两篇作品,只是辞能达意而已。后来夏禹治水成功,各方面都有条不紊而受到歌颂;夏帝太康的道德败坏,他的兄弟五人便作《五子之歌》来表示怨恨:可见用诗歌来歌颂美德和匡正过失,很早以来就是如此了。从商朝到周朝,风、雅、颂各体都已完备;《诗经》的各种体制既发出光辉,各种意义也表现得很精深。子夏能理解"彩绘以白色为底"的诗意,子贡能领悟"如琢磨玉石"的道理,所以孔子认为他们有条件谈论《诗经》了。自从周王朝的德泽衰竭,采诗官停止采诗;但春秋时的士大夫为了表达情意,常常在外交场中朗诵一些旧的诗章,这种互相应酬的礼节,既表示了对宾客的尊敬,也显示出自身的才华。到了楚国的讽怨之作,就有讥刺楚怀王的《离骚》等产生。秦始皇虽然焚毁典籍,但也让他的博士们做了《仙真人诗》。

　　汉初的四言诗,首先有韦孟的吟唱;它的规谏意义,继承了周代的诗人。汉武帝爱好文学,和群臣共同写了《柏梁诗》。当时的严忌、司马相如等人,写诗没有一定的程式。到成帝时对已有的作品进行品评整理,共有三百多篇,当时朝野的作品,收集得相当周全了。但这些作家留下来的作品,没有见到五言诗;所以李陵和班婕妤的五言诗,就被后人怀疑了。不过在《诗经·召南·行露》中,就开始出现半章是五言句;《孟子》所载小孩子唱的《沧浪歌》,就全首都是五言了;又如优施唱的《暇豫歌》,早在春秋时期;儿童唱的《邪径谣》,近在汉成帝时期。根据上述历代发展的情况,可见五言诗很早就有了。还有美好的《古诗十九首》,据说有的是枚乘的作品,其中《冉冉孤生竹》一首,又说是傅毅所作。就这些诗的辞采来推测,总该是两汉时期的作品吧。从它的行文风格上看,质朴而不粗野;能婉转曲折地结合景物来描写,把哀愁的心情贴切地表达出来,确实是两汉最好的五言诗。至于张衡的《怨诗》,写得清新典雅;《仙诗缓歌》,也往往有新的特点。

到了建安初年,五言诗的创作空前活跃。曹丕和曹植,都在诗歌创作上纵马驰骋;王粲、徐幹、应玚、刘桢等,也在诗歌创作的道路上争先恐后。他们都爱好月色风光,遨游于清池幽苑,在诗中述说恩宠荣耀的幸运,描绘宴集畅饮的盛况;激昂慷慨地抒发志气,光明磊落地施展文才。他们抒怀叙事,不追求细密的小巧;遣辞写景,只以清楚明白为能:这就是他们共同的特色。到正始年间,道家思想流行,诗歌里夹杂老庄思想;如何晏等人的作品,大都比较浮浅。只有嵇康的诗表现了清高严峻的志趣,阮籍的诗具有遥远深沉的意旨,所以在当时较为突出。至如应璩的《百一诗》,也能毅然独立,文辞曲折而意义正直,这就是建安以来的遗风了。

晋代的诗人们,开始走上浮华的道路。三张、两潘、二陆和左思等,在诗歌创作的大路上并驾齐驱。文采比正始时期更繁盛,力量却比建安时期软弱。他们或者以讲究辞采为能事,或者以音韵之美自逞妍丽:这就是西晋诗坛的大致情形了。东晋的诗歌,更淹没在玄学的风气之中;玄言诗人们讥笑他人过于关心时务,而推崇那种忘却世情的空谈。自袁宏、孙绰以后的诗人，虽然各有不同的文采，却一致倾向于在诗歌中讲玄理，再没有别的诗可以和玄言诗争雄；所以郭璞的《游仙诗》，就是当时突出的佳作了。南朝宋初的诗歌，对前代诗风既有因袭，也有革新，老庄思想在诗中渐渐减少，描绘山水的作品日益兴盛。诗人们追求整篇的对偶以显示文采，在一字一句的新奇上争取价值；表情必彻底描绘物貌，用辞必全力追逐新异：这就是近代诗歌创作的倾向。

　　因此，总观历代的诗歌，其发展变化的情况是很清楚的。归纳这些诗歌的同异，就可看清诗歌创作的要点了。譬如四言诗的正规体制，主要是雅正而润泽；五言诗的流行基调，则以清新华丽为主：对这些不同特点的掌握，只有根据作者的才性而定。所以张衡得到四言诗雅正的一面，嵇康具有润泽的一面；张华学到五言诗清新的特点，张协发扬了华丽的特点。各种特点都兼善的是曹植和王粲，只偏长于某一方面的是左思和刘桢。但作品的体裁是有定的，而人的思路却没有定规，作者只能根据自己的个性以求适应，很少能全面兼长。如果作者懂得写诗的难处，写作起来将会比较容易；如果轻忽地认为写诗很容易，反而会碰到不少的困难。至于三言、六言、杂言诗，都起源于《诗经》。离合诗的产生，是由汉代的图谶萌芽的；回文诗的兴起，则始于前秦苏道质；几人合写的联句诗，是继承《柏梁诗》而来的。这类作品虽大小各异，但写作的情理是一致的；所有这些都属于诗的范围，因此不必逐一详论。

　　总之：人生来就有情志，诗歌就是表达情志的。古代盛世就产生了诗歌，一直发展到周代的《诗经》。诗歌的发展符合自然之道的规律，也和政治秩序相结合。优秀的诗歌越来越繁荣，为万世之后的读者所喜爱。

神 思

简 析 《神思》是《文心雕龙》的第二十六篇,创作论的第一篇。本篇主要论述艺术构思问题。篇中称艺术构思为"驭文之首术",很能说明刘勰文学理论的性质。文学创作不仅从艺术构思开始,而本篇所讲的艺术构思,既是艺术的想象虚构,又以形象思维为基本特征。刘勰用"神与物游"四字来概括"思理"之妙,是他在文学创作理论上的一大重要成就。此外,本篇所论艺术构思的四项基础,特别是对思维和语言的关系的论述,都很值得重视。本篇继承了陆机《文赋》的一些基本论点,但有较大的发展。陆机说:"吾未识夫开塞之所由",无法解释思路畅通或阻滞的现象。本篇一方面从理论上说明艺术构思的心物交融之理,一方面又找出艺术构思的"关键"和"枢机",并提出了解决艺术构思常见之"患"的方法:"博而能一"。这些意见不仅有助于思路的畅通,也是进行构思的基本方法。

原 文

古人云[①]:"形在江海之上,心存魏阙(què)之下"[②],神思之谓也。文之思也,其神远矣。故寂然凝虑,思接千载;悄(qiǎo)焉动容[③],视通万里。吟咏之间,吐纳珠玉之声④;眉睫(jié)之前⑤,卷舒风云之色:其思理之致乎!故思理为妙,神与物游⑥。神居胸臆⑦,而志气统其关键;物沿耳目,而辞令管其枢机⑧。枢机方通,则物无隐貌;关键将塞,则神有遁心⑨。是以陶钧文思⑩,贵在虚静⑪,疏瀹(yuè)五藏⑫,澡雪精神⑬。积学以储宝⑭,酌理以富才,研阅以穷照⑮,驯致以怿辞⑯。然后使玄解之宰⑰,寻声律而定墨⑱;独照之匠⑲,窥意象而运斤⑳。此盖驭文之首术,谋篇之大端。

夫神思方运,万涂竞萌;规矩虚位㉑,刻镂(lòu)无形㉒。登山则情满于山,观海则意溢于海;我才之多少,将与风云而并驱矣。方其搦(nuò)翰㉓,气倍辞前㉔;暨乎篇成,半折心始。何则?意翻空而易奇,言征实而难巧也㉕。是以意授于思,言授于意;密则无际㉖,疏则千里。或理在方寸㉗,而求之域表㉘;或义在咫(zhǐ)尺㉙,而思隔山河。是以秉心养术,无务苦虑;含章司契㉚,不必劳情也。

人之禀才,迟速异分(fēn)㉛;文之制体,大小殊功。相如含笔而腐毫㉜,扬雄辍(chuò)翰而惊梦㉝,桓谭疾感于苦思㉞,王充气竭于思虑㉟,张衡研《京》以十年㊱,左思练《都》以一纪㊲:虽有巨文,亦思之缓也。淮南崇朝而赋《骚》㊳,枚皋(gāo)应诏而成赋㊴,子建援牍(dú)如口诵㊵,仲宣举笔似宿构㊶,阮瑀据案而制书㊷,祢(mí)衡当食而草奏㊸:虽有短篇,亦思之速也。若夫骏发之士㊹,心总要术,敏在虑前,应机立断。覃(tán)思之人㊺,情饶歧路㊻,鉴在疑后㊼,研虑方定。机敏故造次而成功㊽,虑疑故愈久而致绩。难易虽殊,并资博练㊾:若学浅而空迟,才疏而徒速,以斯成器㊿,未之前闻。是以临篇缀虑㊿,必有二患:理郁者苦贫㊿,辞溺者伤乱㊿。然则博见为馈(kuì)贫之粮㊿,贯一为拯(zhěng)乱之药㊿:博而能一,亦有助乎心力矣。

若情数诡(guǐ)杂㊿,体变迁贸㊿;拙辞或孕于巧义,庸事或萌于新意。视布于麻,虽云未费㊿,杼(zhù)轴献功㊿,焕然乃珍。至于思表纤旨㊿,文外曲致㊿,言所不追,笔固知止。至精而后阐其妙,至变而后通其数㊿;伊挚不能言鼎㊿,轮扁不能语斤㊿,其微矣乎!

赞曰:神用象通㊿,情变所孕。物以貌求,心以理应㊿。刻镂声律,萌芽比兴。结虑司契㊿,垂帷制胜㊿。

简　注

① 古人:指战国时魏国的公子牟。他的话见《庄子·让王》。
② 魏阙:指朝廷。
③ 悄:静寂。
④ 吐纳:发出。
⑤ 睫:眼毛。
⑥ 物:指物的形象。想象与形象相结合的构思活动,正是艺术构思的重要特征。
⑦ 臆:胸。
⑧ 枢机:事物活动的关键。

⑨ 遁:隐避。
⑩ 陶钧:制瓦器,借以喻文思的酝酿。
⑪ 虚静:指排除杂念。
⑫ 瀹:疏通。藏:即脏。
⑬ 澡雪:洗净。
⑭ 宝:喻学识的重要。
⑮ 阅:阅历,经历。穷照:彻底理解。
⑯ 致:情致。怿:应为"绎",整理。
⑰ 玄:深。宰:主宰构思活动的心。
⑱ 声律:泛指一般写作法则。墨:绳墨。
⑲ 独照:独到的理解。
⑳ 窥:视。意象:意中之象,指构思中出现于作者头脑中的形象。
㉑ 规矩:画圆和画方的工具,这里指赋予一定的形态。虚位:无定位,不定形。
㉒ 镂:刻。
㉓ 搦翰:提笔。
㉔ 辞前:把想象写成文辞之前。
㉕ 征实:指把作者想象的东西用文字具体写出来。
㉖ 际:指空隙。
㉗ 方寸:心。
㉘ 域表:疆域之外。
㉙ 咫:八寸,喻极近。
㉚ 含章:使之具有章采,指写作。司契:掌握规则。
㉛ 分:本分。
㉜ 相如:司马相如,相传他文思较慢。毫:笔毛。
㉝ 扬雄:西汉作家,他写完《甘泉赋》后,梦五脏皆出。
㉞ 桓谭:东汉学者,因学赋用心太苦而生病。
㉟ 王充:东汉思想家,著《论衡》等用尽一生气力。

神　思

㊱ 《京》:《二京赋》。
㊲ 左思:西晋作家,有《三都赋》。纪:十二年。
㊳ 淮南:淮南王刘安,西汉作家。崇:终。
㊴ 枚皋:西汉辞赋家。
㊵ 子建:曹植字子建。牍:木简,指纸。
㊶ 仲宣:王粲字仲宣。宿:旧,先。
㊷ 阮瑀:建安时期作家。案:应作"鞍"。
㊸ 祢衡:汉魏之间的文人,曾为黄射、刘表等作赋、草拟章奏。
㊹ 骏:速。
㊺ 覃:延长,深。
㊻ 饶:多。歧路:岔路。
㊼ 鉴:看清。
㊽ 造次:不加思考。
㊾ 资:依靠。
㊿ 成器:成才。
㊑ 缀:连结。
㊒ 郁:不通畅。
㊓ 溺:沉迷,过分。
㊔ 馈:进食。
㊕ 贯一:贯穿全篇的主旨。拯:救助。
㊖ 诡:奇异不常。
㊗ 体:风格。贸:变化。
㊘ 费:应作"贵"。
㊙ 杼轴:织机。
㊚ 表:外。
㊛ 曲致:曲折不明的情致。
㊜ 数:构思的方法。
㊝ 伊挚:汤的臣子伊尹,名挚。鼎:古代烹煮用具。伊挚用烹调术喻

治理国家的方法难于说清。

㉔ 轮扁：古代善于治车轮的工匠。斤：斧子。用斧子斫轮的方法，轮扁知而不能言。

㉕ 象：物象。

㉖ 理：原理、法则。

㉗ 结虑：构思。

㉘ 垂帷：放下帷幕。这里是用军事上的运筹帷幄之理，比喻好的艺术构思，可使在文学创作上获胜。

译　文

古人说："有的人身在江海隐居，心里却系念着朝廷"，这就是精神上的想象活动。文学创作的构思，其精神活动飞驰得更为遥远。所以在作家静静地凝聚思虑中，他的想象可达千年之前；当他的容颜有所变化时，他已看到万里之外的事物了。作家在吟咏推敲之中，就像有了珠玉般悦耳的声音；在他的眼前，展现出风云变幻的景色：这就是艺术构思达到的效果了。所以构思的妙处，就在作者的精神和物象相结合的活动。精神活动在人的内心，他的情志和气质起着支配作用；当物象出现在作者的耳目之前时，就主要靠适当的言辞来表达。如果言辞运用得好，事物的形貌就可完全描绘出来；要是支配精神的关键有了阻塞，那么精神就不能集中了。所以在进行构思的时候，必须沉静专一，清除内心的一切杂念，使精神清爽。为了做好构思工作，必须积累丰富的学识，培养辨明事理的才能，研究已往的经历以达到透彻的理解，并训练自己的感情来恰切地运用文辞。然后才能使懂得深刻事理的心，探索写作的法则来定绳墨；正如一个有独到见解的工匠，根据想象中的样子来运用斧子一样。这就是文学创作的首要方法，考虑篇章的基本要点。

　　在开始进行构思时,各种思绪竞相涌现出来;作者要给这些抽象的意念以具体的形态,把尚未定形的意象进行精雕细刻。当想到登山便满目是山的景色,想到观海便满心是海的景象;无论作者才华的大小,他的想象都可随着流风浮云而共同奔驰。在刚拿起笔来的时候,旺盛的气势大大超过写成之前,等到完成作品之后,比开始所想的要打个对折。为什么呢?想象的翻腾容易奇特,用实在的语言来表达就不易见巧了。所以,意象出于作者的思考,作品的言辞来自意象;结合得密切就天衣无缝,否则就会远离千里。有时道理就在心里,却反而到天涯去搜求;有时意义就在跟前,却又像隔着山河似的。所以要驾驭好心灵来锻炼构思的方法,而不要只知穷思苦想;应该掌握写作的规则,而不必过分劳累自己的心情。

　　作家具有的构思才能,快慢各不相同;文章写作的体制,也因长短不同而功效各异。司马相如含笔构思,直到笔毛腐烂;扬雄作赋太苦,一放下笔就做了怪梦;桓谭因写作苦思而生病;王充用心著述而气力衰竭;张衡的《二京赋》写了十年;左思的《三都赋》写了十二年:虽说这些作品篇幅较长,但也由于构思迟缓。刘安在一个早上就写成《离骚传》,枚皋接到诏书便当即把赋写了出来,曹植拉开纸就像背诵似的写作,王粲提起笔就像抄写旧作,阮瑀伏在马鞍上就写成书信,祢衡在宴会上就写好奏章:虽说这些篇幅较短,但也由于构思敏捷。那些构思较快的人,对写作的主要方法是心中有数的,在思考问题之前就有了敏捷的基础,遇事就能当机立断。构思迟缓的人,心中充满多种多样的思路,几经疑虑才能认识清楚,细细推究才能作出决定。文思敏捷的人,轻而易举地获得成功;对思考存有疑问,所以历时较久才能取得成绩。这两种人在写作上虽难易不同,但都需要博学和练才:如果学识浅薄而只是写得慢,才能疏陋而只是写得快;这样的人要成为有成就的作家,是从来没有听说过的。所以在创作构思时,必然有两种毛病:思理不畅的人写文章苦于内容贫乏,文辞过滥的人又常常写得杂乱无章。但增进见识可以补救内容贫乏,抓住中心可以纠正文辞的杂乱。如能见识广博而又不离中心,就有助于创作构思了。

作品的内容非常复杂,风格也变化无常;粗笨的文辞中可能孕育着巧妙的道理,平庸的叙事中可能产生出新颖的含意。以织成布的麻来看,虽然麻不如布贵重,但经过织机加工,就焕然一新而可贵了。至于笔者思之未及的细微意旨,或者是文辞所难表达的曲隐之情,这是难以尽言的,就只能到此为止了。不仅必须最精细的文字才能阐明构思的微妙,还必须精通变化的人才能理解构思的方法;且古代名臣伊尹也不能说明治国的奥妙,古代名匠轮扁也说不出运用斧子的技巧,这都是很微妙的。

总之,作家的精神活动和万物的形象相结合,从而孕育成作品的内容。外物以它的形貌来吸引作家,作家就按照一定的法则产生相应的活动;然后推敲作品的音节,运用比兴等手法。构思能掌握法则,就必然取得创作上的胜利。

体　性

简　析　《体性》是《文心雕龙》的第二十七篇,在古代文论中是第一篇系统的风格论。"体"即风格,"性"是作者的性情,近于个性。从风格和个性的关系立论,正抓住了风格论的关键。所谓"风格即人",艺术风格是因人而异的。刘勰从文学创作是"情动而言形""因内而符外"的基本原理,进而具体论证了个性和风格是"表里必符"的;也就是说,个性是风格的决定因素。作家的个性,由他的才力、气质、学识、习性的总合构成。由于每个作家的才、气、学、习各不相同,因而他们的风格也就"其异如面"了。艺术风格必然多样化,就是这样造成的。本篇把艺术风格概括为"典雅""远奥"等八种基本类型,但在分析具体作家的艺术风格时,并不限于八体,而认为"八体屡迁",其风格仍随作家千差万别的个性而异。对风格的形成和掌握,刘勰认为虽然"才有天资",但"学慎始习",他一再强调"功以学成""功在初化"等,只要从小注意培养,就可形成雅正的风格。这比曹丕的先天决定论是一大发展。

原　文

　　夫情动而言形①,理发而文见;盖沿隐以至显②,因内而符外者也。然才有庸俊，气有刚柔，学有浅深，习有雅郑③；并情性所铄（shuò）④，陶染所凝，是以笔区云谲（jué）⑤，文苑波诡（guǐ）者矣⑥。故辞理庸俊，莫能翻其才⑦；风趣刚柔⑧，宁或改其气；事义浅深⑨，未闻乖其学⑩；体式雅郑⑪，鲜有反其习：各师成心⑫，其异如面。

若总其归涂，则数穷八体⑬：一曰典雅，二曰远奥，三曰精约，四曰显附，五曰繁缛，六曰壮丽，七曰新奇，八曰轻靡。典雅者，熔式经诰⑭，方轨儒门者也⑮。远奥者，馥（fù）采典文⑯，经理玄宗者也⑰。精约者，核字省句，剖析毫厘者也。显附者，辞直义畅，切理厌心者也⑱。繁缛者，博喻酿采⑲，炜烨（wěi yè）枝派者也⑳。壮丽者，高论宏裁㉑，卓烁（shuò）异采者也㉒。新奇者，摈古竞今，危侧趣诡者也㉓。轻靡者，浮文弱植㉔，缥缈附俗者也㉕。故雅与奇反，奥与显殊，繁与约舛（chuǎn）㉖，壮与轻乖。文辞根叶㉗，苑囿其中矣㉘。

若夫八体屡迁㉙，功以学成；才力居中，肇（zhào）自血气㉚。气以实志，志以定言；吐纳英华㉛，莫非情性。是以贾生俊发㉜，故文洁而体清；长卿傲诞㉝，故理侈而辞溢㉞；子云沉寂㉟，故志隐而味深；子政简易㊱，故趣昭而事博㊲；孟坚雅懿（yì）㊳，故裁密而思靡㊴；平子淹通㊵，故虑周而藻密㊶；仲宣躁锐㊷，故颖（yǐng）出而才果㊸；公幹气褊（biǎn）㊹，故言壮而情骇；嗣宗俶傥（tì tǎng）㊺，故响逸而调远；叔夜俊侠㊻，故兴高而采烈㊼；安仁轻敏㊽，故锋发而韵流⁴⁹;士衡矜重⁵⁰,故情繁而辞隐。触类以推,表里必符⁵¹。岂非自然之恒资⁵²,才气之大略哉?

夫才有天资,学慎始习;斫(zhuó)梓(zǐ)染丝⁵³,功在初化;器成彩定⁵⁴,难可翻移。故童子雕琢,必先雅制⁵⁵;沿根讨叶⁵⁶,思转自圆⁵⁷。八体虽殊,会通合数⁵⁸;得其环中⁵⁹,则辐辏(fú còu)相成⁶⁰。故宜摹体以定习,因性以练才;文之司南,用此道也。

赞曰:才性异区,文辞繁诡⁶¹。辞为肤根⁶²,志实骨髓⁶³。雅丽黼黻(fǔ fú)⁶⁴,淫巧朱紫⁶⁵。习亦凝真⁶⁶,功沿渐(jiān)靡⁶⁷。

简 注

① 形:表达。
② 隐:指情、理。显:指言、文。
③ 郑:郑声,儒家以为是不正的音乐。
④ 铄:熔铸。
⑤ 云谲:如风云的奇变。
⑥ 波诡:如波涛的诡变。
⑦ 翻:转变。
⑧ 风趣:作品的风味情趣。
⑨ 事义:引用古事的意义。
⑩ 乖:背离。
⑪ 体:风格。
⑫ 成心:支配人的言行的思想性格。
⑬ 穷:尽。
⑭ 熔式:取法。诰:指儒家经典。

⑮ 方轨:两车并轨。
⑯ 馥:应作"复",指深隐。典:法则。
⑰ 玄宗:道家思想。
⑱ 切:切合。厌:满足。
⑲ 酿:杂。
⑳ 炜烨:明亮。枝派:分枝流派,喻文采之繁。
㉑ 裁:论断。
㉒ 烁:光彩。
㉓ 危侧:险僻。
㉔ 植:借用为"志"。
㉕ 缥缈:即飘渺,指内容虚浮不实。
㉖ 舛:违背。
㉗ 文辞:指作品。根叶:作品的表里,即风格。
㉘ 苑囿:园林,这里用以指范围。
㉙ 迁:变。
㉚ 肇:始。
㉛ 吐纳:指表达。
㉜ 贾生:西汉作家贾谊。俊发:英俊发扬。
㉝ 长卿:司马相如的字。
㉞ 溢:满。
㉟ 子云:扬雄的字。
㊱ 子政:西汉刘向的字。
㊲ 昭:明。事:故实。
㊳ 孟坚:东汉班固的字。懿:温和。
㊴ 靡:细致。
㊵ 平子:东汉张衡的字。淹:深。
㊶ 密:细密。
㊷ 仲宣:三国王粲的字。躁:急躁。

㊸ 颖:露锋芒。果:果断。

㊹ 公幹:三国刘桢的字。褊:狭隘。

㊺ 嗣宗:三国阮籍的字。俶傥:无拘无束。

㊻ 叔夜:三国嵇康的字。

㊼ 采烈:辞采犀利。

㊽ 安仁:西晋潘岳的字。

㊾ 锋发:势锐。流:流畅。

㊿ 士衡:西晋陆机的字。矜重:庄重。

(51) 表里:外表和内里,指风格和个性。

(52) 恒资:先天的资质。

(53) 斫:砍。梓:梓树。

(54) 彩:丝绸之色。

(55) 制:作品。

(56) 讨:寻究。

(57) 圆:圆活。

(58) 数:方法。

(59) 环中:轴心。

(60) 辐:车轮的辐条。辏:辐条的聚集。

(61) 辞:应作“体”字。

(62) 根:应为“叶”字。

(63) 骨髓:作品的主体。

(64) 黼黻:古代礼服上的花纹。

(65) 淫:过分。朱紫:指正色和杂色相混。古代“朱”为正色,“紫”为杂色。

(66) 真:指作者的才、气。

(67) 渐:浸染。靡:这里与“摩”字同,观摩。

译 文

人的感情激动就形成为语言,把道理表达出来就成为文章;

文学创作既然是从不显露的感情到表达为明显的文辞,就应该是内外相符的。但作者的才华有平凡和杰出之分,气质有刚强和柔弱之别,学识有浅薄和深厚之异,习尚有雅正和邪僻之差;这些都是人的情性所造成,并由不断的熏陶习染所凝结的,因而就造成创作上变化如云,文坛如千姿百态的波涛翻滚了。所以,文辞和道理的平庸与杰出,必然和作者的才华一致;风味情趣的刚健与柔弱,怎能和作者的气质有差别;运用故实意义的浅显与深厚,从来没有和作者的学识相反的;风格式样的雅正与邪俗,很少和作者的习尚不同:各人按照自己的本性来写作,作品的风格就和人的面貌一样彼此互异。

概括风格的基本途径,不出八种类型:一是典雅,二是远奥,三是精约,四是显附,五是繁缛,六是壮丽,七是新奇,八是轻靡。所谓"典雅",就是学习经书,和儒家走共同道路的。所谓"远奥",就是文采不显露而有法度,内容以道家思想为主的。所谓"精约",就是字句简练,分析精细的。所谓"显附",就是文辞质直、意义明畅,符合情理而使人满意的。所谓"繁缛",就是比喻广博、文采丰富,枝繁叶茂而焕发光彩的。所谓"壮丽",就是高论宏议,文采不凡的。所谓"新奇",就是弃旧求新,追逐诡奇怪异的。所谓"轻靡",就是辞藻浮华,情志无力,内容空泛而趣向庸俗的。所以,"典雅"和"新奇"相反,"远奥"和"显附"不同,"繁缛"和"精约"互异,"壮丽"和"轻靡"相违。作品的艺术风格,就不出这个范围了。

这八种风格常常变化,作家的风格通过学习而形成;但才力是作家的内在因素,它来自先天的血气。气质充实人的情志,情志决定文章的言辞;文章能否写得精美,无不取决于人的情性。因此,贾谊性格豪迈,所以文辞简洁而风格清新;司马相如性格狂放,所以说理夸张而辞藻泛滥;扬雄性格沉静,所以内容含蓄而意味深长;刘向性格平易,所以志趣明显而用事广博;班固性格雅正温和,所以论断精密而文思细致;张衡性格深沉通达,所以思虑周全而辞采细密;王粲性急才锐,所以锋芒显露而才识果断;刘桢性格狭隘,所以言辞有力而令人惊骇;阮籍性格放纵不羁,所以音响超逸而格调高远;嵇康性格豪爽,所以兴致高昂而辞采犀利;潘岳性格轻率机敏,所以文辞锐利而音节流畅;陆机性格庄重,所以内容繁多而文辞隐晦。由此类推,作品的风格和作家的性格是必然相符的。这岂不是作者天然的资质、才气决定风格的大概情况吗?

作者的才华虽有天赋,但学习的开始时就要慎重;好比制木器或染丝绸,功效主要在最初的变化;到器具制成或颜色染定时,就很难再改变了。所以少年学习写作,必须从雅正的作品开始;从根本上来探讨枝叶,思路运转自能圆活。上述八种风格虽然不同,能融会贯通就合乎法则;正如车轮有了轴心,辐条便可聚合起来。所以,应该学习雅正的风格以养成自己的习惯,根据自己的性格来培养写作的才华。所谓创作的指南,就是指的这条道路。

总之,由于作者性格各不相同,作品的风格也变化无常。但文辞只是外现的枝叶,作者的志气才是内在的骨髓。正如古代礼服上的花纹是华丽而雅正的,过分追求奇巧就会使杂色搅乱正色。作者的才华和气质可以陶冶而成,但需要长期地观摩熏染才见功效。

风　骨

　　简　析　《风骨》是《文心雕龙》的第二十八篇。在中国文学批评史上，"风骨"是有较大普遍意义的传统要求，是以刚健有力为主要特征的审美标准。在文学史上，如讲"汉魏风骨""建安风骨"等，"风骨"是一个不可分割的完整概念。但本篇是论文学创作要怎样才有"风"和怎样才有"骨"，这就不能不和作品完成之后的"风骨"略有出入。刘勰在本篇所论，"风"是要求作者以高昂的志气，用周密的思想，表达出鲜明的思想感情，并具有较大的教育意义和感人力量。"骨"则是要求用精当而准确的言辞，把文章组织得有条不紊，从而产生出刚健的力量。这种要求，基本上是针对六朝文风提出来的，所以主要是对内容和言辞方面的要求。但文学创作还不能忽视必要的文采，因此，刘勰反对"风骨乏采"或"采乏风骨"，而主张"风、骨、采"三者的高度统一。儒家的"言以足志，文以足言"，刘勰在总论中据以认为是文学创作的金科玉律，本篇所讲"风、骨、采"的关系，正是儒家论"志、言、文"关系的发展。"风骨"论和全书的总论及整个理论体系是一致的。所以，"风骨"论虽较复杂，若能把握这一关键，是不难得到正确认识的。

原　文

　　《诗》总六义①,风冠其首;斯乃化感之本源,志气之符契也②。是以怊(chāo)怅述情③,必始乎风;沉吟铺辞④,莫先于骨。故辞之待骨,如体之树骸(hái)⑤;情之含风,犹形之包气⑥。结言端直⑦,则文骨成焉;意气骏爽⑧,则文风清焉⑨。若丰藻克赡(shàn)⑩,风骨不飞⑪,则振采失鲜,负声无力。是以缀(zhuì)虑裁篇⑫,务盈守气⑬;刚健既实⑭,辉光乃新。其为文用,譬征鸟之使翼也⑮。

　　故练于骨者⑯,析辞必精⑰;深乎风者,述情必显。捶字坚而难移⑱,结响凝而不滞(zhì)⑲,此风骨之力也。若瘠(jí)义肥辞⑳,繁杂失统㉑,则无骨之征也;思不环周㉒,索莫乏气㉓,则无风之验也。昔潘勖(xù)《锡魏》㉔,思摹经典,群才韬(tāo)笔㉕,乃其骨髓峻也㉖;相如赋《仙》㉗,气号"凌云"㉘,蔚为辞宗㉙,乃其风力遒(qiú)也㉚。能鉴斯要,可以定文;兹术或违,无务繁采。

　　故魏文称㉛:"文以气为主㉜,气之清浊有体㉝,不可力强而致。"故其论孔融㉞,则云"体气高妙"㉟;论徐幹㊱,则云"时有齐气"㊲;论刘桢㊳,则云"有逸气"㊴。公幹亦云㊵:"孔氏卓卓㊶,信含异气。笔墨之性㊷,殆(dài)不可胜"㊸,并重气之旨也。夫翚翟(huī dí)备色㊹,而翾翥(xuān zhù)百步㊺,肌丰而力沉也㊻。鹰隼(sǔn)乏采㊼,而翰飞戾(lì)天㊽,骨劲而气猛也。文章才力,有似于此。若风骨乏采,则鸷(zhì)集翰林㊾;采乏风骨,则雉(zhì)窜文囿(yòu)㊿。唯藻耀而高翔㉑,固文笔之鸣凤也。

若夫熔铸经典之范㉒,翔集子史之术,洞晓情变㉓,曲昭文体㉔,然后能孚(fú)甲新意㉕,雕画奇辞。昭体,故意新而不乱;晓变,故辞奇而不黩(dú)㉖。若骨采未圆,风辞未练㉗,而跨略旧规,驰骛(wù)新作㉘,虽获巧意,危败亦多;岂空结奇字,纰缪(pī miù)而成经矣㉙?《周书》云㉚:"辞尚体要㉛,弗惟好异"㉜,盖防文滥也。然文术多门㉝,各适所好,明者弗授,学者弗师;于是习华随侈,流遁忘反㉞。若能确乎正式,使文明以健,则风清骨峻,篇体光华。能研诸虑,何远之有哉!

赞曰:情与气偕㉟,辞共体并㊱。文明以健,珪璋(guī zhāng)乃骋㊲。蔚彼风力,严此骨鲠(gěng)㊳;才锋峻立,符采克炳㊴。

简　注

① 六义:风、赋、比、兴、雅、颂。
② 符契:信符契约。
③ 怊怅:伤感。
④ 沉吟:指思考。
⑤ 骸:骨骼。
⑥ 形:形体。气:生气。
⑦ 端直:端整正确。

⑧ 骏爽:高峻明朗。
⑨ 清:明。
⑩ 克:能。赡:富。
⑪ 不飞:不高,不振。
⑫ 缀:连接。裁:断。
⑬ 盈:满。
⑭ 刚健:指文辞有力。实:指内容充实。
⑮ 征:远行。
⑯ 练:熟悉。
⑰ 析辞:选辞。
⑱ 捶字:练字。
⑲ 响:影响。滞:停止。
⑳ 瘠:瘦弱。
㉑ 统:统绪,条理。
㉒ 环:围绕,全面。
㉓ 索莫:同索寞,枯寂。
㉔ 潘勖:汉末作家,曾为汉献帝起草《册魏公九锡文》。
㉕ 韬:藏。
㉖ 畯:应为"峻",高。
㉗ 相如:司马相如。《仙》:指《大人赋》,其中多写神仙生活。
㉘ 凌云:如驾云飞升。汉武帝看了《大人赋》,感到自己也"飘飘有凌云之气"。
㉙ 蔚:盛大。
㉚ 遒:有力。
㉛ 魏文:魏文帝曹丕。下面所引是《典论·论文》中的话。
㉜ 气:指作者的气质反映在作品中的特征。
㉝ 清浊:阳刚与阴柔。
㉞ 孔融:汉末作家。

㉟ 体气:风格。
㊱ 徐幹:建安作家。
㊲ 齐气:齐地的舒缓之气。
㊳ 刘桢:建安作家。
㊴ 逸:超越一般。
㊵ 公幹:刘桢的字。下引他的话原文已失传。
㊶ 孔氏:指孔融。卓卓:卓越。
㊷ 性:性质,这里指优点。
㊸ 殆:几乎。
㊹ 翚翟:五彩的野鸡、山鸡。
㊺ 翾翥:小飞。
㊻ 沉:低沉。
㊼ 隼:猛禽。
㊽ 翰:高。戾:到。
㊾ 鸷:猛禽。翰林:文坛。
㊿ 雉:野鸡,色美善走,不能久飞。囿:园地。
㉛ 高翔:高飞,这里指风骨兼备。
㉜ 熔铸:取法,学习。
㉝ 情:这里指情实、情况。
㉞ 曲:详尽。昭:明白。体:指文体的特征。
㉟ 孚甲:萌芽新生。
㊱ 黩:污点。
㊲ 练:熟练。
㊳ 骛:急驰。
㊴ 纰缪:即纰谬,错误。经:正常。
㊵ 《周书》:指《尚书·毕命》。
㊶ 体:体现。
㊷ 惟:独。

㊣ 门:类。
㊃ 流遁:恣意任情。
㊄ 偕:偕同,配合。
㊅ 体:风格。
㊆ 珪璋:名贵的玉器。骋:应为"聘",请。
㊇ 鲠:鱼骨。"骨鲠"连词,是"骨力"的变化说法。
㊈ 符采:玉的横纹。这里以玉和纹的密切结合喻风和骨的关系。炳:光明。

译　文

《诗经》具备"六义","风"是其第一项;这是进行教化的根源,和作者的情志与气质是一致的。所以作者有了忧伤的感情需要抒发时,必须首先注意风教作用;考虑怎样应用文辞时,没有比骨力更重要的。所以,文辞应该有骨力,就像身体要树立骨架一样;情感应该有教化作用,就像人的形体具有生气。文辞如写得整饬准确,文章便有了骨力;能表达出作者昂扬爽朗的意志和气概,文章的风教作用就很明显了。如果文采丰富,但风教作用和文辞骨力不强,那么文采必黯淡无光,音节也没有力量。所以在构思谋篇上,必须充分培养自己的气质,做到辞句有力而内容充实,作品才能有新鲜的光彩。这在文章中所起的作用,就像远飞的鸟振动翅膀一样。

所以,善于使文章有骨力的作者,文辞一定选择得精当;深知怎样使文章有教化作用的作者,抒写思想感情必然明显。文字运用得准确而不能改易,作品的影响深厚而没有止境:这就是风教与骨力的功效。如果内容单薄而文辞臃肿,因而写得杂乱无章,这就是没有骨力的表现;如果思想不周全,写得沉寂枯燥而缺乏生气，这就是没有风教的说明。从前潘勖作《册魏公九锡文》，企图学习经典的文辞，使大家都收起笔不敢写了；司马相如写《大人赋》，被称为有"凌云之气"，蔚然成为赋家的宗匠，是由于它具有巨大的感染力量。若能认清以上要点，就可以从事写作了；假使违背这些法则，就不要在追求繁采上白费功夫。

　　因此曹丕曾说："文章以作者的气质为主，气质的刚柔有定，是不能勉强获得的。"所以他评论孔融，就说"他的风格特色很卓越"；评论徐幹，就说"常常有齐地的特点"；评论刘桢，则说"有俊逸的特点"。刘桢也说过："孔融很杰出，的确具有不平常的特色。他的作品中的优点，别人很难超过"，这些都是重视文气的意思。野鸡的羽毛虽五彩齐备，但最多只能飞一百步，那是由于肌肉过多而缺乏力量。老鹰虽没有什么色彩，却能一飞冲天，那是由于骨骼强劲而气势猛烈。文学创作的才力，也和这差不多。如果文章写得有风教和骨力而缺乏文采，就像老鹰飞集文坛；如果有文采而缺乏风教和骨力，就像野鸡只能在文场奔走。只有文采光华而又能高飞入云，才是文章中的凤凰。

　　如果学习经书的典范来写作，参考子书和史书的写作方法，并通晓文学创作的发展变化情况，详悉各种文体的特征，然后才能产生新颖的文意，锤炼出奇特的文辞来。能深知文体的特点，所以文意新颖而不紊乱；知道了文学的发展变化情况，所以文辞奇特而无毛病。如果文章的骨力和文采配合得不圆满，风教和辞采也联系未恰当，就跨越旧的规范，追求新的创作，即使能偶然写出巧意，失败却是更多的；岂能仅仅用些奇特的文字，就使错误成为正常了？《尚书·毕命》中说："文辞应该抓住要点，不要完全追求新异"，这是为了防止文辞的浮滥。又由于写作方法有多种多样，各人有自己的爱好，所以深明写作方法的人无法传授给别人，学习写作的人也难以向他人请教；于是随着华侈的道路，任情发展而不知回头。如果能够确立正当的写作方式，使文章写得明畅而有力，就可风教明显而骨力高峻，整篇都光华四溢了。只要研究好以上种种，写作上的成功是不会很远的。

总之，作家的思想感情和他的气质是相结合的，文辞和风格也是统一的。文章写得明畅而有力，就能像珍贵的玉器那样为人所重视。既要求作品有盛大的风教作用，还要能增强文辞的骨力；这样才能体现作家的高才，使作品的风骨密切结合而发出光彩。

通　变

简　析　《通变》是《文心雕龙》的第二十九篇，论述文学创作的继承和革新。"通"是贯通古今，"变"是发展变化，这两个方面的结合，就有继承和革新的意义。刘勰对这一重要问题的论述虽不全面，把要继承的只限于各种文体的固定名称和写作原理，要变新的只是"文辞气力"等表现方法，但他把二者联系起来论述，从"古"与"今"的辩证关系，说明继承与革新不可偏废，在当时是难能可贵的。本篇对这问题的论述又不是空谈理论，它既是针对"从质及讹"的六朝文风而发，又能从文学发展的历史实际，来总结文学发展的规律，说明"竞今疏古"的危害，因此必须学习儒家经典文质兼备的传统。这在当时仍是可取的。最后论"通变之术"，特别提出无论是"通"或"变"，都应从作者自己的情志、气质等具体情形出发；在赞辞中提到文学发展的规律是"日新其业"，但必须不断变革才能持久，必须继承往古才不贫乏，并鼓励作者果敢前进。这些意见都是值得重视的。

原　文

　　夫设文之体有常①，变文之数无方②。何以明其然耶？凡诗、赋、书、记③，名理相因④，此有常之体也；文辞气力⑤,通变则久⑥,此无方之数也。名理有常,体必资于故实⑦;通变无方,数必酌于新声⑧:故能骋无穷之路,饮不竭之源。然绠(gěng)短者衔渴⑨,足疲者辍(chuò)涂⑩;非文理之数尽,乃通变之术疏耳。故论文之方,譬诸草木:根干丽土而同性⑪,臭(xiù)味晞(xī)阳而异品矣⑫。

是以九代咏歌⑬,志合文则⑭:黄歌《断竹》⑮,质之至也;唐歌《在昔》⑯,则广于黄世⑰;虞歌《卿云》⑱,则文于唐时;夏歌《雕墙》⑲,缛(rù)于虞代⑳;商周篇什㉑,丽于夏年。至于序志述时㉒,其揆(kuí)一也㉓。暨(jì)楚之骚文㉔,矩式周人㉕;汉之赋颂,影写楚世㉖;魏之策制㉗,顾慕汉风㉘;晋之辞章,瞻望魏采㉙。权而论之㉚,则黄唐淳而质,虞夏质而辨㉛,商周丽而雅,楚汉侈而艳㉜,魏晋浅而绮(qǐ)㉝,宋初讹(é)而新㉞。从质及讹,弥近弥澹(dàn)㉟。何则?竞今疏古,风味气衰也㊱。

今才颖之士㊲,刻意学文,多略汉篇,师范宋集㊳;虽古今备阅,然近附而远疏矣㊴。夫青生于蓝㊵,绛生于茜(qiàn)㊶,虽逾本色,不能复化。桓君山云㊷:"予见新进丽文,美而无采;及见刘、扬言辞㊸,常辄有得。"此其验也。故练青濯(zhuó)绛㊹,必归蓝茜;矫讹翻浅,还宗经诰㊺。斯斟酌乎质文之间,而櫽(yǐn)括乎雅俗之际㊻,可与言通变矣。

夫夸张声貌,则汉初已极。自兹厥(jué)后㊼,循环相因，虽轩翥(zhù)出辙(48)，而终入笼内。枚乘《七发》云(49)：“通望兮东海，虹洞兮苍天。”(50)相如《上林》云(51)：“视之无端(52)，察之无涯(53)；日出东沼(zhǎo)(54)，月生西陂(bēi)。”(55)马融《广成》云(56)：“天地虹洞，固无端涯；大明出东(57)，月生西陂。”扬雄《校猎》云(58)：“出入日月，天与地沓(tà)。”(59)张衡《西京》云：“日月于是乎出入，象扶桑于濛汜(méng sì)。”(60)此并广寓极状，而五家如一。诸如此类，莫不相循(61)。

参伍因革(62)，通变之数也。是以规略文统(63)，宜宏大体。先博览以精阅，总纲纪而摄契(64)；然后拓衢路，置关键，长辔(pèi)远驭(65)，从容按节(66)。凭情以会通，负气以适变(67)；采如宛虹之奋鬐(qí)(68)，光若长离之振翼(69)，乃颖脱之文矣(70)。若乃龌龊(wò chuò)于偏解(71)，矜激乎一致(72)，此庭间之回骤(73)，岂万里之逸步哉(74)！

赞曰：文律运周，日新其业。变则其久，通则不乏。趋时必果(75)，乘机无怯。望今制奇，参古定法。

简　注

① 常：恒常。

② 无方：无常。

③ 诗、赋、书、记：泛指各种文体。

④ 名理：文体名和写作道理。因：沿袭。

⑤ 气力：作品的气势和感人力量。

⑥ 通变：贯通变化，近于推陈出新的意思。

⑦ 故实：过去的作品。

通　变　53

⑧ 酌:斟酌取舍。新声:新的音乐,指新的创作。
⑨ 绠:提水用的绳子。衔:含。
⑩ 辍:停止。涂:路途。
⑪ 丽:附着。
⑫ 臭味:气味相投,指同类。晞:晒。
⑬ 九代:指黄帝、唐、虞、夏、商、周、汉、魏、晋九代。
⑭ 则:法则。
⑮ 《断竹》:指《弹歌》。
⑯ 《在昔》:传为唐尧时的歌名,今不存。
⑰ 广:扩大,发展。
⑱ 《卿云》:传为虞舜时的《卿云歌》。
⑲ 《雕墙》:指《五子之歌》,传为夏帝太康之弟所作。
⑳ 缛:采盛。
㉑ 篇什:指《诗经》。
㉒ 序:叙。
㉓ 揆:道理。
㉔ 暨:及。骚文:以《离骚》为代表的《楚辞》。
㉕ 矩式:模仿,学习。
㉖ 影写:模仿。
㉗ 策制:应为"篇制",指诗篇。
㉘ 顾慕:追慕。
㉙ 瞻:往上看。
㉚ 榷:商讨。
㉛ 辨:明。
㉜ 侈:过分,指辞采的铺张。
㉝ 绮:有花纹的丝织品,借以喻轻浮的华丽。
㉞ 讹:错误,指过分追求形式造成的不当。
㉟ 澹:诗味淡薄。

㊱ 味:应为“末”字,衰微。

㊲ 才颖:指才能出众。

㊳ 宋集:指南朝宋人的作品。

㊴ 附:接近。

㊵ 蓝:草名,可作染料。

㊶ 茜:草名,可做红色染料。

㊷ 桓君山:东汉桓谭字君山,下面所引的话,可能是他的《新论》一书的佚文。

㊸ 刘、扬:西汉刘向、扬雄。

㊹ 濯:洗。这里意为提炼。

㊺ 经诰:指儒家经书。

㊻ 檃括:矫正曲木的器具,这里指纠正偏向。

㊼ 厥:其。

㊽ 轩翥:高飞。

㊾ 枚乘:汉初作家。

㊿ 虹洞:相连的样子。

(51) 相如:司马相如。

(52) 端:开始。

(53) 涯:边际。

(54) 沼:水池。

(55) 月生:《上林赋》原文作“入乎”。陂:山坡。

(56) 马融:东汉作家。《广成》:马融的《广成颂》。

(57) 大明:指太阳。

(58) 《校猎》:指扬雄的《羽猎赋》。

(59) 沓:合。

(60) 扶桑:神话传说的树,太阳从此树出来。濛汜:传为日落的地方。

(61) 循:沿袭。

(62) 参伍:错综。

(63) 规略:谋划。文统:文学传统。
(64) 摄:持取。契:法则。
(65) 辔:马缰绳。
(66) 节:一定的节度。
(67) 负:依靠。气:作者的气质。
(68) 宛:弯曲。髻:虹背。
(69) 长离:凤凰。
(70) 颖脱:显露锋芒。
(71) 龌龊:局促。
(72) 矜:夸耀。一致:一得之见。
(73) 回骤:回旋驰马。
(74) 逸:快。
(75) 果:决断。

译 文

　　文章的体裁是有定的,写作的变化却没有固定的方法。何以知道是这样呢?如诗歌、辞赋、书札、奏章等等,各种文体的名称和写作原理都有所继承,这说明体裁是有定的;至于文辞的运用及作品的气势和力量,只有推陈出新才能发展久远,这说明写作方法是不断变化着的。名称和写作道理既然有定,体裁方面就必须根据过去的作品;推陈出新既不固定,写作方法上就必须酌取新的技巧:这样就能奔驰于长远的发展道路上,吸取无穷无尽的源泉。但汲水绳子太短的人就会口渴,脚力软弱的人则将半途而废;这并不是写作的道理到了尽头,只是不善于贯通变新罢了。所以论述作文的方法,可用草木的生长作比喻:根干附在地上的性质是相同的,由于接受阳光不同而相同的草木也互异了。

　　所以九代以来的诗歌,在情志的表达上是合于写作法则的。

黄帝时的《弹歌》，是最质朴的了；唐尧时的《在昔歌》，比黄帝时有所发展；虞舜时的《卿云歌》，文采较唐尧时为多；夏代的《五子之歌》，比虞舜时文采更丰富；商周时期的《诗经》，又比夏代华丽。这些作品在述情志和写时事上，其原则是一致的。到了楚国的骚体作品，就学习周代的《诗经》；汉代的赋颂，却又学习《楚辞》；魏国的诗篇，崇拜汉代的风尚；晋代的作品，又钦仰魏人的文采。研究这些情况可以看出：黄帝和唐尧时候的作品是淳厚而朴素的，虞夏两代的作品发展为朴素而鲜明，商周时期的作品则是华丽而雅正的，楚国和汉代的作品就铺张而华艳了，魏晋时期的作品便浅薄而浮华，到宋初的作品更谬误而新奇了。从朴质发展到谬误，越到后来越乏味，为什么呢？就因为竞相模仿近代的作品而忽视学习古人，创作风气就日益衰落了。

目前一些有才华的人，努力于学习写作，可是大多忽略汉代的诗篇，而学习宋人的作品；虽然对古今之作都全面浏览，却总是趋附近代而疏远古人。青色从蓝草中提炼出来，赤色从茜草中提炼出来，虽然都超过了原来的颜色，却不能再变化成其他颜色了。桓谭曾说："我看到新进作家的华丽文章，虽然甚美却没有什么可取的；但看了刘向、扬雄的作品，却常常有所收获。"这话可以证明上述道理。所以提炼青色和赤色，一定离不开蓝草和茜草；要纠正文学创作的谬误和浅薄，还须宗奉儒家经书。若能在质朴和文采之间斟酌得当，在雅正和庸俗上处理正确，这就可以懂得通变了。

夸张地描绘声音形貌，西汉初年的作品已达到极点。从此以后，循环不断地互相因袭，虽然偶有高飞出轨的，却终于落入当时的樊笼之内。如枚乘的《七发》说："遥遥地看望东海，和苍茫的天空相连。"司马相如的《上林赋》说："看不到头，望不到边，太阳从东边的水中出来,月亮从西边的山上升起。"马融的《广成颂》说:"天地相连,无边无际,太阳从东方出来,月亮从西山升起。"扬雄的《羽猎赋》说:"太阳和月亮进进出出,天与地合在一起。"张衡的《西京赋》说:"太阳和月亮在这里出入,好像在扶桑和濛汜一样。"这些广泛的寓意和极力的描绘,五家所写都是一个模样,诸如此类的写法很多,无不是互相抄袭的。

因袭和变革交错结合,这就是继承和革新的方法。因此考虑文学传统的继承,应从大处着眼。首先广泛地浏览和精读历代作品,抓住其要领和基本法则;然后开拓自己的写作道路,安排创作的关键,纵马远行,从容不迫而有节奏地进行创作。既应凭借自己的感情来继续前人,也要依据作者的气质来适应新变,使文采像虹蜺的拱背,光华像凤凰的展翅,这就是出类拔萃的文章了。假如局限于偏狭的见解,矜夸自己的一得之见,这只不过在庭院内回旋奔驰,岂能速行万里呢?

总之,写作的规律运转不停,每天都有新的成就。必须继续革新才能持久,善于贯通就不贫乏。跟上时代的发展应该坚决,抓住时机不要胆怯。应观察当今以创造美好的作品,参考古来优秀传统而确定法则。

情　采

简　析　《情采》是《文心雕龙》的第三十一篇。"情"指内容,"采"指形式,本篇就是对内容与形式的关系的专论。刘勰用生动的比喻来说明这种关系:只有水才能产生波纹的形式,只有树木才会产生花朵的形式,可见形式必须依附于一定的内容;虎豹之皮如果没有花纹,就和犬羊之皮相似,犀牛皮虽坚韧,但须涂以丹漆才能应用,可见内容有待于一定的形式来表现,二者是相互依存的。这种道理用在文学上,刘勰又以布帛的经纬相成为喻:内容是经,文辞是纬,必须首先确立经线,才能织以相应的纬线。从而说明,虽然内容和形式不可偏废,但必须以内容为主。所以,刘勰主张文学创作应以"述志为本",文采必须为内容服务。据此,刘勰反对"为文造情",强调"为情造文";反对为了沽名钓誉的虚情假意之作,而主张感情充实的"要约写真"之作。

原　文

圣贤书辞,总称"文章",非采而何?夫水性虚而沦漪(lún yī)结①,木体实而花萼(è)振②,文附质也。虎豹无文③,则鞹(kuò)同犬羊④;犀兕(xī sì)有皮⑤,而色资丹漆,质待文也。若乃综述性灵⑥,敷写器象⑦,镂心鸟迹之中⑧,织辞鱼网之上⑨;其为彪炳⑩,缛采名矣⑪。故立文之道⑫,其理有三⑬:一曰形文,五色是也;二曰声文,五音是也⑭;三曰情文,五性是也⑮。五色杂而成黼黻(fǔ fú)⑯,五音比而成《韶》《夏》⑰,五情发而为辞章⑱,神理之数也⑲。

《孝经》垂典⑳,丧言不文㉑;故知君子常言,未尝质也。老子疾伪㉒,故称:"美言不信"㉓;而五千精妙㉔,则非弃美矣。庄周云㉕:"辩雕万物"㉖,谓藻饰也。韩非云㉗:"艳采辩说"㉘,谓绮丽也。绮丽以艳说,藻饰以辩雕,文辞之变,于斯极矣。研味《李》《老》㉙,则知文质附乎性情㉚;详览《庄》《韩》,则见华实过乎淫侈㉛。若择源于泾渭之流㉜,按辔(pèi)于邪正之路㉝,亦可以驭文采矣。夫铅黛(dài)所以饰容㉞,而盼倩(qiàn)生于淑姿㉟;文采所以饰言,而辩丽本于情性。故情者文之经㊱,辞者理之纬㊲。经正而后纬成,理定而后辞畅:此立文之本源也㊳。

昔诗人什篇㊴,为情而造文;辞人赋颂,为文而造情。何以明其然?盖《风》《雅》之兴㊵,志思蓄愤,而吟咏情性,以讽其上:此为情而造文也。诸子之徒㊶,心非郁陶(yáo)㊷,苟驰夸饰㊸,鬻(yù)声钓世㊹:此为文而造情也。故为情者要约而写真,为文者淫丽而烦滥㊺。而后之作者,采滥忽真,远弃《风》《雅》,近师辞赋;故体情之制日疏,逐文之篇愈盛。故有志深轩冕(miǎn)㊻,而泛咏皋壤(47);心缠几务(48),而虚述人外(49)。真宰弗存(50),翩其反矣(51)。夫桃李不言而成蹊(xī)(52),有实存也;男子树兰而不芳(53),无其情也。夫以草木之微,依情待实;况乎文章,述志为本;言与志反,文岂足征(54)?

是以联辞结采,将欲明经(55);采滥辞诡,则心理愈翳(yì)(56)。固知翠纶桂饵(ěr)(57),反所以失鱼。"言隐荣华"(58),殆(dài)谓此也(59)。是以衣锦䌹(jiǒng)衣(60),恶文太章(61);《贲(bì)》象穷白(62),贵乎反本。夫能设谟以位理(63),拟地以置心(64);心定而后结音,理正而后摛(chī)藻(65)。使文不灭质,博不溺(nì)心(66);正采耀乎朱蓝(67),间色屏于红紫(68),乃可谓雕琢其章,彬彬(bīn)君子矣(69)。

赞曰:言以文远(70),诚哉斯验。心术既形(71),英华乃赡(shàn)(72)。吴锦好渝(73),舜英徒艳(74)。繁采寡情,味之必厌。

简　注

① 沦漪:水的波纹。
② 萼:花朵下的绿片。
③ 虎豹:指虎豹的皮。
④ 鞟:皮革。
⑤ 犀兕:雄雌犀牛。
⑥ 综:组织。
⑦ 敷:铺陈。
⑧ 镂:雕刻。鸟迹:指文字。
⑨ 鱼网:纸。古代用废鱼网造纸。

⑩ 彪炳:光彩鲜明。
⑪ 缛:繁盛。名:明。
⑫ 道:途径。
⑬ 理:指上述文质关系的文理。
⑭ 五音:宫、商、角、徵、羽。
⑮ 五性:指人的各种性情。
⑯ 黼黻:古代礼服的花纹。
⑰ 比:配合。《韶》《夏》:传为虞、夏时的乐名。
⑱ 情:当作"性"。
⑲ 神理:神妙精微的自然之理。
⑳ 《孝经》:儒家经书之一。垂典:留下法度。
㉑ 丧言:有关丧事的文字。
㉒ 老子:战国时思想家。
㉓ "美言不信":《老子》末章的话。
㉔ 五千:指《道德经》,共五千多字。
㉕ 庄周:战国时的思想家,著有《庄子》。
㉖ 辩:巧言。这句是《庄子·天道》中的话。
㉗ 韩非:战国时的思想家,著有《韩非子》。
㉘ 采:应为"乎"字。这句是《韩非子·外储说左上》中的话。
㉙ 《李》:应为《孝》,指《孝经》。
㉚ 文质:复词偏义,只指形式。
㉛ 华实:同上,只指华丽。淫侈:过分。
㉜ 泾渭:二水名,泾水清,渭水浊。
㉝ 辔:马缰绳。
㉞ 铅黛:古代妇女用的化妆品。
㉟ 盼:美目。倩:动人的笑貌。淑:美好。
㊱ 情:泛指作品的内容。
㊲ 理:和上句"情"字意义相近。

㊳ 本源:根本,指文学创作的根本原理。

㊴ 什:诗篇。

㊵ 《风》《雅》:指《诗经》中的《国风》《小雅》等。

㊶ 诸子:指汉以后的辞赋家。

㊷ 郁陶:忧思郁积。

㊸ 苟:勉强。

㊹ 鬻:卖。钓:骗取。

㊺ 滥:不切实。

㊻ 轩冕:有屏藩的车和礼冠,指高级官吏。

㊼ 皋壤:水边隐者所居之地。

㊽ 几务:即机务,指政事。

㊾ 人外:世外。

㊿ 真宰:真心。

(51) 翩:反貌。

(52) 蹊:路。古有"桃李不言,下自成蹊"的民谣。

(53) 树:种植。此说出《淮南子·缪称训》。

(54) 征:验证。

(55) 经:应为"理"字。

(56) 翳:隐蔽。

(57) 翠纶:用翡翠鸟毛织成的钓鱼线。桂饵:用肉桂做的鱼食。

(58) 隐:隐没。这句是《庄子·齐物论》中的话。

(59) 殆:几乎,大致。

(60) 絅衣:套在外面的罩衣。

(61) 章:鲜明。

(62) 《贲》:《易经》中的卦名。穷白:最终是白色。

(63) 谟:应为"模"字,规范。

(64) 地:底子。心:指作品的思想内容。

(65) 摛:发布,舒展。

情　采　　　　　　　　　　　　　　　　　　　63

⑯　溺:淹没。
⑰　正采:即正色。古代以青、赤、黄、白、黑为正色。朱属红,蓝属青。
⑱　间色:红紫等杂色。屏:弃。
⑲　彬彬:文质兼备。
⑳　远:流传久远。《左传》载孔子说过此话。
㉑　心术:指运思的道路。形:显著。
㉒　赡:丰富。
㉓　渝:变。
㉔　舜英:木槿(jǐn)花。这种花有花无实。

译　文

　　古代圣贤的著作,都被称为"文章",这不是由于它们都具有文采吗?水有虚柔的特性因而产生波纹,树木有坚固的实体因而开放花朵,可见文采必须依附于相应的物体。虎豹之皮如果没有斑纹,它的皮革就和犬羊相似;犀牛虽有坚韧的皮,但它的皮革还须涂上丹漆才美观,可见物体也要依靠美好的外形。至于抒写人的思想感情,描绘事物的形象,在文字的运用上精心琢磨,然后组成文辞写在纸上;其所以能够光辉灿烂,就因为文采繁富的缘故。所以文学创作的道路,按它的文理应有三种:第一是表形的创作,就是各种颜色的描绘;第二是表声的创作,就是各种音韵的讲究;第三是表情的创作,就是各种情感的表达。各种颜色交杂而成华美的花纹,各种声音调合而成动听的乐章,表达各种思想感情而成优美的作品,这都是自然的道理所决定的。

　　《孝经》留下的教导是,有关丧事的话不能有文采;可见人们平常说的话,并不是质朴的。又如老子反对虚伪,所以说:"华丽的语言往往不可靠";但他自己写的《道德经》却非常美妙;可见他对华美的文采并不一概反对。庄子曾说:"用巧妙言辞来描绘万物",这是讲辞采的修饰。韩非曾说:"巧妙的议论多么华丽",这是说文采太多了。文采太多的议论,修饰巧妙的描写,文章的变化这就达于极点了。体会《孝经》《老子》等书中的话,可知文章的形式是依附于作者的性情的;细看《庄子》《韩非子》等书中的话,就明白作品的华丽是过分淫侈了。如果在清流与浊流之间加以适当的选择,在邪道与正路之前从容考虑,也就可以在文学创作中正确地驾驭文采了。那红粉和青黛虽可修饰一下人的外容,妍媚的情态却只能从人的固有姿态中产生出来。文采也只能修饰一下语言,文章的巧妙华丽却以它的思想内容为基础。所以思想内容犹如文辞的经线,文辞好比是内容的纬线;必须首先确定了经线,然后才能织以纬线,只有首先确定了作品的内容,然后才能生产畅达的文辞:这就是文学创作的根本原则。

　　从前《诗经》作者所写的诗歌,是为了表达思想感情而创造文辞;后代辞赋家的作品,则是为了写文章而捏造感情。何以知道是这样的呢?因为《诗经》中许多作品的产生,都是由于作者内心充满了忧愤,因而表达出自己的思想感情,用以讽劝当时的执政者:这是为了表达思想感情而写文章。后来的辞赋家们,本来内心没有什么愁思哀感,却勉强地追逐浮夸的文饰,沽名钓誉:这就是为了写文章而编造感情。所以,为了表达感情而写的文章便精练真实,为了文辞而写的文章便过分华丽而杂乱空泛。但是后代的作家,大都爱好浮华而轻视真实,抛弃古代的《诗经》,而向近代的辞赋学习;因此抒情写志的作品日渐稀少,过分追求文采的作品越来越多。有的人内心深深怀念着高官厚禄,却空泛地吟唱着山野的隐居生活;内心里萦绕着政治事务,却虚伪地描述尘世之外的情趣。既然不存在真实的心情,文章就只有说假话了。桃树李树不用说话，树下就会走出路来，就因树上有果实存在；男人种的兰花不够芳香，就因为男人缺乏真诚的情感。花草树木这种微小的东西，还要依赖感情或凭借果实，何况文学创作，是以抒写情志为根本？如果作家所写的与自己的情志相反，这样的作品还有何意义呢？

因此，写作中运用辞采，目的是要说明情理；如果文采泛滥、言辞怪异，作品的思想内容就更加模糊不清。由此可知用翡翠羽毛做钓鱼绳、用肉桂做鱼食，反而钓不到鱼。所谓"言辞的意义被繁盛的文采所掩盖了"，大约就是指的这个道理。所以穿了锦绣衣服再加上罩衫，就是厌恶文采太刺眼。《周易》中讲文饰的《贲》卦，最终以白色为正，说明文饰仍以本色为贵。创作应树立一个规范来安排作品的内容，拟定适当的基础来表达作者的思想；只有确定了思想才能据以配上音节，确定了内容才能据以分布辞采。要做到有文采但不掩盖其内容，文辞繁富但不淹没作者的思想；使朱蓝等正色发出光彩，而把红紫等杂色排除在作品之外：这才是既能美化作品，又能文质相称的作家。

总之，语言要有文采才能流传久远，这话是不错的。运思的道路既已明确，作品的文采也就丰富了。但吴地的锦绣容易变色，木槿花徒具艳丽的形式。文采太多而缺乏内容的作品，读起来必然令人生厌。

熔　裁

简　析　《熔裁》是《文心雕龙》的第三十二篇。"熔"是对作品内容的规范，"裁"是对文辞的斟酌剪裁。本篇认为，把千千万万的情意写成文章，总的来说，离不开文辞和内容两个方面的结合，要做到内容全备而不繁杂，辞采多变而不泛滥，"非夫熔裁，何以行之乎？"这就是本篇要论述的重要问题。在熔意方面，刘勰提出了著名的"三准"论。所谓"三准"，就是规范内容的三条准则：首先，内容的安排以能确立主干为准；其次，取材以和作品的内容有密切联系为准；最后，用辞以能突出要点为准。这样来规范内容，就可做到纲领明畅而首尾一体。裁辞主要是讲裁剪可有可无的浮辞，但这并不是单纯地求简练。刘勰认为文风的繁略，可以随作者的个性与爱好而异，能做到"繁而不可删"或"略而不可益"，都是理想的作品。

原　文

　　情理设位，文采行乎其中。刚柔以立本[①]，变通以趋时。立本有体[②]，意或偏长；趋时无方，辞或繁杂。蹊要所司[③]，职在熔裁；櫽(yǐn)括情理[④]，矫揉文采也[⑤]。规范本体谓之熔[⑥]，剪截浮词谓之裁。裁则芜秽不生[⑦]，熔则纲领昭畅⑧;譬绳墨之审分⑨,斧斤之斲(zhuó)削矣⑩。骈拇(pián mǔ)枝(qí)指⑪,由侈于性⑫;附赘(zhuì)悬疣(yóu)⑬,实侈于形。二意两出⑭,义之骈枝也;同辞重句,文之疣赘也。

凡思绪初发,辞采苦杂,心非权衡⑮,势必轻重。是以草创鸿笔,先标三准:履端于始⑯,则设情以位体⑰;举正于中,则酌事以取类⑱;归余于终,则撮(cuō)辞以举要⑲。然后舒华布实⑳,献替节文㉑;绳墨以外㉒,美材既斲(zhuó)㉓,故能首尾圆合,条贯统序。若术不素定㉔,而委心逐辞㉕,异端丛至㉖,骈赘必多。

故三准既定,次讨字句。句有可削,足见其疏;字不得减,乃知其密。精论要语,极略之体㉗;游心窜句㉘,极繁之体。谓繁与略,随分所好㉙。引而申之,则两句敷为一章;约以贯之,则一章删成两句。思赡(shàn)者善敷㉚,才核者善删㉛;善删者字去而意留,善敷者辞殊而意显。字删而意阙(quē)㉜,则短乏而非核;辞敷而言重㉝,则芜秽而非赡。

昔谢艾、王济㉞,西河文士㉟。张俊以为㊱:艾繁而不可删,济略而不可益。若二子者,可谓练熔裁而晓繁略矣㊲。至如士衡才优㊳,而缀辞尤繁;士龙思劣㊴,而雅好清省㊵。及云之论机,亟(qì)恨其多㊶,而称"清新相接,不以为病"㊷,盖崇友于耳㊸。夫美锦制衣,修短有度,虽玩其采㊹,不倍领袖。巧犹难繁,况在乎拙?而《文赋》以为"榛楛(zhēn hù)勿剪"㊽"庸音足曲"㊻；其识非不鉴㊼，乃情苦芟(shān)繁也㊽。夫百节成体㊾，共资荣卫㊿；万趣会文㉛，不离辞情。若情周而不繁，辞运而不滥㉜，非夫熔裁，何以行之乎？

赞曰：篇章户牖(yǒu)㉝，左右相瞰(kàn)㉞。辞如川流，溢则泛滥㉟。权衡损益，斟酌浓淡㊱。芟繁剪秽，弛(chí)于负担㊲。

简　注

① 刚柔：阳刚阴柔，指作品的基调。
② 体：主体。
③ 蹊：路。司：主管。
④ 檃括：矫正曲木的工具，这里是矫正的意思。
⑤ 矫揉：也是纠正之意。
⑥ 本体：基本内容。
⑦ 芜秽：杂乱不洁。
⑧ 昭：明白。
⑨ 绳墨：工匠画线的工具。审分：审核分辨。
⑩ 斤：斧子。斫：砍。
⑪ 骈拇：大脚指与第二指相合为一。枝指：大手指旁生出第六指。枝同"歧"。
⑫ 侈：过多，不必要的多。性：天性。
⑬ 赘：多余的肉瘤。疣：皮肤上生出的疙瘩。
⑭ 二意：重复的意思。
⑮ 权衡：秤锤和秤杆。
⑯ 履：步。
⑰ 位：安置。体：主体。

⑱ 类:相似。
⑲ 撮:摘取。
⑳ 华:指辞采。实:指内容。
㉑ 献:进。替:弃。
㉒ 绳墨:这里指合于法度的。
㉓ 斫:加工。
㉔ 术:写作方法。素:平时,向来。
㉕ 委心:任意。
㉖ 异端:指和内容主旨关系不密的描写。
㉗ 体:风格。
㉘ 游:指作者思想奔放。窜:指文辞的铺张。
㉙ 分:本分,性格。
㉚ 赡:富足。
㉛ 核:实,踏实。
㉜ 阙:同缺。
㉝ 言重:指所讲内容重复。
㉞ 谢艾:东晋凉州牧张重华的僚属。王济:晋代文士。
㉟ 西河:今山西中部。
㊱ 张俊:应为"张骏"。张重华的父亲。
㊲ 练:熟悉。
㊳ 士衡:陆机的字。
㊴ 士龙:陆机之弟陆云的字。
㊵ 雅:常。清省:文笔简净。
㊶ 亟:屡次。多:指文辞过繁。
㊷ "清新相接"二句:陆云《与平原书》中的话。
㊸ 友于:兄弟的情谊。
㊹ 玩:欣赏。
㊺ 榛楛:恶木。

㊻ 庸音:平庸的音乐,喻指不精彩的句子。足曲:凑成篇章。

㊼ 鉴:照,看清。

㊽ 芟:除草。

㊾ 节:骨节。体:人的形体。

㊿ 资:凭借。荣卫:指人的血气。

㉑ 趣:旨趣,指作品的内容。

㉒ 运:运行,指文辞的变化。滥:辞采过分。

㉓ 牖:窗户,喻作品各方面相互沟通。

㉔ 瞰:视。

㉕ 溢:水满外流。

㉖ 浓淡:辞采的多少。

㉗ 弛:减轻。

译　文

作品的内容有一定的部署,然后运用文采于其中。确立了刚强或柔婉的基调,再随着现时而有所变化。确立基调有一定的主体,但意思的表达可能偏斜或过多;追随现时的变化没有一定,文辞有时难免繁杂。这里的关键所在,就是做好熔意裁辞的工作;一方面纠正内容的偏长,一方面改正文采的繁杂。规范作品的内容叫做"熔",删削不必要的文辞叫做"裁"。通过剪裁就不会产生杂乱,加以熔炼就可纲领分明;好比工匠用绳墨来确定材料的取舍,用斧子来进行削凿一样。脚指相连不分或手有第六指,那是天生的多余;身上长出肉结,也为形体所不需要。重复的意思两次出现,那是内容上的歧指;同样的辞句重复出现,就是文辞上的肉疙瘩。

在构思开始的时候,拟用的文辞往往苦于杂乱,作者的心很难像天平那么准确地衡量,势必出现偏重偏轻的毛病。所以要想

熔 裁

写一篇宏大的作品，必须首先提出三项准则：第一是根据内容来确定作品的主体，其次是选择与内容的主体有联系的材料，最后选用适当的语言来突出重点，然后才能安排文辞来配合内容，在或增或删上进行调节；留下合于法度的部分，好的材料已进行了加工，因而能使首尾一体，条理清楚。如果不先确定写作方法，只是任意追求辞采，则无关的内容会大量涌现，而废话必然很多。

确定了三项准则，其次是斟酌字句。如果有的句子还可删减，就说明其粗疏；如果没有可省的字，才算写得周密。论述精当而语言简要，就是极其精约的风格；情志奔放而文辞铺张，就是极其繁缛的风格。繁缛或精约，完全随作者性格的爱好。如果加以发挥，那么两句可以变成一段；如果简练一点，一段也可以压缩成两句。文思丰富的人善于铺陈，才力踏实的人善于精简；善于精简的人，删去一些字句而能保持原意；善于铺陈的人，虽文辞多变而内容显豁。如果减少字句而造成意思不完整，那是才力不足而非踏实；如果文辞铺陈而内容重复，则是文笔拉杂而非文思丰富。

晋代的谢艾和王济，都是西河地区的文人。当时张骏认为：谢艾的文辞虽繁却不能删减，王济的文辞虽简略却不能增益。像这两位，可以说是精于熔裁而懂得处理繁略问题的作者了。至于陆机，虽然才华优越，但写作文辞过繁；陆云的文思虽然较差，但平常就爱好文辞简净。在陆云评论陆机时，虽然常怪陆机文采过多，却又说他"不断有清新的文句，所以不算毛病"，其实这不过是重视兄弟间的感情而已。比如用美好的锦缎做衣服，长短是有定的，虽然欣赏锦缎的花纹，也不能把衣领或衣袖加长一倍。善于写作的人还难以把繁多的文采处理得当，何况不善于写作的人呢？陆机的《文赋》认为："文章中的杂枝也可不删剪""平庸的描写也能凑足成篇"，他并不是见识不高，也是难于割爱罢了。许多骨节组成整个人体,都要靠气血流畅;各种意思组合成文章,必须有文辞和内容。若要文章的内容全备而不太繁杂,文辞多变而不泛滥,除了进行熔意和裁辞,还能有什么办法呢?

总之,作品的各个方面,应该全面兼顾。文辞就像河水,太多了就会泛滥。必须考虑内容的增减,研究辞采的浓淡。删去繁杂无益的描写,减轻其不必要的负担。

比 兴

简　析　《比兴》是《文心雕龙》的第三十六篇。比、兴两种表现方法，最初用于诗歌，楚汉以后，由骚赋的广泛运用扩大及各种文学艺术，形成为我国古代文学艺术的重要传统之一。汉代以后，论比兴方法的很多，本篇则是古代第一篇比兴专论。刘勰基本上继承前人的论述，认为"比"是用有明显相似之处的事物相比喻，"兴"是用不明显的事物兴起或寄托作者的感情。但刘勰更重视所比所兴的思想内容和强调"兴"的重要性，这对古代比兴论和这种方法的发展，都有重要的影响。因汉以后的文学创作以"比"为主，所以本篇也主要是总结"比"的经验。刘勰通过大量实例，说明比喻的运用十分广泛，且可产生"惊听回视"的巨大艺术效果。其基本经验是比拟精确，"以切至为贵"；进而要求在全面观察所比事物的基础上，以小喻大，"拟容取心"，就是不满足于外部形貌的相似，还要能说明重大的意义和表现事物的精神实质。文学艺术是通过形象来表达思想感情，以上论述不仅有助于认识文学艺术特征的发展，且逐步形成古代文艺在形象描绘上的民族特点。

原　文

　　《诗》文弘奥，包韫(yùn)六义[①]。毛公述《传》[②]，独标"兴"体。岂不以"风"通而"赋"同③,"比"显而"兴"隐哉④?故"比"者附也⑤,"兴"者起也。附理者切类以指事,起情者依微以拟议⑥。起情,故"兴"体以立;附理,故"比"例以生⑦。"比"则畜愤以斥言⑧,"兴"则环譬以记讽⑨。盖随时之义不一,故诗人之志有二也⑩。

观夫"兴"之托谕⑪,婉而成章;称名也小,取类也大⑫。《关雎(jū)》有别⑬,故后妃方德⑭;尸鸠贞一⑮,故夫人象义⑯。义取其贞,无从于夷禽⑰;德贵其别,不嫌于鸷(zhì)鸟⑱:明而未融⑲,故发注而后见也。且何谓为"比"?盖写物以附意,飏(yáng)言以切事者也⑳。故金锡以喻明德㉑,珪璋(guī zhāng)以譬秀民㉒,螟蛉(míng líng)以类教诲㉓,蜩螗(tiáo táng)以写号呼㉔,浣(huàn)衣以拟心忧㉕,席卷以方志固㉖:凡斯切象,皆比义也。至如"麻衣如雪"㉗,"两骖(cān)如舞"㉘:若斯之类,皆比类者也㉙。

楚襄(xiāng)信谗㉚,而三闾忠烈㉛,依《诗》制《骚》,讽兼比兴。炎汉虽盛㉜,而辞人夸毗(pí)㉝;《诗》刺道丧,故"兴"义销亡。于是赋颂先鸣,故"比"体云构㉞;纷纭杂遝(tà)㉟,信旧章矣㊱。

夫"比"之为义,取类不常:或喻于声,或方于貌,或拟于心,或譬于事。宋玉《高唐》云㊲:"纤条悲鸣,声似竽籁(yú lài)"㊳,此比声之类也。枚乘《菟(tú)园》云㊴:"焱焱纷纷㊵,若尘埃之间白云"㊶,此则比貌之类也。贾生

《鵩(fú)赋》云㊷:"祸之与福,何异纠缦(jiū mò)?"㊸此以物比理者也。王褒《洞箫》云㊹:"优柔温润,如慈父之畜子也",此以声比心者也。马融《长笛》云㊺:"繁缛(rù)络绎㊻,范、蔡之说(shuì)也"㊼,此以响比辩者也。张衡《南都》云㊽:"起郑舞,茧(jiǎn)曳(yè)绪"㊾,此以容比物者也㊿。若斯之类,辞赋所先。日用乎"比",月忘乎"兴";习小而弃大㉕,所以文谢于周人也㉖。

至于扬、班之伦㉝,曹、刘以下㊴,图状山川,影写云物㉟,莫不纤综"比"义㊱,以敷其华㊲;惊听回视㊳,资此效绩㊴。又安仁《萤赋》云㊵:"流金在沙"㊶;季鹰《杂诗》云㊷:"青条若总翠"㊸,皆其义者也。故"比"类虽繁,以切至为贵;若刻鹄(hú)类鹜(wù)㊹,则无所取焉。

赞曰:诗人比兴,触物圆览㊺。物虽胡越㊻,合则肝胆㊼。拟容取心㊽,断辞必敢㊾。攒(zǎn)杂咏歌㊿,如川之涣㉛。

简 注

① 韫:藏,具有。六义:风、雅、颂和赋、比、兴。
② 毛公:西汉毛亨。《传》:指《诗诂训传》。
③ 风通:指"风"诗通用赋比兴三种方法,这里的"风"又概括雅颂在内。赋同:指"赋"这种表现方法是直陈事物。
④ 隐:指用意不明显。
⑤ 附:托附于物。
⑥ 微:指细微曲折的联系。
⑦ 例:体例。

⑧ 畜:积蓄。斥:指责。

⑨ 环譬:委婉曲折的比喻。记:应为"托"字。

⑩ 二:指比、兴两种方法。

⑪ 谕:晓告,这里指讽喻。

⑫ 取类:指所取譬喻之义。

⑬ 《关雎》:《诗经》的第一篇,旧解以为其中所写雎鸠鸟雌雄有别。

⑭ 方:比方。

⑮ 尸鸠:指《诗经·鹊巢》中说的鸤鸠,即布谷鸟。贞:定,指妇女坚守女德。

⑯ 夫人:旧解以为《鹊巢》是歌颂诸侯夫人的。

⑰ 从:应为"疑"字。夷:平常。

⑱ 鸷鸟:凶猛的鸟。

⑲ 融:大明。

⑳ 飏:显扬。

㉑ 金锡:《诗经·淇奥》中用"如金如锡"来赞美卫武公的品德。

㉒ 珪璋:名贵的玉器。《诗经·卷阿》中用"如珪如璋"来称赞贤人。

㉓ 螟蛉:螟蛉蛾的幼虫。《诗经·小宛》中用以比喻教养后代。

㉔ 蜩螗:蝉。《诗经·荡》中用蝉声比喻饮酒者的呼叫。

㉕ 浣:洗。《诗经·柏舟》中说:"心之忧矣,如匪(非)浣衣。"

㉖ 席卷:卷席子。《诗经·柏舟》中说:"我心匪席,不可卷也。"

㉗ "麻衣如雪":《诗经·蜉蝣(fú yóu)》中的一句。

㉘ "两骖如舞":《诗经·大叔于田》中的一句。骖:驾在马车两旁的马。

㉙ 类:类似。

㉚ 楚襄:战国时的楚顷襄王。谗:毁坏好人的话。

㉛ 三闾:屈原,他曾任三闾大夫。

㉜ 炎汉:旧说汉代属五行中的火。

㉝ 夸毗:体柔的人,指没有骨气。

㉞ 云构:形容其多。
㉟ 杂遝:众多,杂乱。
㊱ 信:应为"倍"字,违背之意。章:条理,法则,指《诗经》的表现方法。
㊲ 宋玉:战国楚国作家。
㊳ 竽:笙一类的簧乐器。籁:孔穴所发出的声音。
㊴ 枚乘:西汉作家。
㊵ 焱焱:《菟园赋》的原文是"疾疾",指飞得快。
㊶ 间:杂。
㊷ 贾生:西汉作家贾谊。
㊸ 纠缦:绳索绞合。
㊹ 王褒:西汉作家。
㊺ 马融:东汉作家。
㊻ 缛:繁盛。络绎:连续不断。
㊼ 范、蔡:战国辩士范雎、蔡泽。说:游说。
㊽ 张衡:东汉作家。
㊾ 茧:蚕茧。曳绪:牵引蚕丝。
㊿ 以容比物:应为"以物比容"。
㉛ 小:指比。大:指兴。
㉜ 谢:辞逊,指比不上。
㉝ 扬、班:汉代作家扬雄、班固。伦:类。
㉞ 曹、刘:建安作家曹植、刘桢。
㉟ 影写:模仿。
㊱ 纤综:应为"织综",组织,运用。
㊲ 敷:铺陈。
㊳ 回:眩惑。
㊴ 绩:功绩,指艺术效果。
㊵ 安仁:西晋作家潘岳的字。
㊶ "流金"句:形容萤飞的样子,好像金光闪动。

㉒ 季鹰:西晋作家张翰的字。
㉓ 总:聚合。翠:翠鸟,这里指其翠绿色的羽毛。
㉔ 鹄:天鹅。鹜:家鸭。
㉕ 圆览:全面观察。
㉖ 胡越:喻相距很远。胡指北方,越指南方。
㉗ 肝胆:肝胆位置很近,指所喻事物很切合。
㉘ 心:指精神实质。
㉙ 断辞:决定文辞。
㉚ 攒:积聚。杂:指多种事物。
㉛ 涣:水盛貌。

译　文

　　《诗经》的作品宏大精深,其中有风、赋、比、兴、雅、颂六项。毛亨作《诗训诂传》,只单独标明"兴"体,岂不是因为《诗经》兼用赋比兴三种方法而"赋"是直接的描述,"比"是明喻而"兴"却隐曲难明吗?所以,"比"是比附事理,"兴"是引起情感。比附事理的要按照双方相同处来说明事物,引起感情的要依据事物的微妙处来寄托意义。由于引起情感,所以"兴"体才能成立;由于比附事理,所以"比"体才能产生。"比"就是作者有了愤恨之情而有所指斥,"兴"就是作者以委婉的譬喻来寄托讽刺。为了适应不同情况下的不同意义,所以《诗经》的作者表达情志有两种方法了。

　　考察用"兴"来寄托讽喻的诗,常常是婉转表达而成篇章的;讲的虽是小事,譬喻的意义却很广泛。如《关雎》中的雎鸠雌雄有别,所以用来比方周王后妃的妇德;《鹊巢》中的鸤鸠坚贞专一,所以有象征诸侯夫人的意义。既然是取其坚贞之义,就不管它是否平凡的飞禽;既然是珍视其雌雄有别之德,就不嫌弃它是凶猛的飞鸟;这些都是其义虽明却不易看清,所以还有待注释之后才明显。但什么叫做"比"呢？就是描写事物来寄托某种用意,用形象鲜明的语言来表明事理。所以《诗经》中用金和锡来比喻美德,用珍贵的珪璋来比喻贤人,用蜂育螟蛉子来比喻教养后代,用蝉鸣来比喻饮酒人的喧哗,用衣服未洗比喻心情忧郁,用意志不是可卷的席子比喻其坚定;这些都是用贴切的形象,以比喻某种道理。至于《诗经》中说的:"麻衣洁白如雪""驾在车两旁的马走起来像舞蹈":这类比喻,都是以其相似的形象相比。

后来楚国顷襄王听信坏人挑拨,而使忠君爱国的屈原,继承《诗经》的传统写成《离骚》,其讽喻的内容兼取比兴两种方法来表达。汉代文风虽盛,但辞赋家们卑躬屈节,所以《诗经》的讽刺传统中断,而"兴"的表现方法也就不存在了。这时赋颂盛行,"比"的运用风起云涌,杂乱无章,完全违背《诗经》的写法了。

"比"这种方法,在运用比喻上没有一定的范围。有的比喻声音,有的比喻形貌,有的比喻心情,有的比喻事物。如宋玉的《高唐赋》说:"风吹细枝发出悲声,好似吹竽",这是比声音的例子。枚乘的《菟园赋》说:"众鸟杂乱地疾飞,好像白云中夹杂的尘埃",这是比形貌的例子。贾谊的《鹏鸟赋》说:"灾祸与幸福互相联系,同绳索绞在一起有什么区别?"这是以事物比道理的例子。王褒的《洞箫赋》说:"柔和润泽的箫声,好像慈父抚育儿子",这是以声音比喻心情的例子。马融的《长笛赋》说:"繁多而连续不断的音乐,好像范雎、蔡泽的游说",这是以声音比辩论的例子。张衡的《南都赋》说:"开始了郑国的舞蹈,就像剥茧抽丝似的",这是以事物比舞姿的例子。诸如此类的运用,都为辞赋所重。作者天天用"比"的方法,久而久之就忘掉了"兴";既然习惯于次要的方法而抛弃主要方法,所以作品就不如周代了。

至于扬雄、班固诸人,以及曹植、刘桢以后的作家们,描绘山川,模仿风云物色,无不运用"比"的方法,来施展作品的文采;其能使人感到惊异,就是依靠这种方法取得成就的。又如潘岳的《萤火赋》说:"萤光好像沙中金粒在闪烁";张翰的《杂诗》说:"青色的枝条好像聚集着翠鸟的羽毛",这也是用"比"的方法。这类用法虽多,总以十分切合为佳;如果把天鹅刻画成家鸭,那就没有什么可取了。

总之,《诗经》的作者运用比兴方法,是对事物进行了全面观察。相比的事物虽如北胡南越之远,但应使它们像肝胆一样紧密结合。比拟事物的外貌要摄取其精神实质,这是写作上必须努力争取的。把各种事物写进诗篇,就汇合成滔滔奔流的春水。

夸　饰

简　析　《夸饰》是《文心雕龙》的第三十七篇，专论文学描写的夸张问题。刘勰认为自有文字以来，凡是有关声音形貌的描写，都有夸张存在。这是文学艺术的一般规律。本篇一开始就提出，无论是抽象的道理或具体事物，即使用精确的言辞，也不能表达其终极，而夸张的说法却"可得喻其真"，就是可以高度真实地反映事物。所以，为了发挥文学作品的教育作用，刘勰认为夸张的方法是应该运用的。只要运用得当，就可起到使盲人睁眼、聋子受惊的巨大作用。这样，夸张手法的使用，就不必拘守一般写作法则，而要有大胆创作的精神和矫健雄伟的气势。但夸饰也必须有一定的节制，不能"夸过其理"。这些意见都是可取的。只是对汉赋中有关海若、宓妃等神话描写的夸张手法，刘勰却持反对态度，这显然与他所受儒家思想的影响有关。

原　文

　　夫形而上者谓之"道"①，形而下者谓之"器"②。神道难摹③，精言不能追其极④；形器易写，壮辞可得喻其真⑤。才非短长，理自难易耳。故自天地以降⑥，豫入声貌⑦，文辞所被，夸饰恒存。虽《诗》《书》雅言⑧，风格训世⑨，事必宜广，文亦过焉⑩。

是以言峻则嵩(sōng)高极天⑪，论狭则河不容舠(dāo)⑫，说多则“子孙千亿”⑬，称少则“民靡孑(jié)遗”⑭；襄(xiāng)陵举滔天之目⑮，倒戈立漂杵(chǔ)之论⑯：辞虽已甚，其义无害也。且夫鸮(xiāo)音之丑⑰，岂有泮(pàn)林而变好⑱？荼(tú)味之苦⑲，宁以周原而成饴(yí)⑳？并意深褒赞，故义成矫饰㉑。大圣所录，以垂宪章㉒。孟轲(kē)所云㉓“说《诗》者不以文害辞，不以辞害意”也㉔。

自宋玉、景差㉕，夸饰始盛。相如凭风㉖，诡滥愈甚㉗。故上林之馆㉘，奔星与宛虹入轩㉙；从禽之盛㉚，飞廉与鹪鹩(jiāo liáo)俱获㉛。及扬雄《甘泉》㉜，酌其余波㉝，语瑰奇则假珍于玉树㉞，言峻极则颠坠于鬼神㉟。至《东都》之比目㊱，《西京》之海若㊲；验理则理无不验㊳，穷饰则饰犹未穷矣㊴。又子云《羽猎》㊵，鞭宓(fú)妃以饷屈原㊶；张衡《羽猎》㊷，困玄冥于朔野㊸。娈(luán)彼洛神㊹，既非罔(wǎng)两㊺；惟此水师㊻，亦非魑魅(chī mèi)㊻，而虚用滥形，不其疏乎？此欲夸其威而饰其事，义睽剌(kuí là)也㊽。

至如气貌山海，体势宫殿，嵯峨(cuó é)揭业㊾，熠(yì)耀焜煌(kūn huáng)之状㊿，光采炜炜(wěi)而欲然(51)，声貌岌岌(jí)其将动矣(52)：莫不因夸以成状，沿饰而得奇也。于是后进之才，奖气挟声(53)，轩翥(zhù)而欲奋飞㊾,腾掷而羞跼(jú)步㊺。辞入炜烨(yè)㊻,春藻不能程其艳㊼;言在萎绝㊽,寒谷未足成其凋㊾;谈欢则字与笑并,论戚则声共泣偕㊿。信可以发蕴而飞滞㊿,披瞽(gǔ)而骇聋矣㊿。

然饰穷其要,则心声锋起㊿;夸过其理,则名实两乖㊿。若能酌《诗》《书》之旷旨,剪扬、马之甚泰㊿,使夸而有节㊿,饰而不诬㊿,亦可谓之懿(yì)也㊿。

赞曰:夸饰在用,文岂循检㊿?言必鹏运㊿,气靡鸿渐㊿。倒海探珠,倾昆取琰(yǎn)㊿。旷而不溢㊿,奢而无玷(diàn)㊿。

简 注

① 形而上:成形以前的抽象事理。
② 形而下:成形以后的具体事物。
③ 神道:神妙深微的道理。
④ 极:指表达彻底。
⑤ 壮辞:有力的辞,即夸张。喻:说明。
⑥ 以降:以下。
⑦ 豫:参预。
⑧ 《书》:《书经》,即《尚书》。雅:正。
⑨ 风格:风教,法则。
⑩ 过:超过,言过其实。
⑪ 嵩:高。《诗经·崧高》中说山高达天。
⑫ 舠:小船。《诗经·河广》中说河小不能容小船。
⑬ "子孙千亿":《诗经·假乐》中的一句。
⑭ 靡:无。孑:单独。这句是《诗经·云汉》中的话。

⑮ 襄:上。陵:山。目:称说。《尚书·尧典》中有此说。
⑯ 杵:舂米的工具。《尚书·成武》中有此说。
⑰ 鸮:猫头鹰。
⑱ 泮:春秋时鲁国的泮宫。《诗经·泮水》中有泮林鸮声好听之说。
⑲ 荼:苦菜。
⑳ 周原:周国的平原。饴:糖浆。《诗经·绵》中有周原的苦菜如饴之说。
㉑ 矫饰:即夸饰。
㉒ 垂:留下。宪章:法度。
㉓ 孟轲:《孟子》的作者。
㉔ "说《诗》者"二句:《孟子·万章》中的话。
㉕ 宋玉、景差:都是战国时期的楚国作家。
㉖ 相如:司马相如。风:夸饰之风。
㉗ 诡:反常。
㉘ 上林:汉天子的园林。
㉙ 奔星:流星。轩:窗。
㉚ 从:追逐。
㉛ 飞廉:龙雀,传为鸟身鹿头。鹓鹐:形似凤凰的鸟。以上是司马相如《上林赋》中所写的。
㉜ 扬雄:西汉作家,有《甘泉赋》。
㉝ 酌:取。
㉞ 玉树:传为以珊瑚为枝,碧玉为叶的树。
㉟ 颠坠:落下。
㊱ 《东都》:应为《西都》,班固的《西都赋》。比目:比目鱼,即偏口鱼。
㊲ 《西京》:张衡的《西京赋》。海若:海神名。
㊳ 不验:应为"可验"。
㊴ 未穷:未能尽夸张之能事。
㊵ 子云:扬雄的字。

㊶ 宓妃:传为伏牺之女,溺死洛水为神。饷:进食。
㊷ 张衡:东汉作家。
㊸ 困:拘留。玄冥:水神名。朔:北方。
㊹ 妵:美好。
㊺ 罔两:水怪。
㊻ 水师:指水神玄冥。
㊼ 魑魅:鬼怪。
㊽ 睽剌:违背。
㊾ 嵯峨:山高的样子。揭业:高貌。
㊿ 熠耀、焜煌:都是光明的样子。
㉛ 炜炜:光辉。然:燃。
㉜ 岌岌:高耸危险貌。
㉝ 挟:依以自重。声:声势。
㉞ 轩翥:飞举的样子。
㉟ 腾掷:跳跃。蹋步:小步。
㊱ 炜烨:光辉盛明的样子。
㊲ 春藻:指春天的美景。程:计量。
㊳ 萎绝:枯死。
㊴ 寒谷:相传燕地有五谷不生的寒谷。
㊵ 戚:忧伤。偕:共同。
㊶ 蕴:积聚含蓄的意思。滞:郁积不畅。
㊷ 披:打开。瞽:盲人。
㊸ 心声:指表达思想的语音。锋:锐。
㊹ 名:夸饰之辞。实:夸饰之辞要说明的问题。
㊺ 泰:过多,不适当的夸张。
㊻ 节:节制。
㊼ 诬:歪曲。
㊽ 懿:美好。

⑥ 检:法式。
⑦ 运:运行,指远飞。
⑦ 靡:无。渐:缓进。
⑦ 昆:昆仑山,相传昆仑产玉。琰:美玉。
⑦ 溢:过多。
⑦ 玷:玉的小缺点。

译　文

　　未成形的抽象之理叫做"道",已成形的具体之物叫做"器"。微妙的道理难以描摹,即使用精巧的语言也不能完全表达出来;具体的事物虽容易描写,用有力的文辞更能说明它的真相。这并不是作者才能的大小,而是写作的道理本身有难易之别。所以从开天辟地以来,凡是涉及声音状貌的,只要通过文字来表达,就一直有夸张的方法存在。虽然是《诗经》《尚书》之类雅正的言辞,为了教育读者,讲到的事理必须扩大,因而文辞上也必然有超过实际的描写。

　　所以《诗经》中写高就说山高到天上,写狭就说河里容不下小船,讲多就说"子孙千亿",讲少就说周朝的百姓死得一个不剩。《尚书》中有洪水淹没丘陵弥漫天空的说法,有士兵倒戈杀得流血可以浮起舂米槌的记载:这些说法虽然过甚其辞,但对于所要表达的基本意义并无妨害。又如猫头鹰的叫声本来是难听的,怎能因为在泮宫的树上而变得好听起来了呢?苦菜的味道本来是苦的,怎会因为是生长在周国的土地上而成了甜的呢?这都是由于作者有深刻的赞扬用意,所以在文义上有所夸张。伟大的圣人孔子将它采录下来,作为后世的典范。正如孟子所说:"解说《诗经》的人不要拘泥于辞藻而影响对诗句的理解,也不要拘泥于诗句本身而妨害了作者的原意。"

从宋玉、景差以来,夸张的运用开始盛行起来。司马相如继承这种风尚,怪异的夸张愈加泛滥。他写上林苑中的高楼,便说流星与长虹进入了楼馆的窗户;写到追逐飞禽的众多,竟说龙雀与鹪鹩等奇鸟都能捕到。到扬雄作《甘泉赋》,也跟在司马相如之后,写奇丽就借重于玉树,写楼高之极就说鬼神也会跌下来。又如班固在《西都赋》里讲到比目鱼,张衡在《西京赋》中讲到海若神等等。这些说法在事理上既难于查考,在夸张上也未能竭尽能事。此外如扬雄的《羽猎赋》,讲鞭促宓妃给屈原送酒食;张衡的《羽猎赋》,又说把水神玄冥囚禁在北方的荒野。可是那姣好的洛神,既不是什么鬼怪;而这水神玄冥,也不是什么妖魔,却如此不切实际地任意描写,不是过于粗疏了吗?这是企图增加威力而夸大其事,却和义理相违背。

至于描绘山海的气象状貌,宫殿的体态气势,都充分表现出宏伟高大,光辉灿烂的壮观,光彩鲜明好像要燃烧起来,高耸的声势状貌好像要飞动:这些都是依靠夸张手法来表现出事物的形状,借助文采修饰来显示事物的奇特。因而许多后来的作者,继承与发扬这种声势,振翅而欲奋飞,奔腾而耻于缓步。写到繁盛光彩之处,即使春日丽色也比不上其鲜艳;写到枯萎衰绝之处,即使荒凉的寒谷也不如其萧条;讲到欢快就好像文字带着笑容出现,讲到悲伤就好像音调和哭泣不可分辨。这的确可以把深藏内心的郁积情感表达得很鲜明,并可使盲人睁眼和聋人震惊。

如果夸饰能够抓住事物的要点,就可把作者的思想感情有力地表达出来;要是夸张过分而违背常理,就会使文辞和实际相违。若能在内容上学习《诗经》《尚书》的深广意旨,在形式上避免扬雄、司马相如等的夸饰过度,做到夸张而有节制,增饰而不违反事实,也就可以算是美好的创作了。

总之,夸张手法的运用,文辞岂能遵循一般的法度？它的语言应该像大鹏矫健地高飞,而不要像鸿鸟着陆那样气势缓慢。夸张的运用要如翻倒大海去寻宝珠,推垮昆仑山去求美玉。但必须做到大量运用而不过分,夸饰富丽而不出毛病。

时 序(节选)

简 析 《时序》是《文心雕龙》的第四十五篇,论历代文学的发展和当时社会现实的关系。全篇共七个部分:一、先秦,二、西汉,三、东汉,四、三国,五、西晋,六、东晋,七、宋齐。因全文太长,这里只节译其第一、四、六部分,全篇的基本观点,由这三个部分已大致可见。刘勰论及文学发展与社会现实的关系,主要有三种情况:一是统治者的作用,二是社会的治乱,三是儒学或道家思想的影响。各个时期的社会面貌不同,其与文学发展的具体关系也各不相同;刘勰虽然认识不到社会的本质及其对文学的深刻作用,但他能从历史的实际来考察,已论及的几个方面也基本上是对的。本篇的著名结论是:"文变染乎世情,兴废系乎时序",以文学的发展变化及其兴衰,决定于当时的社会情况和秩序,显然是较为正确的认识,这种认识在古代文学理论的发展上,也是有一定价值的。

原 文

时运交移,质文代变①,古今情理,如可言乎?昔在陶唐②,德盛化钧③,野老吐"何力"之谈④,郊童含"不识"之歌⑤。有虞继作⑥,政阜民暇⑦,"薰风"诗于元后⑧,"烂云"歌于列臣⑨。尽其美者何?乃心乐而声泰也⑩。至大禹敷土⑪,九序咏功⑫。成汤圣敬⑬,"猗(yī)歟"作颂⑭。逮姬(jī)文之德盛⑮,《周南》勤而不怨⑯;太王之化淳⑰,《邠(bīn)风》乐而不淫⑱。幽、厉昏而《板》《荡》怒⑲,平王微而《黍离》哀⑳。故知歌谣文理,与世推移,风动于上,而波震于下者也。

春秋以后,角战英雄㉑,六经泥蟠(pán)㉒,百家飙(biāo)骇㉓。方是时也,韩、魏力政㉔,燕、赵任权㉕,五蠹(dù)、六虱(shī)㉖,严于秦令。唯齐、楚两国,颇有文学㉗:齐开庄衢之第㉘,楚广兰台之宫㉙,孟轲宾馆㉚,荀卿宰邑㉛;故稷(jì)下扇其清风㉜,兰陵郁其茂俗㉝。邹子以谈天飞誉㉞,驺奭(zōu shì)以雕龙驰响㉟;屈平联藻于日月㊱,宋玉交彩于风云㊲。观其艳说㊳,则笼罩《雅》《颂》㊴。故知炜烨(wěi yè)之奇意㊵,出乎纵横之诡俗也㊶。

……

自献帝播迁㊷,文学蓬转㊸;建安之末㊹,区宇方辑㊺。魏武以相王之尊㊻,雅爱诗章㊼;文帝以副君之重㊽,妙善辞赋;陈思以公子之豪㊾,下笔琳琅㊿。并体貌英逸㉛,故俊才云蒸㉜:仲宣委质于汉南㉝,孔璋归命于河北㉞,伟长从宦于青土㉟,公幹徇质于海隅㊱;德琏(liǎn)综其斐(fěi)然之思㊲,元瑜展其翩翩之乐㊳;文蔚、休伯之俦㊴,于叔、德祖之侣㊵,傲雅觞(shāng)豆之前㊶,雍容衽（rèn）席之上㉒，洒笔以成酣歌㉓，和墨以藉谈笑㉔。观其时文，雅好慷慨，良由世积乱离，风衰俗怨，并志深而笔长，故梗（gěng）概而多气也㉕。

至明帝纂戎㉖，制诗度曲㉗，征篇章之士，置崇文之观㉘，何、刘群才㉙，迭相照耀㉚。少主相仍㉛，唯高贵英雅㉜，顾盼合章㉝，动言成论。于时正始余风㉞，篇体轻澹㉟；而嵇、阮、应、缪（miào）㊱，并驰文路矣。

……

元皇中兴㊲，披文建学㊳；刘、刁礼吏而宠荣㊴，景纯文敏而优擢㊵。逮明帝秉哲㊶，雅好文会，升储御极㊷，孳孳（zī）讲艺㊸；练情于诰策㊹，振采于辞赋。庾以笔才逾亲㊺，温以文思益厚㊻；揄扬风流㊼，亦彼时之汉武也。及成、康促龄㊽，穆、哀短祚（zuò）㊾。简文勃兴㊿，渊乎清峻㉛，微言精理，函满玄席㉜；澹思浓采，时洒文囿（yòu）㉝。至孝武不嗣㉞，安、恭已矣㉟。其文史则有袁、殷之曹㊱，孙、干之辈㊲；虽才或浅深，珪（guī）璋足用㊳。

自中朝贵玄㊴，江左称盛㊵，因谈余气，流成文体。是以世极迍邅（zhūn zhān）㊶，而辞意夷泰㊷；诗必柱下之旨归㊸，赋乃漆园之义疏㊹。故知文变染乎世情，兴废系乎时序㊺，原始以要（yāo）终㊻，虽百世可知也。

……

赞曰：蔚映十代㊼，辞采九变。枢中所动㊽，环流无倦㊾。质文沿时，崇替在选（xuàn）㊿。终古虽远，旷焉如面⑪。

简　注

① 质:朴质。文:华丽。
② 陶唐:尧。
③ 钧:同"均"。
④ "何力":指传为尧时的《击壤歌》,其中有"帝何力于我哉"一句。
⑤ 含:吟。"不识":指《康衢谣》,其中有"不识不知"一句。
⑥ 虞:舜。作:起。
⑦ 阜:盛大。
⑧ "熏风":指《南风歌》,其中有"南风之熏兮"一句。元后:指舜。
⑨ "烂云":指《卿云歌》,其中有"卿云烂兮"一句。
⑩ 泰:安。
⑪ 敷:分布治理。
⑫ 九序:治理天下的各个方面都有了秩序。
⑬ 成汤:商代的开创者。圣敬:圣明严慎。
⑭ "猗欤":指《诗经·商颂》中的《那》诗,其中有"猗欤那欤"一句。猗:叹辞。
⑮ 姬文:周文王,姓姬。
⑯ 《周南》:《诗经》中的《国风》之一。
⑰ 太王:周文王的祖父。
⑱ 《邠风》:《诗经·国风》中的一部分。淫:过分。
⑲ 幽、厉:西周末年的幽王、厉王。《板》《荡》:《诗经·大雅》中的两首诗。
⑳ 平王:东周第一个国君。《黍离》:《诗经·王风》中的一篇。
㉑ 角:竞争。
㉒ 六经:《诗》《书》《礼》《乐》《易》《春秋》。泥蟠:龙伏泥中,喻六经的处境。

㉓ 飙:暴风。

㉔ 力:武力。

㉕ 任:任用。

㉖ 五蠹:《韩非子》中称儒家、纵横家、游侠、害怕兵役的人和从事工商的人为五种蠹虫(即蛀虫)。六虱:《商君书》中说礼乐、诗书、修善孝弟、诚信贞廉、仁义、非兵羞战是六种害人的虱子。

㉗ 文学:指文化学术。

㉘ 庄衢:大路。齐国在大路旁建宅第以招揽贤士。

㉙ 兰台宫:相传楚襄王游兰台宫,让宋玉等侍从。

㉚ 孟轲:即孟子。宾馆:宾师之馆。孟子在齐被称为宾师。

㉛ 荀卿:即荀子。宰邑:主宰城邑,指荀子为兰陵令。

㉜ 稷下:齐国学者集聚的地方,在今山东淄博市临淄区。

㉝ 兰陵:在今山东枣庄市东南。郁:积。茂:美。

㉞ 邹子:邹衍,稷下学者之一。

㉟ 驺奭:也是稷下学者之一。有文采,被称为"雕龙奭"。

㊱ 屈平:屈原,名平。日月:指屈原的作品可"与日月争光"。

㊲ 风云:宋玉的作品如《风赋》《高唐赋》中所描绘的风云。

㊳ 艳说:指屈原、宋玉的作品。

㊴ 笼罩:掩盖,超过。

㊵ 炜烨:光辉明盛。

㊶ 诡:不平常。

㊷ 献帝:汉代最后一个帝王。播:迁。指董卓逼献帝由洛阳迁长安,后又迁许都。

㊸ 蓬转:喻文人在当时动乱中如蓬草随风飘转。

㊹ 建安:汉献帝年号(196—220)。

㊺ 区宇:指国内。辑:和。

㊻ 魏武:魏武帝曹操。相王:曹操曾被封为丞相和魏王。

㊼ 雅:常。

㊽　文帝：魏文帝曹丕。副君：太子。

㊾　陈思：陈思王曹植。

㊿　琳琅：玉石，喻作品的美好。

(51)　体貌：尊敬。英逸：出众的文才。

(52)　云蒸：喻其多如云。

(53)　仲宣：王粲的字。委质：指归顺曹操。汉南：汉水之南，指荆州。

(54)　孔璋：陈琳的字。河北：指袁绍父子统治下的冀州。

(55)　伟长：徐幹的字。青土：指徐幹的老家北海。

(56)　公幹：刘桢的字。徇：从。海隅：指刘桢的原籍东平。

(57)　德琏：应玚的字。斐然：有文采的样子。

(58)　元瑜：阮瑀的字。翩翩：美好的样子。

(59)　文蔚：路粹的字。休伯：繁钦的字。俦：伴侣。

(60)　于叔：应为邯郸淳的字“子叔”。德祖：杨修的字。以上都是建安时期的作家。

(61)　觞：酒杯。豆：盛肉器。这里指宴席。

(62)　雍容：从容不迫。衽席：座席。

(63)　洒笔：指写作。酣：痛快。

(64)　藉：依。

(65)　梗概：慷慨。

(66)　明帝：魏明帝曹睿。纂戎：指继承帝位。

(67)　度曲：制曲。

(68)　崇文观：魏明帝设置此观为招集文士的地方。

(69)　何、刘：何晏、刘劭。

(70)　迭：轮流，相继。

(71)　少主：指明帝以后的曹芳、曹髦（máo）、曹奂等年轻的魏主。仍：因，重。

(72)　高贵：高贵乡公曹髦。

(73)　合章：应为“含章”，指曹髦能写作。

㊼ 正始:齐王曹芳的年号(240—249),这里指正始年间的玄风。
㊽ 体:风格。轻澹:清淡无味,指何晏等人的玄言诗而言。
㊾ 嵇、阮、应、缪:嵇康、阮籍、应璩(qú)、缪袭。
㊿ 元皇:晋元帝司马睿。中兴:指建立东晋王朝。
78 披:开。
79 刘、刁:刘隗、刁协,都是晋元帝的官吏。礼吏:懂礼法的官吏。
80 景纯:郭璞的字。
81 秉哲:具有较高的智慧。
82 储:副,即副君。御极:登帝位。
83 孳孳:不倦。艺:六艺,指儒家经籍。
84 练:详熟。诰策:帝王对臣下的文件。
85 庾:庾亮。
86 温:温峤。厚:被厚重。
87 揄扬:奖励,提倡。风流:指文学创作。
88 成、康:东晋成帝、康帝,在位时间都很短促。
89 穆、哀:穆帝、哀帝。祚:帝位。
90 简文:简文帝。
91 渊:深。峻:高严。
92 函满:充满。玄席:谈玄的座席。
93 文囿:即文坛。
94 孝武:孝武帝。嗣:继续。
95 安、恭:东晋最后的帝王安帝、恭帝。
96 袁、殷:袁宏、殷仲文。
97 孙、干:孙盛、干宝。以上四人都是文史兼长者。
98 珪璋:名贵的玉器。这里喻袁、孙等人的成就。
99 中朝:指西晋。
100 江左:指东晋。
101 迍邅:困难。

⑩ 夷泰:平淡空洞。
⑩ 柱下:指老子。他曾任周朝的柱下史。
⑩ 漆园:指庄子,他曾任宋国蒙(今河南商丘)漆园吏。义疏:指对《庄子》的解释、阐述。
⑩ 序:秩序。
⑩ 要:约会,引申为联系。
⑩ 十代:指本篇所述的唐、虞、夏、商、周、汉、魏、晋、宋、齐十个朝代。
⑩ 枢中:中心,关键,指时代。
⑩ 环:围绕,指文学围绕着时代发展变化。无倦:不止。
⑩ 选:齐,指文风与时序相齐。
⑪ 旷:远。

译　文

　　时代不断地运转,质朴和华丽的文风也跟着变化,古往今来的文学发展情况和道理,大概可予以论述吧? 从前在唐尧时期,德泽隆盛而教化普及,所以老百姓唱出了《击壤歌》,儿童也哼着《康衢谣》。虞舜继起,政治昌明而百姓安闲,于是舜帝作了《南风诗》,群臣也和他同唱了《卿云歌》。这些作品为什么都是美颂的呢? 就由于心情舒畅因而音调是安乐的。到夏禹治理好国土,因各种工作都走上了轨道而受到歌颂。商汤王英明严肃,因而有"猗欤"的颂声。到周文王时恩德隆盛,《周南》中就反映出人们勤劳而无怨恨的思想;周太王的教化淳厚,《邠风》中就表达了作者愉快而不过分的心情。但到周厉王、周幽王时政治昏暗,因而《板》《荡》等诗里充满了愤怒;周平王时走向衰落,于是出现了《黍离》等悲哀的诗篇。由此可知歌谣写作的道理,是和时代一起演变的,政治教化像风一样在上边刮着,文学创作就像波浪一样在下边跟随震动。

到春秋以后,群雄相互争战,儒家经典不受重视,诸子百家有如令人惊骇的风暴出现了。正当这个时候,韩、魏诸国以武力为政,燕、赵等国则任用权谋,被称为五种蛀虫、六种有害的虱子的人,秦国都严令控制。只有齐、楚两国,还颇有文化学术:齐国建筑了大公馆,楚国扩大了兰台宫以招待文人。孟子到齐国做了贵宾,荀子到楚国做了兰台令;所以齐国的稷下就传开了优良的学风,楚国的兰陵也形成了美好的习俗。当时邹衍以谈天称著,驺奭以文才驰名;屈原的诗篇更可媲美日月,宋玉的文采则与风云交辉。观察这些艳丽的作品,简直超过《诗经》中的一些诗篇。由此可见这些作品光辉的奇意,来自当时纵横驰骋的不平凡的风气。

……

从汉献帝时的大动乱以来,文化学术方面也随之动荡不安;直到建安末年,天下才渐渐安定下来。曹操居丞相和魏王的地位,很喜爱诗章;曹丕身为魏王太子,善于写作辞赋;曹植是豪华的公子,也是下笔便成珠玉般的作品。他们都重视才学突出的文人,所以吸引来大量优秀作家:王粲从荆州来归顺,陈琳从冀州来听命,徐幹从北海来从仕,刘桢从东平来归附;应场运用其丰盛的文思,阮瑀以施展其才华为乐;还有路粹、繁钦之流,邯郸淳、杨修等辈,都有威仪地优游于诗酒之间,从容不迫地周旋于宴席之上,下笔而成高歌,挥毫可助笑谈。试看这一时期的作品,常常表现得慷慨激昂,的确由于长期社会动乱,风气衰落而人怀怨恨,因此作者的情志深厚、笔意深长,所以作品也就常常激昂慷慨而气势旺盛了。

到魏明帝继曹丕为帝,自己写诗作曲,同时又征集文士,设立崇文观。何晏、刘劭等人,都相继发出光彩。在以后的几代年轻帝王中,只有高贵乡公尚有文才;他转眼间就有了文章,一发言便成为理论。当时已受正始玄风的影响,作品的风格轻淡;嵇康、阮籍、应璩、缪袭等人,都活跃在当时的文坛上了。

……

晋元帝建立东晋,提倡文化,兴建学校,刘隗、刁协以做官懂得礼法而被尊重,郭璞因文思敏捷而特别提升。晋明帝富有智慧,爱好文学,即位以后,不倦地关切讲习经学;他详熟于诰命策文的特点,施展文采于辞赋的写作。庾亮以长于表奏而被重用,温峤因文才而受厚待;晋明帝如此重视文学,也就可说是当时的汉武帝了。其后的成帝、康帝年寿不长,穆帝和哀帝在位时间都很短促。简文帝开始振兴,他很清高严峻,微妙的言辞和精深的道理,充满在玄谈的座席之间;恬淡的思致和浓郁的文采,时时散布在文坛之中。到孝武帝时已有晋室将终的说法,及至安帝、恭帝,东晋就结束了。这时期的作家和历史家有袁宏、殷仲文之流,孙盛、干宝之辈;他们的才华虽高低不同,但其珍贵之处仍是可取的。

自西晋崇尚谈玄以来,东晋更加盛行,在这种风气的影响之下,形成一种普遍的风格。所以这时的政局虽极艰难,但作品的内容却很平淡;吟诗不出《老子》的宗旨,作赋则像是解说《庄子》的意义。可见作品的演变联系着社会的情况,文坛的盛衰联系着时代的秩序,如果考察其来龙去脉,虽历时百代也是可以知晓的。

……

总之,在这十个朝代中,文学经历了许多变化。时代是关键所在,文学环绕着它不断演进。文风的质朴与华丽随着时代变化,文坛的繁荣与衰落也与世相关。历史虽然很长久,也可了解得如在眼前。

物　色

简　析　《物色》是《文心雕龙》的第四十六篇。上一篇论种种社会现象对文学发展的作用,本篇则是论各种自然现象和文学创作的关系。两篇结合起来,可以较全面地认识刘勰这方面的论点。本篇首先论述自然景色影响作者思想感情的作用,得出"情以物迁,辞以情发"的精辟结论,并概括了文学创作三要素——物、情、辞的基本关系:情来自物,辞表达情;因而作品的言辞必然是外物的折射,可以"瞻言而见貌,即字而知时"。根据这一原理,本篇着重论述怎样写物的问题。刘勰总结《诗经》的写作经验,提出了"以少总多"的重要论点。他说的"少"虽指少量的语言文字,但从所举许多具体例子可知,主要是指最有特征的事物形貌,也就是他说的"物色"。只有这样的"少",才能做到"物色尽而情有余",用少量的形象表达丰富的感情;也只有这样才能"总多"。所以,刘勰要求作者在深入观察研究自然景物的基础上,做到"善于适要",能捕捉住形象的基本特征"要害"。这是古代论述形象概括的珍贵经验。

原　文

　　春秋代序①,阴阳惨舒②;物色之动,心亦摇焉。盖阳气萌而玄驹步③,阴律凝而丹鸟羞④;微虫犹或入感,四时之动物深矣。若夫珪璋(guī zhāng)挺其惠心⑤,英华秀其清气⑥;物色相召,人谁获安?是以献岁发春⑦,悦豫之情畅⑧;滔滔孟夏⑨,郁陶(yáo)之心凝⑩;天高气清,阴沉之志远⑪;霰(xiàn)雪无垠(yín)⑫,矜肃之虑深⑬。岁有其物,物有其容,情以物迁,辞以情发;一叶且或迎意,虫声有足引心,况清风与明月同夜,白日与春林共朝哉!

是以诗人感物,联类不穷,流连万象之际⑭,沉吟视听之区⑮。写气图貌,既随物以宛转⑯;属采附声⑰,亦与心而徘徊⑱。故"灼灼(zhuó)"状桃花之鲜⑲,"依依"尽杨柳之貌⑳,"杲杲(gǎo)"为出日之容㉑,"瀌瀌(biāo)"拟雨雪之状㉒,"喈喈(jiē)"逐黄鸟之声㉓,"喓喓(yāo)"学草虫之韵㉔。"皎日""嘒(huì)星"㉕,一言穷理㉖,"参差(cēn cī)""沃若"㉗,两字穷形:并以少总多,情貌无遗矣㉘;虽复思经千载,将何易夺㉙!

及《离骚》代兴,触类而长㉚;物貌难尽,故重沓(chóng tà)舒状㉛。于是嵯(cuó)峨之类聚㉜,葳蕤(wēi ruí)之群积矣㉝。及长卿之徒㉞,诡势瑰声㉟,模山范水,字必鱼贯㊱。所谓诗人丽则而约言㊲,辞人丽淫而繁句也㊳。至如《雅》咏棠华㊴,"或黄或白"㊵;《骚》述秋兰㊶,"绿叶紫茎"㊷。凡摛(chī)表五色㊸,贵在时见,若青黄屡出,则繁而不珍。

自近代以来㊹,文贵形似。窥情风景之上㊺,钻貌草木之中。吟咏所发,志惟深远;体物为妙,功在密附㊻。故巧言切状㊼,如印之印泥㊽,不加雕削,而曲写毫芥(jiè)㊾。故能瞻言而见貌,印字而知时也㊿。然物有恒姿,而思无定检㋕,或率尔造极㋖,或精思愈疏㋗。且《诗》《骚》所标㋘,并据要害㋙;故后进锐笔㋚,怯于争锋;莫不因方以借巧,即势以会奇:善于适要,则虽旧弥新矣㋛。是以四序纷回㋜,而入兴贵闲㋝,物色虽繁,而析辞尚简㋞;使味飘飘而轻举㋟,情晔晔(yè)而更新㋠。

古来辞人,异代接武㋡,莫不参伍以相变㋢,因革以为功㋣;物色尽而情有余者㋤,晓会通也㋥。若乃山林皋(gāo)壤㋦,实文思之奥府㋧。略语则阙㋨,详说则繁;然屈平所以能洞监风骚之情者㋩,抑亦江山之助乎!

赞曰:山沓水匝(zā)㋪,树杂云合㋫;目既往还,心亦吐纳㋬。春日迟迟㋭,秋风飒飒(sà)㋮;情往似赠,兴来如答。

简 注

① 代:更换。序:次序。
② 阴:指秋冬。阳:指春夏。惨:不愉快。舒:畅快。
③ 玄驹:蚂蚁。步:走动。
④ 阴律:指秋天。丹鸟:萤火虫。羞:进食。
⑤ 珪璋:美玉。惠:智慧。
⑥ 英华:美好的花朵。
⑦ 献岁:进入新的一年。发春:春气发扬。
⑧ 豫:安乐。

⑨ 滔滔:阳气盛发的样子。孟:始。
⑩ 郁陶:忧闷。
⑪ 阴沉:深沉。
⑫ 霰:雪珠。垠:边际。
⑬ 矜:严肃。
⑭ 流连:徘徊不忍离去。
⑮ 沉吟:低声吟咏,进行思考。
⑯ 宛转:曲折随顺。
⑰ 属:连缀。
⑱ 徘徊:来回地走,指心物交融的构思活动。
⑲ 灼灼:《诗经·周南·桃夭》中用这二字形容桃花盛开的样子。
⑳ 依依:《诗经·小雅·采薇》中用这二字形容柳枝轻柔的样子。
㉑ 杲杲:《诗经·卫风·伯兮》中用这二字形容日光初出的样子。
㉒ 瀌瀌:《诗经·小雅·角弓》中用这二字形容雪多的样子。
㉓ 喈喈:《诗经·周南·葛覃》中用这二字形容众鸟和鸣的声音。
㉔ 喓喓:《诗经·召南·草虫》中用这二字形容草虫的声音。
㉕ 皎:《诗经·王风·大车》中用以形容太阳的明亮。嘒:《诗经·召南·小星》中用以形容星的微小。
㉖ 一言:一字。穷:完全。
㉗ 参差:《诗经·周南·关雎》用以形容荇(xìng)菜的高低不齐。沃若:《诗经·卫风·氓(méng)》中用以形容桑叶美盛的样子。
㉘ 情貌:指景物的神情形貌。
㉙ 易夺:更换。
㉚ 长:延长,发展。
㉛ 重沓:多。
㉜ 嵯峨:山峰高险的样子。
㉝ 葳蕤:草木之叶下垂的样子。
㉞ 长卿:司马相如的字。

㉟ 诡:不平常。瑰:奇特。

㊱ 鱼贯:罗列辞藻如鱼游成行。

㊲ 诗人:《诗经》作者。则:合于规则。

㊳ 辞人:辞赋家。淫:过分。

㊴ 《雅》:指《诗经·小雅》。棠华:即“裳华”,指《小雅》中的《裳裳者华》。

㊵ 或黄或白:《裳裳者华》中的一句。

㊶ 《骚》:泛指《楚辞》。

㊷ 绿叶紫茎:《九歌·少司命》中有“绿叶兮紫茎”句。

㊸ 摛:发布,指描写。

㊹ 近代:指晋宋时期。

㊺ 情:指情状。

㊻ 密附:密切结合事物的形貌。

㊼ 切:切合。

㊽ 印泥:古代用泥封信,在泥上盖印。

㊾ 芥:小草。

㊿ 印字:应为“即字”。时:指四时。

(51) 检:法式。

(52) 率尔:轻易、随便的样子。

(53) 疏:远。

(54) 标:突出,显著。

(55) 要害:指事物的主要特征。

(56) 锐笔:指文笔锐利的作者。

(57) 旧:指前人已写过的事物。弥:更加。

(58) 四序:四季的发展。纷回:复杂多变。

(59) 闲:法度。

(60) 析:选用。

(61) 飘飘:轻举的样子。

㉒ 晔:美盛的样子。
㉓ 接武:继迹。武:半步。
㉔ 参伍:错综。
㉕ 因:沿袭。革:革新。
㉖ 尽:指有尽,有限。余:指有余,丰富。
㉗ 会通:对传统精神的融会贯通。
㉘ 皋:水边地。
㉙ 奥:深。府:库。
㉚ 阙:缺。
㉛ 屈平:屈原名平。监:察明。
㉜ 匝:围绕。
㉝ 合:聚。
㉞ 吐纳:偏义复词,指吐。
㉟ 迟迟:舒缓。
㊱ 飒飒:风声。

译 文

春秋四季不断更替,天气的寒冷或温暖使人有沉闷或舒畅的不同感受;四时景物的变化,人的心情也随之活动。大凡春气萌生蚂蚁就开始活动,秋天到来萤火虫便要吃东西;这些微小的虫子尚且受到外物的感召,四季的变化影响万物就很深刻了。至于人类,灵慧的心思宛如美玉,清秀的气质有似奇花;在种种物色的感召之下,谁能安然不动呢?所以春暖花开时,人便感到悦愉舒畅;夏天炎热沉闷,人就常常烦躁不安;秋来天高气清,引人产生深远的情志;冬天霰雪无边,往往使人有严肃深沉的思虑。一年四季有不同的景物,不同的景物各有不同的形貌,人的感情跟随景物变化,文辞便是这种感情的抒发;一叶下落尚可触动情怀,几声虫鸣也会勾起心思，何况是清风明月的秋夜，丽日芳树的春晨呢？

所以在诗人受到物色的感召时，便会联想到各种类似的事物。他依恋徘徊于万物之间，在视听之中进行沉思默想。描写景物的气象形貌，既是随着景物为转移；词采音节的安排，也是结合自己的思想感情来细心琢磨。所以《诗经》中用"灼灼"二字来形容桃花的鲜丽，用"依依"二字来形容杨柳枝条的轻柔，用"杲杲"二字来描绘太阳初升时的光明，用"瀌瀌"二字来模拟大雪纷飞的形状，用"喈喈"二字来追模黄鸟的叫声，用"喓喓"二字来仿照虫鸣的声音。又如用"皎"字来描写太阳、用"嘒"字来描写小星，都是用一个字就道尽其理；用"参差"来形容荇菜、用"沃若"来形容桑叶，都是用两个字就完全表现出其形貌；所有这些都是以少量的描写表达丰富的内容，把事物的神情状貌完全表现出来了；即使再反复思考千年，能用什么更恰当的字来改换！

及至《离骚》继《诗经》而起，所写事物触类旁通而有所发展；但物体的形貌很难完全描绘，因而描写物象的词汇便复杂繁富起来。于是描摹山川险峻的"嵯峨"成堆，描摹草木茂盛的"葳蕤"成群地出现了。后来司马相如等人，更写得气势奇特和音节瑰丽，在描写山水景物中，一定要用一连串形容词。这就是所谓《诗经》的作者虽写得华丽，但合于法则而文辞简约，辞赋家写得华丽，但华丽过分而文辞繁多。至于像《小雅》中所咏盛开的花朵，"有的黄有的白"；《楚辞》描述秋天的兰花，"绿的叶子紫的茎"。可见凡是描绘各种颜色的文辞，以适时出现为贵，如果青色黄色层见叠出，就显得繁杂而不珍贵了。

到了晋宋以来，写作重视形貌的逼真。作者深入观察风物景色的神情，钻研花草树木的状貌。他们所吟咏抒发的，是深远的情志;描绘事物的能事,则在逼真地表现其原貌。所以用巧妙的言辞来准确地再现物色的形状,就像在印泥上盖的印一样,不加修饰增减,而摹写其细微的真实。所以读其言就能看到景物的面貌,就其字便可知是什么季节。但事物各有固定的形貌,作者构思却没有固定的法则,有的好像随意写来就达到极点,有的经仔细思索却和所写景物距离更大。《诗经》和《楚辞》的突出优点,都是能抓住所写事物的要害;所以后来的写作高手,不敢和它较量;却无不依照这方法而学其巧妙,随着《诗》《骚》的发展大势而获得奇特的成就:所以,只要善于抓住事物的要点,就可把旧的景物写得很新颖了。因此,一年四季的景色虽然多变,但纳入情兴应有规则;景物的色貌虽然繁多,但用词应该简练;要使作品的兴味轻松自然地表现出来,情趣盎然而又格外清新。

历代作家,前后相继,写作上无不是错综复杂地演变着,并在一面继承、一面改革中取得新的成就;能够写得景色有限而情味无穷,就由于把《诗》《骚》以来的优良传统融会贯通起来了。至于山水林木之地,实在是酝酿文思的深厚府库。如果写得太简略就不完备,写得太详细又显得繁冗;屈原之所以能深明风骚的情理,不就是得到山川的启示吗!

总之,高山重叠,流水环绕,众树错杂,会聚着云霞;作者反复地观察,内心就有所抒发。春光舒畅柔和,秋风萧萧飒飒,作者投以情感似赠送,兴致勃发就如景物的报答。

知 音

简　析　《知音》是《文心雕龙》的第四十八篇,主要论述文学鉴赏问题,也可说是一篇文学批评论。"知音"原是懂得音乐的意思,用"知音"喻文学评论,所以是鉴赏式的评论,这正是中国古代文学批评的特点。本篇首先论文学上的知音者,自古以来就非常难得,而不满于"贵古贱今""崇己抑人"等不良风气。继而提出"文情难鉴"的原因,实际上是分析文学批评的特点:一是文学作品的抽象性,二是各种作品的复杂性,三是主观上的偏爱各有不同。据此,刘勰提出文学批评的要求,首先是加强批评者或鉴赏者的主观修养:"博观"以提高其鉴识能力;其次是要持公正的态度,做到像天平一样准确;最后提出"六观"作为衡文的具体方法,从六个方面着手,进而判断作品的优劣。刘勰称这种方法为"沿波讨源"。能如此,就任何深奥的作品也能作出正确鉴衡。在这种鉴赏过程中,只要有"深识鉴奥"的能力,鉴赏者必能得到美的享受而内心欢悦;另一方面,好的作品也将因得知音者的赏识而更加芳美。

原　文

　　知音其难哉! 音实难知,知实难逢,逢其知音,千载其一乎！夫古来知音①，多贱同而思古②，所谓"日进前而不御③，遥闻声而相思"也④。昔《储说》始出⑤，《子虚》初成⑥，秦皇、汉武，恨不同时⑦，既同时矣，则韩囚而马轻⑧，岂不明鉴同时之贱哉⑨！

至于班固、傅毅⑩，文在伯仲⑪，而固嗤(chī)毅云⑫："下笔不能自休。"⑬及陈思论才⑭，亦深排孔璋⑮；敬礼请润色⑯，叹以为"美谈"⑰；季绪好诋诃(dǐ hē)⑱，方之于田巴⑲：意亦见矣。故魏文称⑳："文人相轻"㉑，非虚谈也。

至如君卿唇舌㉒，而谬欲论文，乃称史迁著书㉓，咨(zī)东方朔㉔；于是桓谭之徒㉕，相顾嗤笑。彼实博徒㉖，轻言负诮(qiào)㉗，况乎文士，可妄谈哉？故鉴照洞明㉘，而贵古贱今者，二主是也；才实鸿懿(yì)㉙，而崇己抑人者，班、曹是也；学不逮(dài)文㉚，而信伪迷真者，楼护是也。酱瓿(bù)之议㉛，岂多叹哉？

夫麟凤与麏(jūn)雉(zhì)悬绝㉜，珠玉与砾(lì)石超殊㉝，白日垂其照，青眸(móu)写其形㉞；然鲁臣以麟为麏㉟，楚人以雉为凤㊱，魏氏以夜光为怪石㊲，宋客以燕砾为宝珠㊳。形器易征㊴，谬乃若是，文情难鉴，谁曰易分？夫篇章杂沓(tà)㊵，质文交加㊶，知多偏好㊷，人莫圆该㊸。慷慨者逆声而击节㊹，酝藉者见密而高蹈㊺，浮慧者观绮(qǐ)而跃心㊻，爱奇者闻诡而惊听㊼。会己则嗟讽㊽，异我则沮弃㊾；各执一隅之解㊿，欲拟万端之变㉛，所谓"东向而望,不见西墙"也㊾。

凡操千曲而后晓声㊿,观千剑而后识器㊿;故圆照之象㊿,务先博观。阅乔岳以形培塿(pǒu lǒu)㊿,酌沧波以喻畎浍(quǎn kuài)㊿。无私于轻重,不偏于憎爱,然后能平理若衡㊿,照辞如镜矣。是以将阅文情,先标六观:一观位体㊿,二观置辞㊿,三观通变㊿,四观奇正㊿,五观事义㊿,六观宫商㊿。斯术既形㊿,则优劣见矣。

夫缀文者情动而辞发㊿,观文者披文以入情㊿;沿波讨源㊿,虽幽必显㊿。世远莫见其面,觇(chān)文辄见其心㊿。岂成篇之足深?患识照之自浅耳。夫志在山水,琴表其情㊿,况形之笔端,理将焉匿(nì)㊿?故心之照理,譬目之照形,目瞭则形无不分㊿,心敏则理无不达。然而俗监之迷者㊿,深废浅售㊿,此庄周所以笑《折杨》㊿,宋玉所以伤《白雪》也㊿。

昔屈平有言:"文质疏内(nà)㊿,众不知余之异采"㊿,见异,唯知音耳。扬雄自称:"心好沉博绝丽之文"㊿,其事浮浅㊿,亦可知矣。夫唯深识鉴奥,必欢然内怿(yì)㊿,譬春台之熙众人㊿,乐饵(ěr)之止过客㊿。盖闻"兰为国香"㊿,服媚弥芬㊿;书亦国华㊿,玩泽方美㊿。知音君子,其垂意焉㊿。

赞曰:洪钟万钧㊿,夔(kuí)、旷所定㊿。良书盈箧(qiè)㊿,妙鉴乃订㊿。流郑淫人㊿,无或失听。独有此律㊿,不谬蹊径㊿。

简　注

① 知音:这里泛指有卓识的文学批评者。
② 同:同时。
③ 御:用。
④ 声:名声。这两句是《鬼谷子·内楗(jiàn)篇》中的话。
⑤ 《储说》:《韩非子》中有《内储说》《外储说》等篇。
⑥ 《子虚》:司马相如的《子虚赋》。
⑦ 不同时:秦始皇与韩非、汉武帝与司马相如本是同时的人,秦皇、汉武误以为韩非、司马相如是不同时的古人。
⑧ 韩:即韩非。马:即司马相如。
⑨ 鉴:看清。
⑩ 傅毅:和班固大致同时的东汉作家。
⑪ 伯仲:兄弟,喻成就相近。
⑫ 嗤:讥笑。
⑬ 休:止。这句话见于曹丕的《典论·论文》。
⑭ 陈思:曹植。
⑮ 孔璋:陈琳的字。
⑯ 敬礼:丁廙(yì)的字,和曹植同时的文人。
⑰ 美谈:曹植在《与杨德祖书》中有此说。
⑱ 季绪:汉末文人刘修的字。诋诃:诽谤。
⑲ 方:比。田巴:战国时的善辩者,但被鲁仲连驳倒。
⑳ 魏文:魏文帝曹丕。
㉑ 文人相轻:这是《典论·论文》中的一句。
㉒ 君卿:西汉辩士楼护的字。唇舌:指有口才。
㉓ 史迁:指司马迁。
㉔ 咨:询问。东方朔:西汉文人。
㉕ 桓谭:东汉学者。

㉖ 博徒:指低贱的人。

㉗ 诮:责备,讥讽。

㉘ 照:理解。洞:深。

㉙ 懿:美。

㉚ 逮:及。

㉛ 瓿:小瓮。扬雄著《太玄经》时,刘歆曾对他说:我恐怕后人看不懂,可能用你的著作来做酱瓮的盖子。

㉜ 麇:獐子,似鹿而较小的动物。雉:野鸡。悬绝:悬殊极大。

㉝ 砾石:碎石。

㉞ 青眸:青眼,指正视。正目而视,眼多青处。

㉟ 鲁臣:《公羊传》说哀公十四年鲁国获麟,其臣说是"麇而有角"。

㊱ 楚人:《尹文子》中说,楚国有人担着山雉却告诉路人是凤凰。

㊲ 魏氏:应为"魏民"。夜光:夜间发光的珠玉。《尹文子》中说,魏国的田父得到一块宝玉,邻人说是"怪石"。

㊳ 燕砾:燕山所产之石。《阚(kàn)子》中说,宋国的愚人得到一块燕石,误以为宝石而珍藏起来。

㊴ 征:验。

㊵ 杂沓:纷乱,复杂。

㊶ 质:作品的内容。

㊷ 知:这里指鉴赏者或评论者。

㊸ 圆该:全面具备,指批评鉴赏的能力。

㊹ 慷慨:性情激昂。逆:迎。击节:打拍节,表示爱好。

㊺ 酝藉:性情含蓄。高蹈:指兴奋。

㊻ 浮:浅。绮:有花纹的丝织品,这里指文辞华丽。

㊼ 诡:怪异不常。

㊽ 会:合。讽:读。

㊾ 沮:阻止。

㊿ 隅:角,指片面的。

(51) 拟:衡量。

(52) “东向而望”:这两句是借用《淮南子·氾论训》中的话。

(53) 操:指操作实践。

(54) 器:泛指兵器。

(55) 圆照:全面观察、认识。象:方法。

(56) 乔岳:高山。形:显。培塿:小山。

(57) 沧波:海波。喻:明白。畎浍:小沟。

(58) 衡:秤。

(59) 位体:安排体裁。

(60) 置辞:处理文辞。

(61) 通变:贯通而变新。

(62) 奇正:表现方式的奇异或正常。

(63) 事义:运用故实的意义。

(64) 宫商:字声的调配。

(65) 术:方法。

(66) 缀文:联结文词,即写作。

(67) 披:打开,指观文。

(68) 讨:寻究。

(69) 幽:隐微。

(70) 觇:窥视。

(71) 琴表其情:《吕氏春秋·本味篇》中说,伯牙弹琴时,想到太山或流水,钟子期能听出弹琴者的感情在山或水。后人称钟子期为“知音”,刘勰即借此二字为本篇篇题。

(72) 匿:隐藏。

(73) 瞭:明。

(74) 监:察看。

(75) 售:指作品有人欣赏。

(76) 庄周:庄子。《折杨》:一种庸俗的歌曲。《庄子·天地篇》讲到对这种乐曲的讥笑。

(77) 《白雪》:一种高妙的乐曲,即《阳春白雪》。传为宋玉的《对楚王问》中说,《阳春白雪》为一般人所不理解。

(78) 文质:外表与本性。内:即讷,迟钝,指朴实。

(79) 异采:指与众不同的才华。这两句是屈原《怀沙》中的话。

(80) 沉:深。这句是扬雄《答刘歆书》中的话。

(81) 其:应为"不"。事:从事。

(82) 内怿:内心喜悦。

(83) 春台:登上春天的楼台。熙:乐。

(84) 饵:食物。

(85) 兰为国香:《左传·宣公三年》中的话。

(86) 服:佩带。媚:爱好。

(87) 华:精华。

(88) 玩泽:应为"玩绎",玩味体会。

(89) 垂意:留意,注意。

(90) 钧:三十斤。

(91) 夔:舜的乐官。旷:即师旷,春秋时晋国的乐师。

(92) 箧:箱。

(93) 订:评定。

(94) 郑:郑国的音乐。儒家认为郑声淫。淫人:使人过分。

(95) 律:规则。

(96) 蹊、径:都是路。

译　文

正确的评论是很难的!评论固然难于正确,正确的评论家也难于遇见;要遇见正确的评论家,千年内也不过一人吧!自古以来的评论家,大多轻视同时的作家而仰慕前人,真如《鬼谷子》所说:"天天在眼前的却不任用,老远听到名声就不胜思慕"了。从前韩非的《储说》刚传出来,司马相如的《子虚赋》写成不久,秦始皇和汉武帝,都误以和他们不同时代而深以为恨,后来既知是同时的人了,韩非却被秦始皇囚禁而司马相如遭到汉武帝的轻视,这不明明看出是以同时的人为低贱吗!

至于班固和傅毅,他们在文学方面的才能高低相差不大,但班固却嗤笑傅毅说:"一下笔就没有完。"到曹植评论作家,也很贬低陈琳;丁廙请他修改文章,曹植就称赞丁廙的话是"美谈";刘修喜欢批评别人,曹植就把刘修比作田巴:曹植的偏见也就如此可见了。所以曹丕说的:"文人往往互相轻视",这并不是无稽之谈。

至于像楼护这种略有口才的人,就荒唐地想要评论文章,说司马迁著书中,曾请教于东方朔;于是引得桓谭等人,相互嘲笑楼护。其实楼护是一个地位不高的人,轻率地讲话尚被人讥笑,何况一个文人学士,怎能随便乱发议论呢?所以有的见识高超,却重视古人而轻视今人,秦始皇和汉武帝就是如此;有的才华卓越,却抬高自己而压低别人,班固和曹植就是如此;有的不学无术,却误信传闻而真伪不分,楼护就是如此。前人对有的著作会被用以盖酱坛子的说法,岂是多余的慨叹呢?

麒麟和獐子、凤凰和野鸡都差别极大,宝珠、玉石和碎石块也完全不同,阳光之下显得很清楚,肉眼能准确地看清其形状;但是鲁国官吏却把麒麟当作獐子,楚国的人竟把野鸡说成凤凰,魏国的人又把美玉说成怪石,宋国人则以碎石块为宝珠。这类具体的东西本不难认清,还发生这样的错误,何况文章的情思难以看清楚,谁说容易分辨优劣呢?诗赋文章的情况十分复杂,内容和形式交织在一起,欣赏评论者又往往各有不同的爱好,其认识能力也不可能全面。如性情慷慨的人听到激昂的声音就打起拍节来,性情含蓄的人读到细密的作品就很兴奋,小聪明的人见到靡丽的作品就动心,爱好新奇的人遇到怪异的作品就好听。凡是合于自己胃口的就称赞,不合的抛开不理会;各人根据自己的片面理解,要想衡量各种变化无常的文章,就像一个人只望着东方,就永远看不到西墙一样。

只有弹奏过千百个曲调的人才懂得音乐,观看过大量刀剑的人才认识武器;所以全面评论作品的方法,必须首先广泛地阅览作品。见过高山就会明白小山,研究过大海就能知道小沟。在评论的轻重上没有私心,对作品的爱憎没有偏见,这样就能和用秤称一样公平,和照镜子一样准确了。所以,要检阅作品的思想内容,先从以下六个方面去考察:第一看体裁的选用是否适宜,第二看遣词造句如何,第三看能否贯通以创新,第四看表现方式是否正常,第五看用典的意义,第六看音节的处理。这种方法如能实行,作品的好坏就看出来了。

文学创作是作家的情感有所激动而写成文辞,文学鉴赏则是通过文辞进而了解作者的情感;沿着水波以探寻其根源,即使隐微的也必将显豁可辨。对年代久远的作者固然不能见到他的面容,但读其文也就可知作者当时的心情了。岂能是作品写得太深奥呢?只怕自己的见识太浅薄了。弹琴的人想到山或水,尚可在琴声中表达出自己的心情,何况用笔墨写成的文章,其中的情理怎能隐藏?所以读者的心思对作品情理的理解,就像眼睛能看清事物的外形一样,眼睛清楚就没有什么形体不能辨别,心思灵敏就没有什么道理不能通达。但世俗上对作品认识不清的读者,深刻的作品常被抛弃,浅薄的作品反而有市场;这就是庄子讥笑常人只欣赏《折杨》,宋玉却慨叹《阳春白雪》不受重视的原因了。

从前屈原曾说:"我为人诚朴而不善于表达,所以人们都不知道我的才华出众",能够认识才华出众的,只有正确的评论家。扬雄曾说:"他内心喜欢深刻、渊博、绝顶华丽的文章",则扬雄不写浅薄的东西,也就由此可知了。只要见识深刻而能领会作品深意的人,就必然在欣赏优秀作品中获得内心愉快的享受,好像春天登高见到美景使众人心情舒畅,音乐与美味可以留住过客一样。据说"兰花是全国最香的花",人们喜爱和佩带就更加芬芳;文学书籍更是国家的精华,则要细细玩味才能得知其中的美妙。希望鉴赏家们,应该特别注意这些。

总之,三十万斤重的大钟,只有著名的乐师夔和师旷才能鉴定。满箱的好作品,就要有高明的评论家来判断。郑国流荡的音乐会使人走上歧途,千万不要被它迷惑视听。只有遵循这些规则,才不致于走错道路。

序　志

简　析　《序志》是《文心雕龙》的第五十篇。古人著述,常把序跋作为一篇放在全书的最后,本篇正是《文心雕龙》的序言。要了解刘勰为什么要写这本书,其目的何在,思想根据是什么,以及全书的基本内容、结构和理论体系等,本篇都提供了重要的资料。所以,这是学习和研究《文心雕龙》必读的一篇。

刘勰首先解释"文心雕龙"作书名的用意,其次说明他为什么要写《文心雕龙》:一是人生在世应有所建树,二是认为当时的文学创作因"去圣久远"而趋于"浮诡",所以要根据圣人的遗训来改变当时的文风。再就是魏晋以来评论文学的虽多,但都未能抓住根本,本书则是要想从根本上来探讨文学评论上的问题。再次是说明《文心雕龙》的组织结构,分全书为"文之枢纽""论文叙笔"和"割情析采"三大部分。最后刘勰表示了自己评论文学的基本态度:无论与前人之论相同或相异,都是从理论本身出发,而图提出不偏不倚的正确主张来。以上诸项,基本上是符合全书的实际的。但他既以儒家圣人之说为根据,虽有力图客观论述的主观愿望,就不能不给他的理论带来某些偏见和局限。

原　文

夫"文心"者,言为文之用心也。昔涓(juān)子《琴心》①，王孙《巧心》②，"心"哉美矣，故用之焉。古来文章，以雕缛（rù）成体③，岂取驺奭（zōu shì）之群言"雕龙"也④？夫宇宙绵邈（miǎo）⑤，黎献纷杂⑥，拔萃出类，智术而已。岁月飘忽，性灵不居⑦，腾声飞实⑧，制作而已。夫有肖貌天地⑨，禀性五才⑩，拟耳目于日月，方声气乎风雷⑪，其超出万物，亦已灵矣。形同草木之脆（cuì）⑫，名逾金石之坚，是以君子处世，树德建言⑬。岂好辩哉？不得已也。

予生七龄，乃梦彩云若锦，则攀而采之。齿在逾立⑭，则尝夜梦执丹漆之礼器，随仲尼而南行⑮；旦而寤（wù）⑯，乃怡然而喜⑰。大哉，圣人之难见也，乃小子之垂梦欤！自生人以来，未有如夫子者也。敷赞圣旨⑱，莫若注经，而马、郑诸儒⑲，弘之已精⑳，就有深解，未足立家。唯文章之用，实经典枝条，五礼资之以成㉑，六典因之致用；君臣所以炳焕㉓，军国所以昭明：详其本源，莫非经典。而去圣久远，文体解散㉔，辞人爱奇，言贵浮诡，饰羽尚画㉕，文绣鞶帨（pán shuì）㉖，离本弥甚，将遂讹（é）滥㉗。盖《周书》论辞㉘，贵乎体要㉙；尼父陈训㉚，恶乎异端㉛：辞、训之异㉜，宜体于要㉝。于是搦（nuò）笔和墨㉞，乃始论文。

详观近代之论文者多矣：至于魏文述《典》㉟、陈思序《书》㊱、应玚（chàng）《文论》㊲、陆机《文赋》、仲洽（qià）《流别》㊳、宏范《翰林》㊴，各照隅隙㊵，鲜观衢路㊶：或臧否（pǐ）当时之才㊷，或铨（quán）品前修之文㊸，或泛举雅俗之旨，或撮（cūo）题篇章之意㊹。魏《典》密而不周，陈《书》辩而无当，应《论》华而疏略，陆《赋》巧而碎乱，《流别》精而少巧㊺，《翰林》浅而寡要。又君山、公幹之徒㊻，吉甫、士龙之辈㊼，泛议文意，往往间出㊽，并未能振叶以寻根㊾，观澜而索源㊿。不述先哲之诰㉕，无益后生之虑。

盖《文心》之作也，本乎道㉕，师乎圣㉕，体乎经㉕，酌乎纬㉕，变乎骚㉕：文之枢纽㉕，亦云极矣㉕。若乃论文叙笔㉕，则囿（yòu）别区分㉕：原始以表末，释名以章义㉕，选文以定篇，敷理以举统㉕。上篇以上，纲领明矣㉕。至于割情析采㉕，笼圈条贯㉕：摛（chī）神、性㉕，图风、势㉕，苞会、通㉕，阅声、字㉕；崇替于《时序》㉕，褒贬于《才略》㉕，怊怅（chāo chàng）于《知音》㉕，耿介于《程器》㉕，长怀《序志》，以驭群篇㉕。下篇以下，毛目显矣㉕。位理定名㉕，彰乎"大易"之数㉕，其为文用，四十九篇而已。

夫铨序一文为易，弥纶群言为难㉕。虽复轻采毛发㉕，深极骨髓㉕，或有曲意密源㉕，似近而远，辞所不载，亦不胜数矣。及其品列成文，有同乎旧谈者，非雷同也，势自不可异也；有异乎前论者，非苟异也，理自不可同也。同之与异，不屑古今㉕，擘（bāi）肌分理㉕，唯务折衷㉕。按辔（pèi）文雅之场㉕，环络（luò）藻绘之府㉕，亦几乎备矣。但言不尽意，圣人所难；识在瓶管㉕，何能矩彟（yuē）㉕？茫茫往代，既沉予闻㉕，眇眇（miǎo）来世㉕，倘尘彼观也⑨¹。

　　赞曰:生也有涯(yá)⑨²,无涯惟智。逐物实难⑨³,凭性良易⑨⁴。傲岸泉石⑨⁵,咀嚼文义⑨⁶。文果载心,余心有寄。

简　注

① 涓子:楚国环渊,著有《琴心》。
② 王孙:约为战国时人,姓王孙,著有《王孙子》,一名《巧心》。
③ 缛:文采繁盛。
④ 驺奭:战国时齐国学者,富有文采,齐人称他为"雕龙奭"。
⑤ 绵邈:长远。
⑥ 黎献:黎民中的贤人。
⑦ 性灵:智慧。居:停留。
⑧ 实:指功业。
⑨ 有:应为"人"字。肖:相似,这里有象征的意思。古代常以人和天地相比拟。
⑩ 五才:即五行:金、木、水、火、土。
⑪ 方:比拟。
⑫ 形:指人体。脆:不坚。
⑬ 树德建言:《左传》中说,立功、立德、立言为三不朽,所以这里德、言并提,但主要是讲立言的不朽。
⑭ 齿:年龄。逾立:超过三十岁。
⑮ 仲尼:孔子的字。
⑯ 旦:早上。寤:醒。
⑰ 怡:快乐。
⑱ 敷:陈述。赞:明。
⑲ 马:东汉马融。郑:汉末郑玄。都是著名的经学家。

⑳ 弘:大,发扬光大。
㉑ 五礼:吉、凶、宾、军、嘉五种礼仪。
㉒ 六典:治典、教典、礼典、政典、刑典、事典,指治理国家的各种政务。
㉓ 炳焕:光彩鲜明,喻君臣发挥的作用。
㉔ 解散:破坏。
㉕ 饰羽尚画:指过分崇尚文饰。
㉖ 鞶:束衣的大带。帨:佩巾。
㉗ 讹:谬误。滥:泛滥。
㉘ 《周书》:《尚书》的一部分。
㉙ 体:体现。
㉚ 尼父:孔子。
㉛ 异端:违反儒家思想的言论。
㉜ 辞:指上文"论辞"的辞,即"体要"。训:指上文"陈训"的训,即"恶乎异端"。
㉝ 体:这里指体会、体察。
㉞ 搦:持,握。
㉟ 魏文:指曹丕。《典》:《典论·论文》。
㊱ 陈思:指曹植。《书》:指《与杨德祖书》。
㊲ 应玚:建安七子之一。《文论》:应玚有《文质论》尚存,但不是论文学。
㊳ 仲洽:西晋挚虞的字。《流别》:指《文章流别论》。
㊴ 宏范:东晋李充的字。《翰林》:指《翰林论》。
㊵ 隅隙:局部的,缩小的。
㊶ 衢:四面通达的大路。
㊷ 臧否:褒贬。
㊸ 铨:衡量。前修:前贤。
㊹ 撮:聚集而取,指概括出大意。
㊺ 巧:应为"功"字,指功用。

㊻ 君山:东汉学者桓谭的字。公幹:建安作家刘桢的字。

㊼ 吉甫:西晋文人应贞的字。士龙:西晋作家陆云的字。

㊽ 间:间杂。

㊾ 叶、根:喻表面与根本。

㊿ 澜:波澜,喻水的支流。

㉛ 诰:教训。

㉜ 道:指《原道》篇所论的"自然之道"。

㉝ 圣:指《征圣》篇所论儒家圣人。

㉞ 体:体法。经:指《宗经》篇所论儒家五经。

㉟ 纬:指《正纬》篇所论前人用以解经的纬书。

㊱ 骚:以《离骚》为代表的楚辞,指《辨骚》篇所论楚辞的发展变化。

㊲ 枢纽:关键。

㊳ 极:指研究得终极、彻底。

㊴ 文:讲求音韵的文体,从《明诗》到《谐隐》的十篇属"文"类。笔:不重音韵的散文,从《史传》到《书记》的十篇属"笔"类。

㊵ 囿:花木的园子,这里指文体的范围。

㉑ 章:明。

㉒ 统:总的,指文体的主要特征。

㉓ 纲领:指文体论的纲领。

㉔ 割情析采:分析文学的内容和形式,包括所论创作和鉴赏两个方面。

㉕ 笼圈:指概括、总结。条贯:条理,指按专题分别论述。

㉖ 摛:舒展,陈述。神:指《神思》篇对艺术构思的论述。性:指《体性》篇对艺术风格的论述。

㉗ 图:描绘,说明。风:指《风骨》篇对风教和骨力的要求。势:指《定势》篇对文章体势的要求。

㉘ 苞:通"包"。会、通:《附会》和《通变》,指从《通变》到《附会》(除上面已提到的《定势》篇外)各篇所论。

㉖ 阅:检阅。声、字:指从《声律》到《练字》各篇所论。
⑰ 崇替:指文学的盛衰。
㉑ 褒贬:指评论。
㉒ 怊怅:慨叹。
㉓ 耿介:正大光明。
㉔ 驭:驾驭,统率。
㉕ 毛目:粗略的概貌。
㉖ 位:安置。
⑦ 彰:显明。大易:应为"大衍"。《周易》中讲推演天地、日月、星辰等的数量,共有五十,所以说:"大衍之数五十,其用四十有九。"《文心雕龙》也是五十篇。
⑱ 弥纶:弥缝经纶,指综合论述。
⑲ 毛发:细微。
⑳ 骨髓:指根本内容。
㉑ 曲:曲折。密:深隐。
㉒ 不屑:不顾。
㉓ 擘:剖。理:肌肉的纹理。此句喻文理的分析。
㉔ 折衷:即折中。
㉕ 按辔:止住马缰绳,指停留。
㉖ 环络:环绕马笼头,指旋走。藻绘之府:和上句"文雅之场"意近,都指文坛。
㉗ 瓶管:用瓶汲水,以管窥天。喻见识狭小。
㉘ 矩矱:工匠用的两种尺子,指法度、准则。
㉙ 沉:深,指学识的加深。
㉚ 眇眇:遥远。
㉛ 尘:污染。这是著者自谦之词。
㉜ 涯:边际。
㉝ 逐物:指认识、理解事物。

㉔　性：指自然的天性。
㉕　傲岸：任性不拘。泉石：隐者居处的地方。
㉖　咀嚼：细细品味。

译　文

　　这部书名为"文心"，因为是讲写文章应怎样用心的。从前涓子的书名为《琴心》，王孙子的书名为《巧心》，可见"心"这个词是很好的了，所以用作书名。自古以来的文章，都是用繁丽的文采写成的，岂是仅仅由于前人曾用"雕龙"二字来称赞驺奭富有文采？宇宙是天长地久的，各种各样的贤人甚多，其所以能够出类拔萃，就主要是他们具有过人的才智而已。但时间过得很快，人的智慧却不能永远保留，要能够声名和事业都飞黄腾达，就得靠著述立说了。人的形貌象征天地，具有五行的天性，耳目好比日月，声音气息就像是风雷，人能超越于万物之上，也就是最灵异的了。但是人的肉体同草木一样脆弱，而流传下来的声名却比金石还要坚固，所以一个理想的人活在世上，应该树立功德、进行著作。我难道是好发议论吗？实在是不得不如此。

　　我在七岁的时候，曾梦见一片像锦绣似的彩云，就攀上去采取它。到三十岁过头时，又梦自己捧着红漆的礼器，跟着孔子向南方走；早上醒来，心里非常高兴。伟大的圣人是很难见到的，他居然托梦给我这样的小子！自从有人类以来，从没有像孔子这样的圣人。要阐明圣人的思想，没有比给经书作注更恰当的，但是马融、郑玄等前代儒家，早已发挥得很精深了，即使我再有什么深入的见解，也不足以自成一家。不过从文章的作用来看，实为儒家经典发展的分枝，各种礼仪要靠它来完成，一切政务也要用它来实施；以至君臣之业也因以焕发光彩，军事国政都藉以发扬光大；详细考察这一切的根源，无不是从经书发展而来的。可是后世离开圣人愈来愈久远，文章体制逐渐败坏，作家们爱好新奇，追求浮浅怪异的言辞，像在华丽的羽毛上还要加以文饰，在衣带和佩巾上还要绣以花纹，使文章越来越离开根本，将要走向荒谬而漫无节制的地步。《尚书·周书》中论文辞，主张应该抓住重点；孔子教训学生，厌恶不正当的思想言论：《尚书》和孔子的说法有所不同，但应领会其主要精神。于是我就提笔和墨，开始评论文学。

细读近代论文的著作甚多：如曹丕的《典论·论文》、曹植的《与杨德祖书》、应玚的《文论》、陆机的《文赋》、挚虞的《文章流别论》、李充的《翰林论》等，大都只看到某些局部问题，而很少从大处着眼：有的赞美或批评当时的作家，有的评论前人的作品，有的只泛泛提到文章意旨的雅俗，有的只概括地叙述篇章大意。曹丕的《典论·论文》细密而不周全，曹植的《与杨德祖书》善辩却有不当之处，应玚的《文论》较为华丽却粗疏简略，陆机的《文赋》写得巧妙却嫌琐碎杂乱，《文章流别论》的内容虽精却不切实用，《翰林论》就浅薄而不得要领了。此外如桓谭、刘桢、应贞、陆云等人，也一般地论述过文章的意义，往往是掺杂在其他论述中提出的，都未能从枝叶寻究其根本，从波澜探索到源头。这就因为他们没有根据先贤的教导，对后人的思虑就无所助益。

这部《文心雕龙》的写作，本于自然之道，以圣人为师，根据经典，斟酌纬书，并考察楚辞的变化：探讨文学的关键问题，也就可说是全面透彻了。至于对"文"和"笔"的文体论述，就分门别类地作如下研究：追溯文体的起源及其演变，解释文体的名称以明其意义，选出有代表性的作品予以评论，阐述其写作道理而举出文体的基本特征。本书上篇的这些内容，把论文体部分的纲领说明白了。至于研究文学的内容和形式，概括为如下条理：首论《神思》和《体性》，再解说《风骨》和《定势》，进而包举《附会》以上、《通变》以下诸论，其中还考察了从《声律》到《练字》的一些具体论题；此外，又以《时序》篇论文学在不同时代的盛衰，以《才略》篇评历代作家才华的高低，以《知音》篇慨叹文学批评鉴赏之不易，以《程器》篇强调作家应有正大光明的品德；最后，以《序志》篇叙述自己深远的志趣，以统领全书各篇。本书下篇的这些内容，文学创作和评论的种种问题也大致明显了。组织全书的理论、确定各篇的篇名，正符合"大衍"五十的数目，其中用以论文的，只有四十九篇。

评论一篇作品是容易的，但要综合评论许多作家作品就较为困难了。虽然轻视细小的问题，而对根本性的理论作深入探讨，但也有某些曲折隐微之处，好像已经论及却又相距甚远，因而未能写到的，也就很多了。至于已经写进书中的意见，有的与前人之说相同，并不是随声附和，而是其情势不可能有别的说法，有的和前人之论不同，也不是随便提出异说，按道理是不应和前人相同的。无论与前人相同或不同，并不在于它是古人或今人的说法，而是经过具体分析之后，力求找出不偏不倚的正确认识。无论是置身于文坛之上，或驰骋于艺苑之中，有关诸事本书差不多都谈到了。但语言不能把想说的都说出来，这是圣人也有所为难的；何况我的见识浅短，怎能给他人立起什么法则呢？从历代著作中，我已深受教益，对于未来的读者，这部书也许能供他们参考。

总之，人生有限，知识学问却无边无际。要准确地认识事物是很难的，凭着自然的天性却较容易。因此，要像无拘无束的隐居者那样，去细细体会文章的深义。如果这本书能够表达自己的心意，我的思想就有所寄托了。

刘勰和文心雕龙

一、序　言

　　我国古代文学理论遗产十分丰富，《文心雕龙》是其中最具典型意义的一部重要著作。周扬同志曾精确地论述其典型意义："特别是《文心雕龙》，在古文论中占有首屈一指的地位，它是中国古文论中内容最丰富、最有系统、最早的一部著作……《文心雕龙》是一个典型，古代的典型，也可以说是世界各国研究文学、美学理论最早的一个典型，它是世界水平的，是一部伟大的文艺、美学理论著作。"[①]

　　《文心雕龙》全书五十篇，相当全面地总结了从先秦到晋宋一千多年的文学创作经验，概括了各个不同时期的基本文学面貌，评论了此期重要作家两百多人，逐一论述了当时所有的文体三十五种，更全面探讨了文学创作、文学批评、鉴赏的一系列基本原理和艺术方法。所以，《文心雕龙》在古代文论中，确是内容最丰富的。尤其值得珍视的是，如此庞杂的内容，在《文心雕龙》中不仅组织得井然有序，而且由枢纽论、文体论、创作论、批评鉴赏论四大部分，构筑成一个严密而完整的理论体系。所以，它的系统性在古代文论中是独一无二的。有的文学史家评此书为古代文论

[①]　《关于建设具有中国民族特点的马克思主义文艺理论问题》，《社会科学战线》1983年第4期。

中"空前绝后"之作①,仅从《文心雕龙》的全面性和系统性可知,此评是并不为过的。

　　产生于公元五、六世纪之交的《文心雕龙》,不仅在中国是"勒为成书之初祖"②,在世界文坛上,也确如周扬同志所说:"可以说是世界各国研究文学、美学理论最早的一个典型。"在《文心雕龙》之前,中国古代只有《典论·论文》和《文赋》等单篇文章是论文的,且只粗略地论及某些侧面;挚虞的《文章流别志论》虽是文论方面的专书,但它只论文体,且其书早佚。从全世界来看,周扬同志在上引同文中指出:"古希腊亚里斯多德的《诗学》当然比《文心雕龙》产生更早,他是欧洲美学思想的奠基者。古罗马则有贺拉斯的《诗艺》和郎吉纳斯的《论崇高》都比《文心雕龙》早,但都不如《文心雕龙》完整绵密。"所以,《文心雕龙》不仅是中国古代文论中最早的典型,也是世界文学理论最早的典型,很值得我们珍视。

　　正因《文心雕龙》具有如此重要的历史地位,它愈来愈为中外文艺理论研究者所注视。《文心雕龙》研究近年被文学界广泛称之为"龙学",这并不仅仅是一个简称,而是近代龙学的诞生,一开始就是一门独立的学科。早在七十多年前,刘师培、黄侃就在北京大学开设《文心雕龙》课。其后,不仅范文澜、刘永济等相继在各大学开设此课,1925年,日本京都帝国大学,也由铃木虎雄开设《文心雕龙》课。至今,国内外大专院校开设此课者已相当普遍。作为一门大学的课程,这是龙学发展成为一门独立学科的重要标志。而龙学的范围,并不仅仅是一本《文心雕龙》,它广涉文学史、

---

① 　游国恩、萧涤非等主编《中国文学史》1979年版第1册第314页。
② 　章学诚《文史通义·诗话》。

一、序　言

文艺学、美学、经学、玄学、子学、佛学以及版本、校勘、注译等，已形成一整套系统化的学科。近八十年来，研究龙学的论著愈来愈精深繁富，国内外已出版各种专著一百多部、发表论文约一千六百多篇，成为当代古代文学方面的显学之一，且正以日新月异之势，迅速向前发展。

一部一千五百年前的著作，何以为当今中外学者如此重视呢？我们现在学习和研究《文心雕龙》，并大力推进龙学的发展，有什么必要性呢？这是我们这本小书试图说明的问题之一。

我们祖国是一个举世闻名的文明古国，古代文论是光辉灿烂的古代文化的一个重要组成部分。许多外国的当今学者，尚图通过《文心雕龙》这个典型以了解中国古代文学，我们自己岂能割断历史而置之不顾？文学艺术是在原有基础上不断吸收新的养料而向前发展的。《文心雕龙》在理论上的卓越成就，就不仅接受了当时新兴的玄学思想、儒道佛相互融汇的成果，也与外来的佛学、因明学密不可分。发展今天的文学艺术，自然更应吸收一切外来有益的东西。但我们要发展的是中国文学、民族文学，而不是欧美文学、苏联文学。完全抛开自己的优秀传统而全盘西化，那就是从零开始，不仅只能学舌人后，且如邯郸少年，其后果是不堪设想的。走自己的路，建设有中国特色的社会主义，是全民族多年来的正确结论，文学艺术也不例外。建立具有中国特色、中国气派的马克思主义文艺理论体系，这是当前广大文艺工作者共同努力的目标。《文心雕龙》既是古代文论的典型，其中自然有不少可供借鉴的东西。中国的文学观、文学评论，是怎样从先秦发展到今天的，有何自身的规律、民族的特色等，我们都可从这部典型著作中，得到重要的启示。此外，如对中国古代文化、美学、文学史的研究等，《文心雕龙》也是一部不可忽视的著作。正因如此，龙学才逐步走向世界,成为当今显学之一。

  《文心雕龙》体大思深,内容复杂,加之在许多重要问题上,研究者历来分歧较大,我们这本小书,很难作全面详尽的介绍。本书主要是对《文心雕龙》和古代文论的初学者、爱好者,提供一个入门的通俗读物,兼顾一般大专院校的同学自学之需和选上此课者的参考。因此,除对《文心雕龙》作概括性地全面介绍外,力求突出重点,对其中关键性的问题、理论价值较大、在古代文论中有普遍意义的内容,特别是既重要而又有争议的论点,尽可能作较详的评价。我们希望通过此书,既使读者能了解《文心雕龙》的基本内容及其价值,又初步掌握正在迅速发展中的龙学现状。为便于读者自己思考,并作出自己的判断,我们将适当介绍各家的一些不同见解,同时提出自己的看法。

二、刘勰的生平和思想

《文心雕龙》作为一部堪与西方亚里斯多德《诗学》媲美的东方古代文学理论杰作,产生于南朝齐、梁之际,出自刘勰之手,并不是偶然的,而是多方面历史因素汇成的必然结果。概括地说,它是文学自觉的产物,是适应创作的繁荣和扭转当时文坛不良倾向的时代需要而产生的;又是刘勰之前千余年间文学理论思想的总结和发展,因而是文学理论思想自身发展的必然结果;同时也是刘勰博览精研、苦心经营的结晶,凝聚着他精心建构的心血和托心千载的殷切希望。

(一)刘勰的一生

刘勰的生平事迹,主要见于《梁书·刘勰传》。《南史·刘勰传》是据《梁书》删改而成,虽无新的内容,其删正之处,仍有重要参考价值。此外,《高僧传》《续高僧传》等史籍中也偶有记载。以上记载都很简略,其生卒年代和有关事迹的时间,均史无明文。经刘毓崧、范文澜、杨明照诸家长期考证,现已得其大概,但仍存在一些分歧,迄无定论。我们在前人研究的基础上,经自己的索考,简述刘勰的生平如下。

刘勰,字彦和,东莞莒人,这是他的祖籍(今山东日照市)。西晋末年,晋室南渡,刘勰的祖上可能同时过江,世居京口(今江苏镇江)。父名尚,是刘宋时的越骑校尉。《梁书·刘勰传》说:"祖灵真,宋司空秀之弟也。"如果刘灵真是刘秀之弟,则据《宋书·刘秀之传》等推算,刘勰不仅出身世家大族,且是汉高祖刘邦之后。研究刘勰身世者多取此说。自王元化开始①,不断有人怀疑刘勰与刘秀之是否同宗,因晚于《梁书》的《南史·刘勰传》,删掉了"祖灵真,宋司空秀之弟也"一句,而南朝诸史,又无此两家关系的任何记载,特别是从刘勰一生的思想行事来看,他与宋、齐以来刘穆之、刘秀之等刘姓贵族并无关系。刘灵真的事迹诸史不载,可能没有出仕。刘尚只做了官品不高的越骑校尉而过早去世。由于刘勰出身庶族,到他的少年时期家道更为衰落,以至如本传所说,"家贫不婚娶"。在士族制度森严的南朝,给刘勰的一生带来极大的不幸。

刘勰的生年,持说不一,迄今所见已多达十余种,最早者以为生于公元460年左右,最晚到472年②。我们认为当以杨明照《梁书刘勰传笺注》所考,刘勰"生于宋明帝泰始二三年间"为近是③,这两年又以生于泰始三年(467)的可能性较大。刘勰七岁时,曾"梦彩云若锦,则攀而采之",这是他在《文心雕龙·序志》篇中讲的。既然是为叙述其志而写,则这个梦不是无意写到的。古人以五彩祥云为吉兆,刘勰又能攀而采得,显然意在表示自己少有奇志,且自幼就满怀壮心。于此可知,刘勰的父亲这时还必然健在,

---

① 王元化《文心雕龙创作论·刘勰身世与士庶区别问题》。
② 详见牟世金《刘勰年谱汇考》,1988年巴蜀书社出版。以下系年亦据此考。
③ 《文心雕龙校注拾遗·附录》,1982年上海古籍出版社出版。

二、刘勰的生平和思想

小康之家,还可使他有充分的信心必将学有所成。不幸的是第二年(474)五月,宋桂阳王刘休范举兵攻入京城建康(今南京市),在建康发生一场十分激烈的攻守大战①,右军将军王道隆、领军将军刘勔等战死,幸有越骑校尉张敬儿诈降,杀了刘休范,建康之危始得平息。刘尚也是当时的越骑校尉,既身为军校,岂能置身战乱之外?他很可能是战死者之一,以职微而无功,所以史书未载。本年刘勰八岁,若刘尚晚死二三年,则与本传"早孤"之说不符,故知刘尚必卒于本年。从此,刘勰的家庭生活逐渐转入困境。但本传说:"勰早孤,笃志好学",家庭的不幸,并未改变其勤奋好学的素志。特别是萧道成于479年(刘勰十三岁)建齐之后,很快就进入魏晋以来的"儒学大振"时期。这时的刘勰,正当"志学"之年前后,时风对他宗儒思想的形成,具有深刻的影响。

约二十岁时,刘勰的母亲去世了。在他居丧的第二年(永明五年),竟陵王萧子良在鸡笼山开西邸,一方面招致名僧,大讲佛法;一方面汇集文学之士,形成沈约、谢朓、王融等"竟陵八友"的文学集团。诗风与佛教同时兴盛起来,《南齐书·萧子良传》所谓"道俗之盛,江左未有也",确是史实。这种盛况,对二十二三岁的刘勰必有巨大的吸引力。所以,三年丧毕之后,第二年(490)便离开京口到建康寻求出路。但一个出身寒门以至"家贫不婚娶"的小青年,在当时的"济济京城内",并没有他的立足之地。虽然当年四月齐武帝曾下诏:"公卿已下各举所知,随才授职"(《南齐书·武帝纪》),很可能刘勰正是闻讯而来;但刘勰之才既未曾显露,公卿已下更无所知,历史给他安排的道路只有一条:寄身佛门。从永明七年(489)十月到本年初,萧子良招集京师硕学名僧

---

① 这一激战的详情,参见《资治通鉴·宋纪十五》。

数百人在普弘寺讲佛。其中曾请当时著名佛学律师僧祐讲律①，此人兼通佛儒，广交朝贵，是深受齐梁帝王礼遇的一位高僧。故刘勰投其门下，以白衣身份（不受戒入教）住钟山定林寺，一方面协助僧祐整理佛经，一方面利用佛寺藏书较多的条件，继续研读经史百家的著作和历代文学作品。更主要的则正如刘勰自己在寺内所说："君子藏器，待时而动"（《程器》），既为仕进创造条件，亦以等待出仕的时机。

刘勰在定林寺的耐心等待，是一个长达十余年的漫长时期。大致前六七年内，以主要精力协助僧祐编撰佛经，间以研阅经史百家和文学作品。《梁书》本传说刘勰在定林寺期间，"博通经论，因区别部类，录而序之。今定林寺经藏，勰所定也"。其所完成之经录与序文，因是佐僧祐而为，均署名僧祐，故僧祐之《释迦谱》《世界记》《三藏记》《法苑集》《弘明集》等的整理及其序文，必多出刘勰之手。大约到建武四年（497）左右，助僧祐整理佛经的任务已基本完成；刘勰在本年前后，撰成了收入《弘明集》的《灭惑论》。《灭惑论》的撰写时间，杨明照以为在《文心雕龙》之前②，王元化、李庆甲、李淼等以为在撰成《文心雕龙》之后的梁天监年间③。据《出三藏记集》卷十二所载《弘明集》序目，当以杨说为是。今存《弘明集》十四卷，是梁代增补而成；《三藏记》所载《弘明集》为十卷，显然是完成于齐的初编本。此十卷之目录，计收二

---

① 据僧祐《出三藏记集》卷十一《略成实论记》。
② 见《刘勰〈灭惑论〉撰年考》，《古代文学理论研究》第1辑。
③ 王元化《文心雕龙创作论·〈灭惑论〉与刘勰前后期思想变化》；李庆甲《刘勰〈灭惑论〉撰年考辨》，《中国古代美学艺术论文集》；李淼《关于〈灭惑论〉撰年与诸家商兑》，《社会科学战线》1983年第2期。

十九家之文共六十篇，其中汉代牟子一人，晋代孙绰、道恒等十三人，宋代宗炳、颜延之等九人，其余六人为明僧绍、周颙、萧子良、僧㞋、玄光、刘勰。此前四人为齐人甚明，唯玄光一人无考，严可均收其《辩惑论》一文入《全齐文》卷二十六，当亦齐人。这样，十卷本的《弘明集》既全为齐以前之作，就不可能编入一篇梁代之撰①。

从现在尚存的《灭惑论》可知，刘勰在写《文心雕龙》之前，佛教思想对他已有深刻的影响。《梁书》本传说刘勰"为文长于佛理，京师寺塔及名僧碑志必请勰制文"，如当时高僧超辩、僧柔等的碑文，都是刘勰撰写的②，且都在刘勰开始写《文心雕龙》之前。但到刘勰三十二岁时，却夜梦捧着红漆的祭器，跟随孔子南行。醒来后，刘勰十分得意，认为孔子是自有人类以来最伟大的圣人，这样难见的圣人，竟投梦给自己这种无名小子，岂不光荣。因此，他决定要根据儒家圣人的教诲来撰写《文心雕龙》(见《序志》)。由此可见，刘勰这时的思想仍以儒家思想为主。所谓"日有所思，夜有所梦"，正因刘勰虽身在佛门，也受到不少佛教思想的洗礼，但他长期"笃志好学"的，主要还是儒家经典，所以才有此梦，并以此梦为荣。当然，其"为文长于佛理"对建立《文心雕龙》完密的理论体系，也是很有助益的。

从三十二至三十六岁(498—502)，约经四年的努力，完成了《文心雕龙》。502年四月，齐和帝禅位萧衍，从此进入梁武帝天监元年。经多数研究者考定，《文心雕龙》完成于齐末，即本年四月之前。由于刘勰名位不显，书成之后，未能即时引人注意。刘

---

① 详见《刘勰年谱汇考》。
② 见慧皎《高僧传·超辩传、僧柔传》。

勰既出于自信，又以出仕心切，便想请当时文坛显贵沈约予以评定。但刘勰没有资格正式拜见政治地位很高的沈约，便背着书稿，扮成售货者，在沈约车前挡驾献书。沈约读后大为重视，做了"深得文理"的高度评价，并把这部书放在自己的书案前经常翻阅。刘勰及其《文心雕龙》由此而渐为世人所知。

正以得沈约之力，三十七岁的刘勰于天监二年开始出仕为奉朝请。但奉朝请只是奉朝会请召而已，还不是正式的官职。到第二年初，才被中军将军临川王萧宏引为记室，管理文书。刘勰到这时才离开托身十四年之久的定林寺，进入仕途。天监四年十月前，刘勰改任车骑将军夏侯详的仓曹参军，管理仓账，到天监六年六月，因夏侯详改任右光禄大夫而离仓曹参军之职。其后不久，出任太末（今浙江龙游）令。刘勰任太末令三年，史称"政有清绩"（《梁书·刘勰传》），说明他有一定的政治才能。天监十年（511）刘勰四十五岁，改任仁威将军南康王萧绩的记室，并兼任昭明太子萧统的东宫通事舍人。通事舍人职掌章奏，虽品位不高，时为清选之任。但直到天监十六年（517）萧绩改为宣毅将军、领石头戍军事之前，刘勰并未入东宫，而以任萧绩的记室为主。天监十六年离萧绩记室之任而入东宫，开始了刘勰仕途上最幸运的时期。《梁书·刘勰传》说："昭明太子好文学，深爱接之"，主要就在这个时期。

由于梁武帝崇信佛教，所以从天监十六年冬的宗庙祭祀开始，不用牛羊而改为蔬果。刘勰继而上表提出，天地、社稷之祭，同样也应改用蔬果。这个意见被采纳了，刘勰可能因此于天监十七年（即上表后不久）提升为步兵校尉，管理东宫警卫工作，继续兼任通事舍人。当时官分九品，刘勰在此以前所任记室、参军以至通事舍人，都属最低的八、九品小官，而步兵校尉则位列六品，虽仍是低级官吏，却是一大升迁。但刘勰的仕途不仅到此为止，未能继续上进，且步兵校尉之任也不过一年就结束了。据《隋书·百官志上》载梁代官制："其屯骑、步兵、翊军三校尉各一人，谓之三校。"是知步兵校尉定员为一人，而《梁书·谢举传》说谢举于天监十八年"复入为侍中，领步兵校尉"。可见天监十八年的步兵校尉就由谢举继刘勰而兼领了。

刘勰离职的直接原因，是僧祐卒于天监十七年五月。从僧祐的《出三藏记集》①可知，他一生好搜集经卷。早期所集，刘勰在定林寺期间已协助他整理就绪。刘勰出仕十五六年来，僧祐又继续搜得大量佛经，他去世之后，须即时加以整理。《梁书·刘勰传》说："有敕与慧震沙门于定林寺撰经"，就是指此而言，其时即在天监十八年。这次奉命返定林寺撰经，当非数月可毕，而步兵校尉事关东宫安全，及时易人就是很自然的了。但经一二年功毕之后，刘勰未受新职，这就可能与他的出身门第有关了。六朝时期的士族门阀制是十分森严的。梁代用人虽时有寒素，但从《隋书·经籍志二》所录梁代大量家谱可知，谱牒之风，可谓盛于是时。而谱牒的编撰，正在区别士庶，以为选官授职的依据。《南史·王僧孺传》载：沈约曾以"昨日卑细，今日便成士流……士庶不分，杂役减阙"等，请梁武帝明辨士庶。"武帝以是留意谱籍，州郡多离其罪，因诏僧孺改定《百家谱》。"王僧孺撰《百家谱》三十卷，就正在天监十八年或第二年普通元年。既因士庶不分而使"州郡多离其罪"，刘勰适当其风，而又对"勋荣之家，虽庸夫而尽饰；迍败之士，虽令德而常嗤"（《史传》）之类不平现象，也常怀不满之情。其不可能继续上升也就是很自然的了。

---

① 见《大藏经》第五十五卷。

刘勰这次回定林寺是故地重游。二十年前，他在这里曾做过引以为荣的美梦，曾有过负栋梁之任的大志，现在都已成为泡影。历历往事，不能不使他睹物伤怀，感慨万分。普通二年(521)撰经毕，刘勰已五十五岁，新的任命已无可能，于是请求出家为僧，并落发以示决心。这一要求自然得到"敕许"。刘勰出家后，改法名为慧地。大约出家后的心情并不太好，所以不到一年就死了。按刘勰一生的思想行事，以遁迹空门来结束自己的一生必非初衷。他曾在《程器篇》写道："穷则独善以垂文，达则奉时以骋绩"，刘勰的出家，显然是"独善其身"的穷途。

刘勰的卒年还多有异说，《南史·刘勰传》又删去《梁书·刘勰传》的"未期而卒"一句，这些问题还有待进一步研究。

(二)积极入世的态度和"奉时骋绩"的幻想

从上面刘勰生平事迹的轮廓可以知道，刘勰的一生是坎坷的，这除了与他的社会地位有关外，与他对社会现实的态度和与此相联系的文学理论观点也有密切关系。

刘勰"不是出身于代表大地主阶级的士族，而是出身于家道中落的贫寒庶族"①。这对他写作《文心雕龙》一书不能没有影响，对他一生的坎坷经历也不能没有影响。南朝承袭了魏文帝曹丕定立的九品中正制，并逐步形成了等级森严的门阀制度。士族与庶族之别是南朝等级社会的一个显著特点，士族享有很大特权，而庶族少有进身之阶。左思《咏史诗》发出了"世胄摄高位，英俊沉下僚"的慨叹；《晋书》载刘毅条陈九品制有八损，第一条就是

---

① 王元化《文心雕龙创作论·刘勰身世与士庶区别问题》。

"上品无寒门,下品无势族"。这都是当时的写照。以出身和门望取人的风气,由下述几例可以看得很清楚。《南史·王球传》载:"徐爰有宠于上,上尝命球及殷景仁与之相知。球辞曰:'士庶区别,国之章也。臣不敢奉诏。'上改容谢焉。"一碰到血统问题,连皇帝也不得不让步。《南齐书》载陈显达身居要职,只是因为出身寒微,常有畏惧之色,对他的儿子说:"麈尾扇是王、谢家物,汝不须捉此自随。"王家、谢家是大族,陈显达不敢与他们相比。所谓"服冕之家,流品之人,视寒素之子轻若仆隶,易如草芥,曾不以之为伍"①,就是指这种情况。刘勰就生活在这样的社会风气中,他所处的社会地位也就可想而知了。

但是,无论士族还是庶族,都是地主阶级。刘勰的政治抱负是按照儒家思想改良社会,其文学观点也是为这一抱负服务的。当时处于水深火热中的广大人民群众,在刘勰思想上是没有什么地位的。《文心雕龙》中不仅没有提出反映劳动人民疾苦的文学主张,甚至汉魏六朝乐府民歌在创作上的巨大成就,以及"饥者歌其食,劳者歌其事"②的优良传统,刘勰都视而不见。他强调的是"兴治济身"(《谐隐》)、"大明治道"(《议对》)等等,要求文学创作能够"经纬区宇,弥纶彝宪,发挥事业,彪炳辞义"(《原道》)。这些都是他的社会政治思想见之于文学理论的观点,正反映了其地主阶级的政治立场。由此可知,南朝社会虽重士、庶之别,但这种区别又是相对的,因为这是地主阶级内部的矛盾。一旦统治阶级的整体利益受到威胁,这种矛盾就会减弱甚至消失。

正是这种阶级立场和儒家思想的熏染,使刘勰长期抱着积极

---

① 《寒素论》,《文苑英华》卷七六〇。
② 《公羊传·宣公十五年》何休注。

入世的态度。他在定林寺生活了十几年，博通经论，并撰写了宣扬佛教思想的《灭惑论》，可见他是信佛的；但他一直不出家，主要原因就在于他取入世态度，存有"奉时骋绩"的幻想，而佛教则是出世的。其实，他入定林寺依沙门僧祐，也当与强烈的入仕之心有关。王元化认为，刘勰入定林寺的"动机并不全由佛教信仰，其中因避租课徭役很可能占主要成分"①。这可能是刘勰入寺的原因之一。实际上刘勰入寺时还年轻，未必有多少佛教思想，要到入寺之后才"博通经论"，也就是说他的佛教思想当主要是在寺中得到的。当时的定林寺与官场息息相通，从梁武帝三次舍身入寺为奴，也可以窥见佛寺与政治舞台的联系。由入寺而登仕，正是可行之途，这应该是刘勰入寺的主要原因。因此，刘勰入寺固与"家贫"、避役有关，就其实质或主导面来说，仍是为了出仕。

刘勰长期抱着积极入仕的态度，并且终于做了小官，这并不妨碍他对现实存有不满情绪。他一方面抱有"奉时骋绩"的幻想，一方面对当时的黑暗现实又有所不满，这就是他对现实的基本态度。这看似矛盾的两方面，均植根于他以儒家思想为主的政治理想：为实现自己的政治抱负而立身扬名，才取积极入仕的态；因为现实不合于自己的理想和抱负，才产生了不满情绪。但刘勰不是一个善于审时度势的政治家，终不免有些书呆子气。他虽煞费心机入仕了，虽在入仕后尽了最大努力，甚至有所妥协，但始终没有得宠，没有实现"奉时骋绩"的政治抱负，而是郁郁不得志，终于无可奈何地出家去了。揆其原因，除了他出身庶族，为世所轻外，还应当从他的政治理想以及与此相联系的"未为时流所重"的文学观点中去求得说明。

---

① 《文心雕龙创作论》上篇。

（三）与统治阶级不很吻合的文学思想

上文已经指出，南朝等级森严的社会很重视士庶区别，庶族遭受歧视是普遍现象。但这只是一个方面，另一方面是庶族出身的人居高位而握权要者也不少，受到皇帝和达官贵人赏识的也不罕见。上文说到的徐爰就"有宠于上"，陈显达则是达官贵人了。这看似矛盾的现象，正是一个事物的两个方面，是由当时特定的社会历史条件决定的。梁武帝萧衍在登基之前曾上表反对"甲族以二十登仕，后门以过立（三十岁）试吏"，认为这种不合理的制度"尤宜刊革"，而主张"惟才是务"①，就是为了使庶族之"达"得到社会的承认。北齐颜之推说："举世怨梁武父子爱小人而疏士大夫，此亦眼不能见其睫耳。"②由此我们可以知道，刘勰出身庶族是他政治上不得意的原因之一，但未必是最根本的原因。实际上，刘勰正是看到了出身庶族不一定不能"达"，才抱有幻想的，如果凡庶族皆无出头希望，刘勰是决不会幻想"奉时骋绩"的。因此，刘勰失意而出家的原因，不应简单地归之于士庶区别，还应当从他本身去探求。

从刘勰本身看，他曾任县令，"政有清绩"；曾上书建议"二郊农社"也改用疏果（《梁书》本传），得到了采纳。看来他虽无赫赫之功，却也没有大过，不致于影响升迁。如果与稍晚于刘勰的庾肩吾相比，刘勰不得志的原因就较易看清楚了。庾肩吾也曾做过东宫通事舍人，他和其子庾信以及徐摛、徐陵父子在东宫的业绩，

---

① 《梁书·梁武帝纪上》。
② 《颜氏家训·涉务》。

就是写《咏美人》《咏美人看画应令》①之类的宫体诗。刘勰虽然做过步兵校尉,管理东宫卫戍,但没多久就被撤换了。让他到定林寺整理佛经,实际上就是他仕途的幻灭。而庾肩吾却飞黄腾达,当了度支尚书,"历江州刺史,领义阳太守,封武康县侯"②。就算"新野庾氏"为士族③,比出身庶族的刘勰占着优越条件,恐怕也不是最根本的原因。刘勰和庾肩吾不同遭遇的主要原因之一,是他们的思想观点能否迎合当时统治者的口味和需要。刘勰入仕后受到冷落,终致幻灭而出家,其理论观点与统治者旨趣不同,是重要原因之一。从《文心雕龙》中我们可以看到,刘勰主张文学创作要"经纬区宇""大明治道",要"顺美匡恶"(《明诗》)、"抑止昏暴"(《谐隐》),反对"无贵风轨,莫益劝戒"(《诠赋》),更一再攻击"繁采寡情""采滥辞诡"之作。这种主张虽然从地主阶级的整体利益着眼,却和当时统治者的情趣相抵牾,因而有一定的进步意义。既然刘勰的理论观点与统治者异趣,不能容忍腐化堕落的宫廷文学,他之不可能得宠,甚至受到冷落,也就很自然了。

正因为刘勰的文学思想有这样一个方面,所以他虽然不可能自觉地重视劳动人民的创作,却并不一概反对,而是有所注意,有所肯定的。《乐府》篇讲到"匹夫庶妇,讴吟土风"的作品,认为可以"志感丝篁,气变金石";《谐隐》篇对春秋时期宋国筑城民工尖锐嘲讽华元的作品,也鲜明地给予了肯定;甚至"廛路浅言,有实无华"的民间谚语,他也认为"岂可忽哉"(《书记》)。当然,刘勰

---

① 见《庾度支集》。
② 《南史·庾肩吾传》。
③ 刘师培以"新野庾氏"为世族,见《中国中古文学史》第88页。

二、刘勰的生平和思想

对民间文学的肯定是有限度的,标准就是有益于教化,有利于封建统治。不符合这一原则的作品,哪怕是帝王的御笔,他也给予指责。刘勰当然不可能揭出暴露、批判黑暗现实的正面主张,但他反对"世极迍邅,而辞意夷泰"(《时序》)的作品;反对士流"不以物务自婴"①,对严重的时局无动于衷,而去写平淡乏味、百无聊赖的诗歌;更反对南朝文人从享乐出发的形式主义、唯美主义甚至庸俗下流的作品。这些都说明刘勰主张作家关心现实、反映现实。这种观点,也与当时的统治者情趣相左。

更重要的是,刘勰不止一次地把笔锋指向了封建帝王。《谐隐》斥魏文帝曹丕的《笑书》"无益时用",责高贵乡公的作品"虽有小巧,用乖远大"。《时序》云:"幽、厉昏而《板》《荡》怒,平王微而《黍离》哀。"这样肯定《诗经》中的《板》《荡》等作品,也就等于不满于平王之微,谴责了幽、厉之昏。这类指斥古代帝王之举,未必没有现实意义。《明诗》说:"太康败德,五子咸怨;顺美匡恶,其来久矣。"这里是当作古代诗歌的优良传统来总结和提倡的,用意也就比较明显了。在文学作品中表达对君王之怨怒的观点,刘勰当然不会笨拙地正面揭明,他甚至不得不对刘宋以后的帝王——虚加颂扬。但我们应当看到,他把矛头指向古代帝王并非偶然之举,这就不能没有他的用意。《谐隐》篇一开始就引用《诗经·大雅·桑柔》说:

> 芮良夫之诗云:"自有肺肠,俾民卒狂。"夫心险如山,口壅若川;怨怒之情不一,欢谑之言无方。

"肺肠"指统治者的坏心肠,它逼得百姓发狂;统治者要堵塞老百

---

① 《晋书·裴頠传》。

姓的怨怒之言,而百姓之口是无法堵住的;他们的怨怒之情,必然要通过各种方式表达出来。有的"嗤戏形貌,内怨为俳";有的则"诡辞饰说,抑止昏暴"。如果说根据这些说法还难以判断刘勰的用意,我们可结合他论"立文之本源"这个根本问题的正面主张来看。《情采》把创作分为正反两种类型:

> 盖风、雅之兴,志思蓄愤,而吟咏情性,以讽其上,此为情而造文也;诸子之徒,心非郁陶,苟驰夸饰,鬻声钓世,此为文而造情也。

为情造文的道路之所以正确,是因为作者有怨愤之情,作品有讽刺之义;为文造情之所以错误,是因为作者无忧怨之心,作品有欺世之弊。在这里,刘勰把"情"具体化为"蓄愤""郁陶",而又以此作为"立文之本源",其用意就颇为深微了。由此出发,刘勰论作家则肯定"逮楚国讽怨,则《离骚》为刺"(《明诗》);论创作则强调"蓄愤以斥言""环譬以托讽"(《比兴》)。在南北朝时期的战争祸乱和黑暗政治下,几家欢乐几家愁是不待细说的,刘勰所论当是时代阴影的折射。这种多少带点揭疮痍、批龙鳞意味的文学主张,能得到当时最高统治者的赏识吗?

综上所述,我们认为刘勰之不得志,终致仕途幻灭,与他出身庶族固然有关;但其思想观点与时尚相左、与当时最高统治者的理论主张相抵牾,也是重要原因之一;甚至他屡言"蓄愤""怨怒"之类,有可能触犯最高统治者之大忌。

论者多以为刘勰深得梁武帝父子的恩遇,其实是大可怀疑的,否则刘勰之仕途失意也就不易理解了。"梁武帝学兼内外,奉佛教而不废儒书,曾经在这两方面发起过许多活动,史籍和《弘明集》都留下不少记载,其中却找不到刘勰参与的任何痕迹,可见他并未得到梁武帝的重视。"①那么昭明太子萧统待他如何呢?《梁书·刘勰传》有昭明好文学,"深爱接之"一语,而流传下来的二人史料和文集中,竟没有一事涉及刘勰,也没有一句萧统称道他的话,更没有赐宴、优赏、慰劳等恩荣记载,则所谓"深爱接之",就很可能是为萧统而设。东宫通事舍人之职,当时虽属清选,然其官阶既为末品,又历十年之久仍未升迁;天监十七年上表建议二郊农社改用蔬果,虽因此升为步兵校尉,却不过一年左右就奉命去整理佛经,步兵校尉由别人接替了。所有这些,都说明萧统对刘勰的所谓"爱接",是很有限度的。抱有仕途幻想的刘勰,对此怎能毫无怨愤?普通二年(521)刘勰整理完佛经,年已五十五岁,回想十多年的仕途挣扎,更加怨愤交集,于是决定出家。试想年轻时尚不得重用,年近花甲了还有何指望?故刘勰出家虽与信仰佛教有关,更重要的还是政治上的幻灭所致。当时年轻人出家都很时髦,梁武帝尚且三次舍身入寺为奴,刘勰已年近花甲,又并非朝廷重臣,出家更有何难?何必"先燔鬓发以自誓"?恐怕是怨怒之气填胸,故作姿态以泄愤,并向当权者表示决绝。但一生坎坷,抱负未展,即使出家弃世,仍然怨怒难消,故不到一年,便郁郁而死了。

(四)信仰佛教与标榜儒家

从以上的阐述,我们知道在刘勰的一生中,儒家思想的影响不仅深刻巨大,而且贯穿始终。他的《文心雕龙》不仅坚持了基于儒家思想的功利主义文学观,强调"经纬区宇""顺美匡恶"等等,而且旗帜鲜明地以尊孔、宗经为标榜,口口声声以儒家经典为论

---

① 王元化《文心雕龙创作论》上篇。

文的根据。然而刘勰又是一个佛教徒,早年依附僧祐,深受佛教洗礼;他出仕以后,佛教已被尊为国教①,自然不会也不可能完全终止佛教活动,奉命与慧震整理佛经即其显例;晚年仕途幻灭,愤而出家,虽出于无可奈何,但穷途末路中毕竟皈依了佛门。这是不是一个矛盾?怎样理解这种看似矛盾的现象?这是把握刘勰思想以便理解《文心雕龙》全书所必须明确的一个重要问题。

在刘勰的思想中,在《文心雕龙》中,怎样处理儒与佛的关系,的确是个值得研究的客观存在的问题,《文心雕龙》的读者和研究者各抒己见,也就不奇怪了。把这些看法归纳一下,大致有三种:一是认为《文心雕龙》与佛教思想无关,严格保持儒学立场;二是认为"刘勰的指导思想是以佛统儒,佛儒合一"②;三是认为刘勰思想前后期有别,前期以儒家思想为主,后期以佛家思想为主,《文心雕龙》完全是在儒家思想指导下写成的。我们认为,这些看法都还值得研究。

关于刘勰思想分为前后期问题,必以《灭惑论》撰于后期为前提,但实际上是撰于《文心雕龙》之前③,则这种划分似待重新考虑。而从实质上说,这种看法与第一种观点基本一致。第一种观点可以范文澜为代表,第二种观点则是马宏山提出来的。马说中所谓"佛儒合一"虽非毫无道理,但"以佛统儒"就基本上是建立在曲解原文基础上的臆说了,所以此说一提出就受到了龙学界的普遍反对,这里可置而不论。范文澜之说影响较大,拟结合南朝

---

① 梁武帝《敕舍道事佛》:"道有九十六种,唯佛一道,是于正道,其余九十五种,皆是外道。"见《全梁文》卷四。
② 马宏山《论〈文心雕龙〉的纲》,《中国社会科学》1980年第4期。
③ 详见牟世金《刘勰年谱汇考》,1988年巴蜀出版社出版。

的社会思潮,考察刘勰和《文心雕龙》的实际情况,略予辨析。

《梁书·刘勰传》说:"勰为文长于佛理,京师寺塔及名僧碑志,必请勰制文。"这在刘勰出仕之前,可见前期以儒为主、后期以佛为主之说难以成立。作为这一记载的证明,最有说服力的就是他撰写了佛教论文《灭惑论》。《梁书》本传又云:刘勰"依沙门僧祐,与之居处积十余年,遂博通经论,因区别部类,录而序之。今定林寺经藏,勰所定也"。博通经论与编定经藏,也都在出仕之前,亦多在《文心雕龙》完成之前。至于有据可查的另外两件事,也可断定在《文心雕龙》完成之前:超辩于"齐永明十年(492)终于山寺……沙门僧祐为造碑墓所,东莞刘勰制文"①;僧柔卒于延兴元年(494),也是"东莞刘勰制文"②。既然刘勰"为文长于佛理",既然在《文心雕龙》完成之前,他已有这许多佛教活动,那他写作《文心雕龙》时佛教思想就不可能绝然中止,问题只在于他如何处理"博通经论"之后头脑里已有的佛教思想。范文澜认为:

> 刘勰自二十三四岁起,即寓居在僧寺钻研佛学,最后出家为僧,是个虔诚的佛教信徒,但在《文心雕龙》(三十三四岁时写)里,严格保持儒学的立场,拒绝佛教思想混进来,就是文字上也避免用佛书中语(全书只有《论说篇》偶用"般若""圆通"二词,是佛书中语),可以看出刘勰著书态度的严肃。③

说刘勰著书态度严肃是正确的,但说他"严格保持儒学的立场,拒

---

① 《高僧传》卷十四。
② 《高僧传》卷九。
③ 《中国通史简编》(修订本)第二编第418页,1964年8月第4版。

绝佛教思想混进来",就没有多大说服力了。为便于说明问题,我们把传为汉末牟融所写的《理惑论》中的一段问答,先抄录在下边:

> 问曰:"子云佛经如江海,其文如锦绣,何不以佛经答吾问,而复引诗、书合异为同乎?"牟子曰:"渴者不必须江海而饮,饥者不必待敖仓而饱。道为智者设,辩为达者通,书为晓者传,事为见者明。吾以子知其意,故引其事,若说佛经之语,谈无为之要,譬对盲者说五色,为聋者奏五音也……是以诗、书理子耳。"①

牟子是为了使对方易于理解才用《诗》《书》之语的,目的不在于宣扬孔孟之道。实际上,用"子曰诗云"一套儒家话头宣传佛家教义,在汉魏六朝期间是比较普遍的。由此观之,范说着眼于用语判定《文心雕龙》"严格保持儒学的立场",就难以服人了。第一,从《理惑论》的例子来看,用儒书语或佛书语并不能说明根本问题;第二,既是"虔诚的佛教信徒",又要严格拒绝佛教思想以至佛书词语,这就使矛盾更加深了。一个虔诚的佛教信徒,何以竟对佛家词语都要如此严加拒绝呢?第三,用"般若""圆通",这不是个一般的用语问题。刘勰是这样说的:

> 夷甫、裴𬱟交辨于有无之域,并独步当时,流声后代。然滞有者全系于形用,贵无者专守于寂寥,徒锐偏解,莫诣正理。动极神源,其般若之绝境乎!(《论说》)

"贵无"和"崇有"是魏晋时期一场激烈的大辩论,它涉及万事万

---

① 《弘明集》卷一。

二、刘勰的生平和思想

物的"有"或"无"、人生在世应"有为"或"无为"等重要问题。刘勰对这场争论,表面上是各打五十大板,认为都不是"正理";然后从佛家的思想武库中搬出了"般若之绝境",认为这才是最正确的观点。

"般若"一词,一般译为"智慧"。阐释《大品般若经》的《智度论》说:"般若者,秦言智慧。一切诸智慧中,最为第一,无上无比等,更无胜者。"[1]这就是说,"般若"是至高无上的智慧。般若学是盛行于魏晋的一个佛家学派;所谓"六家七宗",般若学的支派也是很多的;但有一个基本观点,就是一切皆空,一切皆无。如《大明度经·本无品》中不仅说"一切皆本无,亦复无本无",甚至说"如来亦尔,是为真本无"[2]。主张本无,但"本无"也是没有的,以至佛家的老祖宗如来佛也是没有的。用这种彻底的本无观来对待具体事物,就是既不"有",也不"无"。如和《大明度经》同经异译的《道行般若经》讲"心"的有无说:"心不有,亦不无","亦不有有心,亦不无无心"[3]。晋代僧肇《般若无知论》云:"实而不有,虚而不实""非有非无,非实非虚"[4]。刘勰既反对"崇有",也反对"贵无",其实就是"非有非无"论,可见他是在关键性的问题上用到"般若"一词的。这就足以说明,在《文心雕龙》的写作过程中,刘勰的佛教思想并未中止,也无意于"严格保持儒学的立场,拒绝佛教思想混进来"。《文心雕龙》中佛家词语不多,主要是它讨论的内容决定的。刘勰写此书既不是为了宣传佛教,也不是参加当

---

[1] 《智度论》卷四十三。
[2] 《大正藏》卷八。
[3] 《大正藏》卷八。
[4] 见《全晋文》卷一六四。

时哲学上的争论,而主要是总结文学创作经验,进行文学评论。因此,虽然在必要时并不回避佛教思想的混入,却也没有必要把佛教思想强加进去。

至此,我们就可以回答前面提出的问题了:刘勰是一个虔诚的佛教徒,而《文心雕龙》又以征圣、宗经为标榜,这是不是矛盾?这两方面为何可以统一而又怎样统一在刘勰的思想中?这要从以下三个方面来探究。

第一,《文心雕龙》是论文,无论文学创作还是文学理论,和儒家经典的关系都比较密切,而承认这一事实并不等于放弃或背离佛家教义。北宋的孤山智圆是一个突出的例子,他是天台宗"山家山外"之争的主要角色之一。这场争论相持七年之久,最后分裂为"山家""山外"两派①。但智圆"于讲佛教外,好读周、孔、杨、孟书,往往学为古文以宗其道"②;他甚至称儒道为"吾道":"老、庄、杨、墨弃仁义,废礼乐,非吾仲尼祖述尧舜宪章文武之道也。故为文入于老、庄者谓之杂,宗于周、孔者谓之纯。"③他的佛教立场是坚定的,其维护儒道之纯,只对"为文"而言,并不意味着他放弃了佛教立场。

第二,刘勰强调"征圣""宗经"是事实,但具体内容是什么呢?清代李家瑞曾说:

> 刘彦和著《文心雕龙》,可谓殚心淬虑,实能道出文人甘苦疾徐之故;谓有益于词章则可,谓有益于经训则未能也。乃自述所梦,以为曾执丹漆礼器于孔子随行,此服虔、郑康成

---

① 见《释门正统》卷五《庆昭传》。
② 《闲居编·自序》。
③ 《送庶几序》,《闲居编》卷二十九。

辈之所思,于彦和无与也。况其熟精梵夹,与如来释迦随行则可,何为其梦我孔子哉?①

在李家瑞看来,刘勰这个佛教徒梦与孔子随行的资格也没有,因为他精熟的是佛理,《文心雕龙》也无益于经训。全书如此,《征圣》《宗经》两篇,也是有益于词章而无益于经训。这两篇主要是号召向儒家经典学习写作,并未阐发六经的经义,也未提出如何用作品宣扬儒家观点的主张。这样的"征圣""宗经",当然就和佛家教义不存在什么矛盾。

第三,更主要的还在于,当时即使真心诚意崇拜孔圣,对于一个虔诚的佛教徒也不成其为矛盾。儒与佛无疑是大异其旨的,但在刘勰所处的特定历史条件下,人们可以把它们统一起来。当时虽也有人认为"泾渭孔释,清浊大悬"②,但却相当普遍地存在着儒佛二教殊途同归的思想。这种思想的形成,一方面是由于佛入东土之后,不能不遇到土生土长的儒道思想的强大阻力,必须借助于根基深厚的儒家思想及其词语,以利传播;另一方面是,魏晋时期以老庄思想和儒家思想融合而成的玄学,与佛学有相通之处,而此期的玄学和佛学,正是在相辅相成的过程中发展起来的。这样,由魏晋而南朝,就逐步形成了儒佛不二的普遍思潮;其间虽也有夷夏之论、本末之争,但本同末异的观念遍及晋、宋、齐、梁的僧俗儒道以至帝王大臣。现略举数例如下:

晋廷尉孙绰:"周孔即佛,佛即周孔,盖内外之名耳……

---

① 《停云阁诗话》卷一。
② 道安《二教论·儒道升降论》,《广弘明集》卷八。

周孔救极弊,佛教明其本耳;共为首尾,其致不殊。"①

晋僧慧远:"道法之与名教,如来之与尧孔,发致虽殊,潜相影响,出处诚异,终期则同。"②

宋康乐公谢灵运:"昔向子期以儒道为一,应吉甫谓孔老可齐。"③

宋光禄大夫颜延之:"天之赋道,非差戎华;人之禀灵,岂限外内。"④

齐竟陵王萧子良:"真俗之教,其致一耳。"⑤

齐太子詹事孔稚珪:"推之于至理,理至则归一;置之于极宗,宗极不容二。"⑥

梁武帝萧衍:"穷源无二圣,测善非三英。"⑦

梁隐侯沈约:"内圣外圣,义均理一。"⑧

这样的论调,千篇一律,举不胜举。这种思潮不只是影响到刘勰,他自己正是这一大合唱的重要成员之一。其《灭惑论》中说:"至道宗极,理归乎一;妙法真境,本固无二……故孔释教殊而道契。"这和上引诸说是完全一致的。因此,早已依附佛门的刘勰,完全可以崇奉周孔,也可公然用"征圣""宗经"的旗号来写《文心雕龙》,而不致有什么矛盾。

---

① 《喻道论》,《弘明集》卷三。
② 《沙门不敬王者论》,《弘明集》卷五。
③ 《答法勖问》,《广弘明集》卷十八。
④ 《庭诰》,《弘明集》卷十三。
⑤ 《与孔中丞书》,《弘明集》卷十一。
⑥ 《答萧司徒书》,《弘明集》卷十一。
⑦ 《会三教》,见《全梁诗》卷一。
⑧ 《均圣论》,《全梁文》卷二十九。

其实,刘勰的思想又何止杂糅了儒、佛两家。鲁迅先生说:"中国自南北朝以来,凡有文人学士,道士和尚,大抵以'无特操'为特色的。晋以来的名流,每一个人总有三种小玩意,一是《论语》和《孝经》,二是《老子》,三是《维摩诘经》,不但采作谈资,并且常常做一点注解","刘勰亦然"①。这从《文心雕龙》中是可以看出端倪的。不过,刘勰的思想虽然儒、佛、道、玄杂糅,不专主一家,但对他一生坎坷命运和《文心雕龙》一书影响最大的,还是入世的儒家思想,而非出世的佛家思想,更不是道家或玄学思想。

(五)唯心主义还是唯物主义

刘勰的思想既然是儒、佛、道、玄杂糅,而以儒家思想为主,那么《文心雕龙》的理论观点是唯心主义的呢,还是唯物主义? 要讨论这个问题,有两个前提必须先明确:一是《文心雕龙》并非哲学著作,因而也就不探讨精神和物质何者为第一性之类的哲学命题;要判断《文心雕龙》倾向于唯心或唯物,不应割裂文意,从只言片语中去推断刘勰对哲学问题的回答,而要从他所阐述的基本文学观点来考察。二是文学理论有着不同于其他意识形态的特点,即它的研究对象不是一般物质世界,而是作为人的精神表现的文学作品和文学现象;因此文学理论只在涉及文学和现实的关系时,才较明确地表现出唯心或唯物的倾向,其他许多重要问题如风骨论、体性论、熔裁之则、附会之术等,若戴上唯心或唯物的有色眼镜去看,就不得要领了。而从文学与现实的关系来考察,我们认为刘勰的观点基本上是唯物的,不是唯心的。

---

① 《吃教》,《鲁迅选集》第3卷第368、369页,人民文学出版社1983年版。

在儒、佛、道相争而又相融,并渗透到整个思想领域的六朝时期,虽有像范缜等少数人奋起抗争,但唯心主义宗教思想处于优势,弥漫天下,这是当时的客观事实。《文心雕龙》难以出污泥而不染,这也是没有疑问的。佛教思想当然是唯心的;对刘勰影响最大的儒家古文学派的观点,虽然具有朴素的唯物思想,但也决非彻底的唯物论;道家和玄学思想也基本上是唯心的。所以,在《文心雕龙》中唯心主义杂质是客观存在的,上文所引"般若之绝境"就是显例。此外,他多次讲到"河图""洛书"之类的原始传说,专篇论述了祭祀鬼神的文体祝盟、封禅等,这些也都存有唯心主义杂质。但存在着唯心主义杂质不等于主要倾向是唯心论,不能因此指《文心雕龙》为唯心主义理论体系。

值得注意的是《正纬》篇,其中如"神道阐幽,天命微显","有命自天,乃称符谶","昊天休命,事以瑞圣"等,唯心主义的成分较多,但仍未可遽定《正纬》是完全唯心的。不应忽略《正纬》的主旨,正是反对东汉神鬼化、宗教迷信化的谶纬之书,以强调疾伪求真。本篇论证了纬书之伪,又痛斥方士诡术。全书多次提到"河图""洛书",本篇讲得更多,并对这种现象作了刘勰自己的解释:"昔康王河图,陈于东序,故知前世符命,历代宝传。仲尼所撰,序录而已。"这个解释很能说明刘勰对这种古代传说的态度。前代把"河图""洛书"之类当作国宝一代一代传下来,孔子讲了这些,不过是"序录而已"。这就解脱了孔子,也表明了刘勰自己的理解。《文心雕龙》虽多次讲到这类传说,但既未正面论述,更未肯定或宣扬其灵威,除了"序录而已"外,唯一的解释就是"谁其尸之,亦神理而已"(《原道》)。以刘勰及其时代的科学知识,是难以正确解释这种现象的。古书多有记载,刘勰无法否定,但却否定了这是上帝的安排,认为是自然而然产生的现象。

再以《祝盟》来看,讲的虽是祝告天地、盟誓鬼神之文,却未论证天地鬼神的灵验。既论历代祝盟之文,自然会联系到历代祝盟之事,而不是刘勰在提倡、主张"祀遍群神"。刘勰没有宣扬神,也没有否定神,这固然是他的局限。问题在于怎样对待祝盟这个具体问题,刘勰一再强调的是"崇替在人,咒何预焉","信不由衷,盟无益也","忠信可矣,无恃神焉"。他劝告人们不要依靠神,而要相信自己,这是十分可贵的。不仅如此,本篇还肯定了有"利民之志"的统治者"以万方罪己"的祀文,而批判"秘祝移过",把罪过推给臣下和老百姓的恶劣行径。曹植有一篇《诰咎文》,其序有云:"五行致灾,先史咸以为应政而作。天地之气,自有变动,未必政治之所兴致也。"①其为反对汉儒天人感应之说是明显的。刘勰在对汉魏时期的祝文全加批判之后,却赞扬说:"唯陈思《诰咎》,裁以正义矣。"这岂非其卓见!

上举《正纬》《祝盟》两篇,在《文心雕龙》五十篇中,不仅不是最优秀的,反而是涉及鬼神迷信较多、唯心因素较重的两篇,正可通过它们以观全书。只要不惑于表面字句,而细究全篇主旨,我们不难看到,《文心雕龙》的主导面是唯物的,不是唯心的。

《文心雕龙》是一部文学理论著作,要判断它是唯心的还是唯物的,更重要的还要看它表述的基本文学观点。《文心雕龙》一书内容,概括起来说,主要是在文学本质论和通变论的基础上,从各个侧面论述情、物、言、文四者及其相互关系,而言、文是情、物及其关系的表现,所以情、物及其相互关系更为根本。刘勰是怎样对待这个问题的呢?他评论作家作品,要看其"序志述时"(《通变》)如何;讲艺术构思,要问思(情)从何来;论艺

---

① 《全三国文》卷十九。

风格,要讲"性"之所生;论比兴,以"切至为贵";讲夸张,反对"夸过其理"而"名实两乖";抒情则"情以物迁";状物则"功在密附"(《物色》)等等。一个文学理论家怎样回答情与物的关系,就是要说明:文学艺术是作家头脑的主观产物,还是客观现实通过作家思想感情的反映;文学艺术能不能、应不应真实地反映客观事物。这是判断文学理论的主导倾向属唯物还是属唯心主义的根本问题。从上述刘勰的一些观点看,《文心雕龙》的主导倾向显然是唯物的。

当然,刘勰对文学与现实的关系的认识,有他的局限,如夸大封建帝王的作用,认识不到阶级斗争、生产斗争对文学家和文学创作的重要意义等。但这些不足之处未足以改变其基本上是唯物的文学观。刘勰虽认识不到物质世界的本质,但却明确阐述了文学创作要受制于客观的物。《物色》说:

> 春秋代序,阴阳惨舒,物色之动,心亦摇焉……岁有其物,物有其容;情以物迁,辞以情发。

这里讲到物是情的决定因素。作者的思想感情既然是由物引起并随物的变化而变化,则文学创作就是抒发这种来自客观之物的感情。这是从自然景物与作家之情的关系来讲的,《时序》则从社会现实对文学创作的影响来讲情与物的关系。社会现象更为复杂,刘勰就不同历史时期的特点,分别说明不同的社会现象对文学创作所起的不同作用,如王政的得失、社会的动乱以及学术思想、风俗习惯等,都与文学的发展变化有着密切联系。以上两个方面说明,刘勰认识到文学创作不是主观臆造,作家抒写的情志不是无本之木、无源之水,而是来自外物、受制于外物。这就应该说是唯物的观点。如前所说,这种观点在《文心雕龙》中,并不是局部的、个别的,而是主导的、贯穿全书的。在分论各个问题时还要讲到,这里就不细说了。

以上讲"情以物兴"。表达在作品中的情既然来自客观的物,自然通过文中的情就可以看到客观的物;也就是说,作品能够真实地反映客观的物。刘勰对此虽无专篇论述,但散见于各有关篇章的也不少,并有较为清楚的认识。如他肯定《楚辞》的"论山水,则循声而得貌;言节候,则披文而见时"(《辨骚》);说晋宋时期的作品能"巧言切状,如印之印泥……故能瞻言而见貌,即字而知时"(《物色》);甚至可以通过写得"精之至"的作品,"觇风于盛衰""鉴微于兴废"(《乐府》)。从文艺作品中反映出或看出一个国家的士气、盛衰,这种说法可能有所夸大,但也不是完全不可能的。然而必须是写得"精之至"的作品,才能反映出来,不真实的、虚情假意的作品是不可能的。因此,刘勰一方面主张"要约而写真",要存其"真宰"(《情采》),表达真实的思想感情;一方面注意到要"象其物宜"(《诠赋》),"体物为妙,功在密附",从而写出"情貌无遗"(《物色》)的作品。要做到这一点,就必须"触物圆览",对所写的事物作全面观察了解。总之,正如《物色》的赞辞所说:只有"目既往还",才能"心亦吐纳"。没有对客观事物的"圆览",主观空虚的"心"是吐不出什么东西来的。

从文学创作来自现实和反映现实这两个方面来看,刘勰的认识虽然还存在着这样那样的不足之处,但《文心雕龙》的主导倾向,却应该说是唯物的。有的论者对这一根本问题视而不见,却抓住片言只语大做文章,虽有精解宏论,也不过是明足以察秋毫之末,而不见舆薪,无补于说明实际问题。其中争论较多、也比较复杂的问题,是对于"道"的理解,这里有必要略予辨析。

在我国古代，各家有各家之道。《文心雕龙》中也有多种说法：王道、天道、常道、神道、至道等等。怎样理解刘勰所谓"道"呢？关于"原道"的论文，迄今已发表五十余篇（其中包括港台地区的十余篇），1971年石垒还有专著《文心雕龙原道与佛道义疏证》在香港问世①。日本学者如户田浩晓、兴膳宏、安东谅等，对"原道"问题也有一些论述②。归纳诸家所论，不出儒道、佛道、老庄之道、自然之道和精神理念五解。这五解又可归为三类：一是某家的教义，取儒、佛或道家之道者属之；二是精神理念、宇宙本体之类，指凌驾于物质世界之上的生化万物的精神本体；三是自然之道，区别于以上两类而指自然而然的规律。

无论持儒道、佛道、老庄之道的论者是否意识到了，既然认为刘勰所谓"道"为儒道、佛道等，就应指出其理论力主斯道的基本教义，至少是在重要论点上符合其基本教义，否则就只能是各道其所道，虽多无益。而要从《文心雕龙》中找出对儒、道、释任何一家主要教义的论述、提倡、主张，都是困难的。

先看儒道。就各家思想在《文心雕龙》中的比重而言，以儒家思想为主是事实，但这并不等于刘勰本于儒道来写《文心雕龙》，也不是要用此书来阐明儒家之道。全书不仅没有本儒家教义或明儒家教义的主张，而且对儒家圣人时有不恭之辞，如《诸子》说"李实孔师"，被正统儒学视为异端的道家鼻祖老子，在刘勰看来

---

① 此书于1977年合并为《文心雕龙与佛儒二教义理论集》，由香港云在书屋出版。
② 参见王元化编《日本研究〈文心雕龙〉论文集》和牟世金《日本〈文心雕龙〉研究一瞥》（《克山师专学报》1984年第1期）。

却是儒家圣人孔子的老师。汉儒已尊孟子为亚圣了①,《奏启》却批判"孟轲讥墨,比诸禽兽",是"躁言丑句"。嵇康的《与山巨源绝交书》公然声称"非汤武而薄周孔",《书记》却给予"志高而文伟"的高度评价。由这些例子看,刘勰"征圣""宗经"虽然旗帜鲜明,也不过是旗号而已。刘勰的着眼点是"夫子文章",而不是"夫子之道"。《原道》篇末有"光采玄圣,炳耀仁孝"之赞,"仁孝"可谓儒道矣,但原意是说圣人根据道进行教化,从而使"仁孝"发出光彩。这适足以说明"仁孝"与刘勰所谓的"道"不是一回事。此外,《原道》多取《周易》之说,且谓"圣因文而明道",论者往往据此推断圣人所明之道为儒道。且不说这样推论不能说明什么实质,即使有道理,也不免使人生疑:既然"原道"是原儒道,刘勰何不直书力论,而要讲一通龙凤虎豹、云霞草木等与儒道无关的话?若非刘勰写得文不对题,就只能是论者的理解有问题了。

再看佛道。不是儒道,不能作为必是佛道的根据,这是不待细说的。从所原所明之道是否佛家教义来看,道理和以上所说略同。至于具体情况,只能说佛道的影子在《文心雕龙》中更为渺茫。全书除《论说》中"般若之绝境"一语外,其他佛门的经论经训一概只字未提,更不用说其基本教义了。这里以石垒《文心雕龙原道与佛道义疏证》为例,略析持佛道论者的基本观点和论证方法。石氏论述,大有笔扫千军之势,否定众说而创新论,唯一的根据就是"般若之绝境"一语,以此得出结论:"这显然是采取了佛教的说法,以中道实相作为万有的根源,从而破斥人们的崇有贵无的边见或'偏解'的。由此可见,他所原、所明的道,是佛道。"如前所说,"般若"云云当然是佛家思想,问题在

---

① 赵岐《孟子题辞》:"命世亚圣之大才也。"

于把它扩大以证定全书之"道",是难当其任的。其次,如果《论说》的"般若之绝境"能证实《文心雕龙》之道为佛道,刘勰何以在《原道》的本题正论中不谈,只在《论说》中一提而过?再就是刘勰所谓道是不是本体范畴。按石氏所释,道是"自然的道路、道理、关系、或法则",则论者自己就否定"道"是本体了。刘勰所谓"道"既非"万有的本体",又如何能以"般若之绝境"推证《文心雕龙》之"道"为佛道?

上例只是论者"作为研究的起点",问题当然并非这样简单,全书论证甚多,但从第一节首论"自然之道",便可略知其梗概。其主要论点是:

> 在《原道》篇中,刘勰所说的"自然之道",是跟人"为五行之秀,实天地之心;心生而言立,言立而文明"这几句话,连在一起说的。如果我们在这里把它解释为:心是言产生的根源,言是文产生的根源。心是因,言是果;言是因,文是果。那末,由这几句话所引生的"自然之道"的意义是什么呢?它恰是佛教所说的因缘,或者说是一切有为法生起所经由或依循的自然的道路、道理、关系、或法则,也正是《无量清净平等觉经》或《阿弥陀经》中佛所说的"自然之道"。

这似乎是论者找到的一条力证,但能说明什么实质问题呢?可据此论证《原道》是宣扬因果报应吗?形式逻辑上的近似和所讲内容,岂可混为一谈?有心便有言,有言便有文的本意,和佛道毫不相干。佛书中可以称因果关系为"自然之道",外典何尝不可呢?《法言·君子》:"有生者必有死,有始者必有终:自然之道也。"王弼《老子注》:"夫御体失性,则疾病生;辅物失真,则疵衅作;信不足焉,则有不信:此自然之道也。"阮籍《达庄论》:"夫山静而谷深者,自然之道也。"这些也是讲因果关系的,岂能也是佛道? 更重要的是,"心生而言立"二句的实质是讲天地万物自有其文,人亦如此。万物本身自有其文的本质意义,已经排除或扬弃了因果关系。因此,试图以"自然之道"来说明《文心雕龙》之"道"为佛道,只是徒劳而已。

当然,石垒、饶宗颐、马宏山、兴膳宏诸家对刘勰佛教思想的研究①,应该说是有益的。但不应该走向极端,指《文心雕龙》之道为佛道。至于主张刘勰所谓"道"属道家之道者本来不多②,可置而不论。总之,《文心雕龙》不宣扬任何一家教义,所以不是任何一家之道,而是比任何一家之道都更高的理论范畴。

自范文澜《文心雕龙注》取黄侃《文心雕龙札记》之说而提出:"所谓道者,即自然之道,亦即《宗经》篇所谓恒久之至道。"其后从此说者甚多,但各家的理解仍有很大分歧。举其要者,如郭绍虞先生认为:"《原道》篇所说的道,是指自然之道,所以说'文之为德与天地并生'。《宗经》篇所说的道,是指儒家之道,所以说:'经也者,恒久之至道,不刊之鸿教也。'这就不是自然之

---

① 饶宗颐有《文心雕龙与佛教》(陈新雄、于大成主编《文心雕龙论文集》)、《刘勰文艺思想与佛教》(香港大学《文心雕龙研究专号》)等。马宏山有《文心雕龙散论》(新疆人民出版社)。兴膳宏有《〈文心雕龙〉和〈出三藏记集〉》(见日本《中国中世纪的宗教和文化》)。
② 周振甫《〈文心雕龙〉的〈原道〉》(《光明日报》1962年12月30日)曾谓:"刘勰在《原道》里主张自然,接近道家。"后已放弃此说而在《文心雕龙注释·前言》中说:"刘勰的所谓道,以儒家思想为主。"日本斯波六郎曾谓刘勰的道,兼有老庄及儒家观点(见《日本研究〈文心雕龙〉论文集》第46—47页)。

道……《文心雕龙》之所谓道,不妨有此二种意义"①。陆侃如先生认为:"自然是客观事物,道是原则或规律,自然之道就是客观事物的原则或规律。"②杨明照先生认为:"刘勰所原之道,则为自然之'道'。"又谓此道"属于儒家之道"③。三家之说都发生了较大影响。其后取"自然之道"说而迥异于三家者有赵仲邑:"所谓'道'就是'自然之道',就是先物质而存在的绝对观念。"④其所以认为道是"绝对观念",乃是由于把"原"理解为"源泉"或本原。而"原道"的真正含义是"本乎道",本于自然之道来论"文"。一定要强解"道"为绝对观念或宇宙本体,则"本乎道"就成了"本于本体",或"论文本于本体",那就不知所云了。

　　从训诂上讲,"道"可作多种解释,但其本义是《说文》的"所行道也"。《周易·系辞》有所谓"一阴一阳之谓道",就具有法则、规律的含义。《原道》历举日月山川之文,推及万品,龙凤虎豹、云霞草木、林籁泉石,无不有文,以强有力的逻辑说明,天地万物之美,是"无待锦匠之奇"的,明确显示了万物自有其美的特定含义。这物必自有其文的规律就是道,它与精神本体、绝对观念毫不相关。《庄子·知北游》云:"天不得不高,地不得不广,日月不得不行,万物不得不昌,此其道欤?"这种具有必然性的道,就是古人所理解的规律。

　　这里还有一个问题,就是对"自然"一词的理解。陆侃如先生

---

① 《中国文学批评理论中"道"的问题》,《文学研究》1957年第1期。
② 《〈文心雕龙〉论"道"》,《文史哲》1961年第3期。
③ 《从〈文心雕龙·原道、序志〉两篇看刘勰的思想》,《文学遗产增刊》第11辑。
④ 《文心雕龙译注·前言》。

论"自然之道",首创规律说,是一大贡献;但又解"自然"为"客观事物",也产生了较大影响。向长清的《文心雕龙浅释》,虽未明取陆说,但和陆说是一致的,并把"自然"进一步说成"自然界"。查台湾王更生等三家之论,直取陆说或受陆说影响之迹甚为明显:

> 王更生:"今人陆侃如作《文心雕龙论"道"》及《原道篇译注》,确认……自然是客观事物……"①
>
> 沈谦:"自然者,客观事物也……"②
>
> 李日刚:"自然者,客观事物也。"③

中国古代所说的"自然",乃天然、自然而然之意,与后世的"自然界"是不同的概念,从《老子》中的"道法自然",到《淮南子》《法言》《论衡》中的"自然",无不以天然而为言。《三国志·蜀志·秦宓传》:"夫虎生而文炳,凤生而五色,岂以五采自饰画哉?天性自然也。"这就和刘勰所论相当接近了。晋宋以后,文学观念中主张"自然可爱""自然英旨"者更为普遍,刘勰的"自然"观即承此而来,与"客观事物"初不相关。所以,陆侃如先生的旧说,早在1978年出版的《刘勰和文心雕龙》一书中作了纠正。在1979年出版的《文心雕龙创作论》中,王元化更具体指出:"在前人著述中'自然'一词并不一定代表'自然界',更不一定等于今天所说的'物质'。"④这是对的。

总结上文,刘勰所谓道,乃是指自然必然性;具体到《原道》,它指

---

① 《文心雕龙研究》第199页,台北文史哲出版社1976年版。
② 《文心雕龙批评论发微》第33页,台北联经出版事业公司1977年版。
③ 《文心雕龙斠诠》第4页,台北"国立编译馆"中华丛书编审委员会1982年版。
④ 《文心雕龙创作论》第62页注⑦。

的是万物自然有文的法则或规律。这种观点是唯物的,因为它强调要有其物,才有其文;文是物的属性,物是文的根据。这一点,我们下文还要论及,这里就不多说了。我们要指出的是,《文心雕龙》虽不免有唯心主义的杂质,但它基本上是一部唯物主义的文学理论杰作;这在当时宗教唯心主义盛行的社会风气中,是很可贵的。

三、枢纽论

　　上面论述了刘勰的生平和思想，现在就可以探讨这部伟大著作本身了。《文心雕龙》全书共五十篇，按照《序志》的提示，可以分为三大部分：《原道》至《辨骚》五篇为"文之枢纽"，《明诗》至《书记》二十篇为"论文叙笔"，《神思》至《程器》二十四篇为"剖情析采，笼圈条贯"。放在最后面的《序志》是全书的总序。我们先考察"文之枢纽"，这部分可简称为枢纽论。

　　枢纽论包括《原道》《征圣》《宗经》《正纬》《辨骚》五篇。有的论者认为这部分是刘勰的总论，虽有一定道理，却未必合刘勰的原意。所谓总论，应该是贯穿全书的根本论点。如果枢纽即总论，那么没有提出明确的基本观点的《正纬》、以儒家经典为根据展开论述的《辨骚》，就不应列入"文之枢纽"。刘勰既然把这五篇称为枢纽，可见并不是每篇提出一个或两个贯穿全书的根本观点，合这些根本观点为总论。我们认为，刘勰是把"文之枢纽"当作一个整体，从不同的角度解决论文的几个关键问题，为全书奠基。至于他在枢纽论中解决了哪些理论问题，须考察了五篇的内容和主旨才能知道。

（一）原道论

《原道》一篇，聚讼纷纭，仅从"文革"结束到现在的十年间，光单篇论文已发表了四十余篇。诸家各抒己见，不断有新的创造与收获，言人人殊，而争论的重点有二：一是对"道"的理解，其二是原道论的主旨何在。这是两个紧密相关的问题。关于"道"，我们在前面谈刘勰的思想时已经讨论过了，这里主要探讨原道论的主旨。

要弄清《原道》之旨，必先明确两个问题。其一是《原道》并非哲学论文，不专门研究精神和物质的关系问题，也不专门讨论道为何物。刘勰并没有给道下定义，他把《原道》置于全书之首，目的是"本乎道"以论文。这就是说，刘勰要研究的是道与文的关系，也就是从自然之道的高度来探讨文为何物。因此，全篇无一言专门讨论道，而又无一言离开道。而刘勰所谓道，如上所说，乃是自然必然性，即万物各有其文的规律。既然如此，这种道就不可能脱离形形色色的物而独立存在，所以刘勰不专门讨论道，却把这种客观必然性存在于一切事物中当作不言而喻的前提，来展开道与文的关系的论述。

其二是《原道》也不研究文学起源问题，不是文学起源论，而是从万物各有其文的必然性的高度，来探讨"为文之用心"的根据。认为《原道》论述的是文学起源问题，可能与纪昀的评语"文原于道"有关。由"文原于道"再理解为"文源于道"，道就成为文学的源泉了，原道论就成为文学起源论了。这是一种误解，不符合刘勰的原意。仅就原字说，也可以释为源泉，但其原意和今天所谓源泉还不是一回事。孟子:"原泉混混,不舍昼夜"①;班固:"源泉灌注,陂波交属"②;《孟子》朱注:"原泉,有原之水也。"由此可见,从字面上说"原道"是文源于道也是难通的。早于刘勰六百年的《淮南子》中也有一篇《原道》冠于全书之首,高诱注:"原,本也。本道根真,包裹天地,以历万物,故曰原道。"刘勰的原道论是否也取"本乎道"之意呢?他自己讲得很明确:"盖《文心》之作也,本乎道"(《序志》)。原道即本于道以论文,与文源于道的命题了不相关。

明确了上述两点,我们就可以分析本篇的主要内容,并进而窥探篇旨了。全篇分为三部分,都围绕道与文的关系展开:道是天地万物各有其文的必然性,文则是这种必然性的体现。刘勰开门见山指出:"文之为德也大矣",文采作为自然之道的体现是很普遍的。"德"即得,这里指得于万物各有其文的必然性;"大"有广义,引申为普遍。这句话说明了两点:一是文之为物决定于万物各有其文的必然性,二是文这种现象普遍存在。第一部分泛论道与自然文采的关系,说明天地、人类、动植万物无不各有其文。"夫岂外饰,盖自然耳",都是自然而然就各有其"文"的。"此盖道之文也","自然之道也",均与"自然"同旨。这就是刘勰对自然美的基本看法,展开申述了万物各有其文是必然的、普遍的两层意思。

这部分值得注意的有两点。一是"形立则章成矣,声发则文生矣"。这是第一部分论自然美的结论,也是通篇乃至全书的理论基石。这结论本身已经否定了对本篇作文源于道的理解,因为

---

① 《孟子·离娄下》。
② 《西都赋》,《文选》卷一。

物是文之本原,文是物的体现,有某物之形、声,才有该物之章、文。刘勰之所以得出这个结论,是因为如上文所说,他把道存在于一切事物中当作立论的前提。这样,他既可以不给道下定义,入手就阐述道与文的关系;又可以因为道、物一体并统一于物,径直得出"形立章成"的结论,虽不言道,却正是从道的高度揭示文为何物。在刘勰看来,物有其文是客观必然性,所以无物不文;不同的物具有不同的本质和特征,因而也就具有不同的文,如"龙凤以藻绘呈瑞,虎豹以炳蔚凝姿"等等。于是物、文一体,一内一外,物是主体或内核,文是体现或表征,内外统一,须臾不离。这种必然性就是所谓道,这种文就是"道之文"。有的论者认为原道论的实质是论述文学与现实的关系,从上述来看这是不无理由的。

二是关于人即创作主体的论述:

……两仪既生矣,惟人参之,性灵所钟,是谓三才。为五行之秀,实天地之心。心生而言立,言立而文明,自然之道也。

这段话说明,人生在天地(两仪)形成之后,"为五行之秀",本身就是自然的产物;人是有性灵的,与天、地并称为三才,"实天地之心",又是天地的主宰;有了人,才有言,有了言,才有文。这些论述是"形立章成"的具体体现之一,即在人类和人文领域的体现。这就是说,人文是人之本质特征的表现,而人类不同于天地万物的本质特征在于有性灵,所以人文实质上是性灵即思想感情的表现。这一点刘勰没有明说,却蕴含在对人的论述和"形立章成"的结论中。由此观之,原道论又不单是论述文学与现实的关系,更重要的还在于论述文学与主体即人类本身的关系。"夫以无识之物,郁然有采,有心之器,其无文欤?"人类之特征在于有心,因而更应当有文,足见人文是人类心灵之功能的表现。这就为后两部分专论人文奠定了基础。

从第二部分开始,刘勰从泛论自然美转入了对人文的探讨。其实第一部分共二百零四字,论及人类的就占了近六十字,可见刘勰之重点不在于论自然美,而是借此为以后讨论人文准备一个根本立足点,即从必然性的高度来研究人文。第二部分,刘勰历述了人文的发展过程,兆示了他贯穿全书的文学发展观。与这一部分论述相类的,全书中还有两处:一处是《时序》关于"时运交移,质文代变""歌谣文理,与世推移"的论断;再一处就是《通变》的一段论述:

> 是以九代咏歌,志合文则:黄歌《断竹》,质之至也;唐歌《在昔》,则广于黄世;虞歌《卿云》,则文于唐时;夏歌《雕墙》,缛于虞代;商周篇什,丽于夏年。至于序志述时,其揆一也。

这段话所论,与《原道》的观点相通:文学都是序志述时的。述时,揭示了文学与现实的基本关系;序志,指明了文学与创作主体的基本关系。这两方面合起来,就是"文则",即文学自身发展的规律。

这一部分内容,有值得注意者四,有需要辨析者一。需要辨析者即"人文之元,肇自太极"句的含义。论者多以为"太极"指天地未开的混沌状态,则句意为人文肇始于天地未开之时。若真是这样,则未有人类之前已经开始了人文的历史,岂不荒唐?更重要的是,刘勰在第一部分已经指出,先有天地后生人类,人类有了语言才产生了人文;若此处又说在没有天地更没有人类之前已经产生了人文,岂不自相矛盾?没有人类先有人文,岂不违背了

"形立章成"的总规律？其实《原道》乃至全书论人文，最早只追溯到传说中的"河图""洛书"。"龙图现体，龟书呈貌。天文斯观，民胥以效。"可见"河图""洛书"仍属天文，生民效法这自然之文，才创造出了人文。刘勰已经说得很明白了，而且这也是他先论自然美后论人文的原因之一，怎么会有天地开辟之前人文已经开始的看法呢？这从"人文之元"句与下文的联系也可以看明白：

  人文之元，肇自太极；幽赞神明，《易》象惟先。庖牺画其始，仲尼翼其终；而《乾》《坤》两位，独制《文言》。

前两句互文见义，"太极"即《易》象，也就是八卦。刘勰所述，乃伏牺效法河图而创制八卦的传说，正以八卦为人文之始。这是无可厚非的，而且正与"形立章成"的基本观点和后文关于圣人"莫不原道心以敷章，研神理而设教"的论述相合。

  这部分值得注意的第一点是"言之文也，天地之心哉！"这里的天地之心与第一部分所谓实天地之心含义不同，是取《易经·复卦》中"复其见天地之心乎"之意，指天地之本性。刘勰明确区分了言和文，认为言而有文正符合天地本性。此论是紧承孔子于《乾》《坤》两位"独制《文言》"而提出的，则《文言》是反映了天地的自然规律的。这一部分最后说孔子之文"写天地之辉光"，与此意同。由此可见，刘勰认为天地等客观事物的规律和特征是言和文的内在根据，因而遣言摛文必须反映这些事物的特征和规律。这是个很高的要求，刘勰在一千五百年前已有所认识，是难能可贵的，而这正是"形立章成"论的自然引申。

  第二点是"谁其尸之，亦神理而已"的论断。玉版金镂、丹文绿牒之类有关人文的原始传说，刘勰是无力给予科学说明的，这是他的局限。但可贵的是，他并不把这些归于造物主，而认为也是万物各有其文的必然性使然。"神理"即自然之道,不是什么神秘力量。连这些难以解释的传说都受必然性的支配,整个人文的发展当然也是合乎自然之道的了。所以第二部分讨论道与人文的关系,不言道而道在其中。

第三点更值得注意:刘勰论人的发展,处处以作者为本位。"人文之元"与伏牺相联系,"唐虞文章"则离不开元首(舜)和益(伯益)、稷(后稷)。其论商周之文云:

逮及商周,文胜其质,雅颂所被,英华日新。文王患忧,繇辞炳耀,符采复隐,精义坚深。重以公旦多才,振其徽烈,剬诗缉颂,斧藻群言。至夫子继圣,独秀前哲:熔钧六经,必金声而玉振;雕琢情性,组织辞令,木铎起而千里应,席珍流而万世响;写天地之辉光,晓生民之耳目矣。

这段话论及作者之经历(患忧)、才能(多才)、学养(熔钧六经)、思想感情(雕琢情性)、表达能力(组织辞令)等诸方面,几乎包括了全部主观条件,而文学的发展正与此相对应,以此为根据。刘勰虽未明言,但已展示了文学的决定性因素是人,即创作主体。

还有一点,刘勰论人文的发展至孔子而达到极致。这与孔子在文化史和文学发展史上的地位有关,但更重要的是刘勰为第三部分的论述张本,也为后面的征圣论、宗经论埋下了根子。

第三部分是在前两部分的基础上集中论述道、圣、文三者关系。一切圣人"莫不原道心以敷章,研神理而设教"。为文都是钻研和掌握自然之道的结果。这就是道、圣、文三者的基本关系:自然之道是最根本的,圣人是体道为文的主体,文则是圣人掌握道的结果。下文所谓"道沿圣以垂文,圣因文而明道",与此同旨,进一步揭明了三者关系。刘勰虽认为道是根本,但在三者关系中很重视主体，强调圣人原道心、研神理的功夫。而原、研的途径是"取象乎河洛，问数乎蓍龟，观天文以极变，察人文以成化"，也就是深入观察天地万物、人类社会，并认识和把握其本质和规律。可见原道心、研神理与观天文、察人文紧密相联，正是一个问题即"为文之用心"的两个方面："原道心"云云，强调的是以万物各有其文的必然性为基点；"观天文"云云，强调的是以掌握天地万物和人类社会固有的本质和规律为标准。我们前面说过，把"自然"理解为自然界和客观事物是不妥当的，但这并非说刘勰不主张反映客观事物的本质和规律。这里是一个证明，上文论及的为文要反映客观事物的本性也是证明。而全书中关于这个问题的论述俯拾即是，如"诗、骚所标，并据要害"（《物色》），又如"鉴周日月，妙极机神，文成规矩，思合符契"（《征圣》）。"据要害"即抓住所写事物的本质特征，"思合符契"即思想感情与客观事物吻合无间。由此可见，文学要反映客观事物的本质和规律，是刘勰的一个基本观点。万物各有其文的必然性具体到文学作品中所描写的事物，就要求能反映出它们的本质和规律，这是顺理成章的事。

只有体现了事物本质特征的文，才能发挥"经纬区宇，弥纶彝宪，发挥事业"的巨大作用。篇末所谓"鼓天下之动"，即指这种巨大作用而言。这表明了刘勰基于儒家思想的功利主义文学观，是贯穿全书的思想。这种巨大作用，来源于文是必然性的表现，即道之文；也来源于文是客观事物本质和规律的反映，即所谓"写天地之辉光"。

通过上面的分析，我们可以知道，《原道》之旨在于"本乎道"以论文，三部分内容均围绕道与文的关系立论，而于第三部分提出了道、圣、文三者关系，为下两篇张本。其根本论点即"形立章成"的物文统一观。用这一观点考察人文，就产生了两个问题：人文与创作主体的关系，人文与它所描写的客观事物的关系。前者规定了人文是性灵即人的思想感情的表现，后者要求反映客观事物的本质和规律。人之思想感情的不同决定了文学的不同，这近于今天所说的主体论，是以创作主体为本位的；客观事物的千差万别也决定了文学的不同面目，这近于今天所谓文学是现实生活反映的观点，是以客观事物为决定因素的。文学离不开语言，而上述三个观点都规定了要有恰当的文采，这又产生了言和文的关系，二者有区别，但又必须统一。把上述四个方面的关系概括起来，就是刘勰对文为何物的基本看法，就是文学的本质。因此，《原道》实际上是一篇文学本质论。文学的本质是决定因素，其他文学问题无不植根于此，所以刘勰要"本乎道"，也就是从道与文的关系中探求文学的本质，作为其整个理论大厦的根基。可见，《原道》是全书的理论基石，它所论及的创作主体的情志、客观存在的事物以及作品的语言、文饰等四要素和它们之间的关系，就是全书要从各方面加以研究的问题。

（二）征圣论

如果说原道论是从道文关系的高度推原文之本质，那么征圣论就具体一步，从圣人的实践考察为文的基本法则。"征圣"即征验圣人"为文之用心"，也就是向圣人学习为文法则，所以刘勰又说"师乎圣"（《序志》）。这就是《征圣》的主旨。篇首指出"夫子文章，可得而闻"，"圣人之情，见乎文辞"。这情即圣人重文之情，可得而闻者也主要指为文法则。这就说明了圣人"为文之用心"是可得而征验的，全篇三部分均围绕"征"字展开论述。

第一部分叙述圣人"政化贵文""事迹贵文""修身贵文"等

"圣人之情",这"三贵文"即征圣的第一方面的内容。第二部分考察了圣人为文的四种主要范式:"或简言以达旨,或博文以该情,或明理以立体,或隐义以藏用。"这就是征圣的第二方面内容。第三部分从《易经》中摘取"辨物正言,断辞则备",从《尚书》中取"辞尚体要,弗惟好异",然后展开对"辨物正言""辞尚体要"的论述,以此作为征圣的第三方面的内容。

举出这三方面不是目的,刘勰的意图在于借此窥探圣人为文的法则,并借此推出自己对"为文之用心"的见解。借"三贵文"的叙述,刘勰提出了"志足而言文,情信而辞巧"的金科玉律;借探究圣人为文的四种主要范式,刘勰得出了"繁略殊形,隐显异术,抑引随时,变通适会"的结论;而借经书中的两句话,刘勰强调了"体要""正言"的语言要求。这些,才是征圣论的核心。

"辨物"要求抓住事物的特征和要害,"正言"指出语言要准确;"辞尚体要"强调遣言置辞要精炼鲜明、突出关键。这是对语言的基本要求,无论写什么文章,也无论繁、略、隐、显,都不能例外,可谓语言通则。至于"抑引随时,变通适会",则是教人对繁略隐显等四种写作范式要灵活掌握。而以"志足言文""情信辞巧"为金科玉律,当然更重要。"志足言文"要求情志充实,语言精美;"情信辞巧"要求感情真诚,辞采巧妙;合起来就是对志、言、文三者关系的基本观点。

除上述为文法则外,刘勰还强调了一点:"鉴周日月,妙极机神,文成规矩,思合符契。"这是掌握和运用为文法则的基础。"鉴周日月"指出了观察的广度,"妙极机神"揭明了体验的深度,"思合符契"则规定了观察体验的标准。只有无物不察,索隐探奥,心物密合,才能"文成规矩"。所以刘勰在赞辞中提出了"精理为文,秀气成采"的论断。理即日月等客观事物固有之理,其获得途径即"鉴周日月,妙极机神";思即思想感情,或创作主体的思维活动;思、理相合,表现出来就是文,所以说"精理为文"。"秀气"指圣人聪明灵秀之气,它反映在作品中即是辞采。由此可见,文学乃是创作主体与客观事物互相渗透和融合的结果:主体客体化和客体主体化两个过程同时发生,交融在一起。刘勰还不可能对此有很明确的认识,但他确实论述了心物交融问题。

《征圣》通篇所论,不离圣人,而赞语又说"妙极生知,睿哲惟宰"。这就产生了一个问题:圣人是否生而知之?有的论者以为刘勰吹捧圣人是生而知之者。这两句话若孤立地看,便容易得出这样的结论。可是上文刘勰明明说圣人必须"鉴周日月",才能"思合符契",可见圣人并非生而知之。就为文讲,圣人必须"原道心"才能"敷章",也不是天生就会作文章。这就说明刘勰并不认为圣人生而知之,更不认为只有圣人才能作文章。盖"生知"云云,不过是沿用成辞而称赞圣人的高明。如果像有的同志理解的那样,只有圣人才能掌握道,才能写文章,问题就更大了:一般人不能认识道,因而也就不能写文章,那么一部《文心雕龙》又何为而作呢?

综观上述,征圣论实际上是在以圣人为师的旗号下提出为文的几条根本法则。圣人之文的四种范式,在刘勰看来是值得后人效法的,但他更强调"抑引随时,变通适会",也就是说他要求为文有所本,更要有所变。这就是后文论通变和写作技巧的胚基。而《征圣》通篇所论,不出情志、语言、辞采和日月等客观事物四要素以及它们之间的相互关系。情志要充实,又要真诚;语言要准确鲜明,抓住关键;文采要隽秀巧妙,恰到好处。而这些均以"鉴周日月,妙极机神"为基础,也就是以观察体验客观事物并深明其理为根基。如果说原道论以"形立章成"为核心,那么征圣论就是在这个基础上以"思合符契"为核心。以心物契合为核心，围绕情志、语言、文采及其相互关系，论述了圣人为文的三大法则；刘勰所强调的是圣人为文之用心，也就是特别重视创作主体的作用，在作为全篇立论基础的心物关系中，也以心作为主导方面。这就是征圣论的主要理论意义。而创作主体的情志、所写的事物和语言、文采四要素及其相互关系，表现在作品中就是内容和形式两大方面。所以篇末借批驳对孔子的讥评提出的圣人之文"衔华佩实"，既是从内容（实）和形式（华）的统一着眼，总览圣人之文，又兆示了下一篇的内容。

（三）宗经论

《征圣》提出的"衔华佩实"，虽不能概括《宗经》的全部内容，却是刘勰对经书总的看法。《宗经》开篇即高度推崇经书：

> 经也者，恒久之至道，不刊之鸿教也。故象天地，效鬼神，参物序，制人纪，洞性灵之奥区，极文章之骨髓者也。

在刘勰看来，经是道的完美体现，因而经即文，是洞鉴人类心灵奥秘、抓住为文根本的范文。这就是宗经论的根据。全篇分为三大部分，均围绕"宗"字展开。

第一部分先述上古典籍经孔子整理而成为经书，"义既埏乎性情，辞亦匠于文理，故能开学养正，昭明有融"，具有极大的教育作用和写作的典范意义。可见第一部分旨在概括说明经书之当宗。第二部分论述五经的不同写作特点，说明这是"圣文之殊致，表里之异体"，文虽不同，各臻其妙。而结论是："根柢盘深，枝叶峻茂，辞约而旨丰，事近而喻远。是以往者虽旧，余味日新，后进追取而非晚,前修文用而未先。可谓泰山遍雨,河润千里者也。"经书是否能当得此誉是另一个问题,刘勰此论旨在说明经书并不因其是老古董而失去典范意义,而是人人可取、永远可宗的。第三部分指出经书"穷高以树表,极远以启疆,所以百家腾跃,终入环内",认为经书为群言之祖;接着论述了宗经为文之"六义"和"鲜克宗经"之流弊,从正反两方面强调为文必须宗经。经书之当宗、可宗、必宗,就是《宗经》的主要内容。

宗经论值得注意者有三。其一是论述经书之美妙而从圣人即创作主体找根据:"然而道心惟微,圣谟卓绝,墙宇重峻,而吐纳自深。譬万钧之洪钟,无铮铮之细响矣。"以钟喻本,以响喻文,正与"形立章成"论相合。"圣谟卓绝"是根据,"吐纳自深"为表现。上古典籍之所以成为"恒久之至道",是因为经过"夫子删述,而大宝咸耀";经书之所以"极文章之骨髓",是因为"圣谟卓绝,而吐纳自深"。文章之美的根源在主体,为文成败的关键也在主体。论文必先论人,这是刘勰贯穿全书的思想,而在义脉上也正承接征圣论余绪。

其二是"六义":"一则情深而不诡,二则风清而不杂,三则事信而不诞,四则义直而不回,五则体约而不芜,六则文丽而不淫。"这一篇没有提出为文法则,却指出了宗经为文有这六样好处,实际上是从六个方面具体阐述经书之妙。从"为文之用心"的角度看,"六义"是写作的理想目标,是"衔华佩实"的具体化,是情志、事物和语言、文采四种要素交织融合的结果,因而是为文四要素融汇为统一整体的理想。

其三是经书为群言之祖的观点。这当然是牵强的,但一则有尊重经书早而影响大这一客观事实的合理的一面,二则也为刘勰构筑其理论大厦的需要所决定。这一观点是刘勰的理论基础之一,文体论部分体现得尤为明显。

　　总结上述,宗经论是以创作主体为核心,以"衔华佩实"即作品的内容和形式相统一为纲领,提出了情志、事物和语言、文采四要素融为一个整体的理想。

　　关于征圣论和宗经论的关系,纪昀有"推到究极,仍是宗经"之说。从"论文必征于圣,窥圣必宗于经"(《征圣》)来看,这是有道理的。但刘勰论文是从创作主体着眼的,其先列《征圣》以考察圣人为文之用心,乃是必然的;而"宗经"即"体乎经",从经书中体会圣人为文的根本法则。由此看,我们也可以说推到究极仍是征圣。这是二者紧密相联系的一面。但二者毕竟有所不同,否则就不必在《征圣》之后继之以《宗经》了。盖《征圣》重在人,意在求文之祖师,故以心物相合为基础论述为文的三条根本法则,正面揭示圣人为文之用心;《宗经》则重在文,意在树文之典范,故以主体为根据论述内容和形式的完美统一,引导人们从"六义"中体会圣人为文的法则。这是二者不同的方面,也就是刘勰于《征圣》之后又列一篇《宗经》的原因。

(四)《正纬》和《辨骚》

　　关于《正纬》,论者多以为是《宗经》的附论,没有多大意义。这也不无理由,因为刘勰自云"前代配经,故详论焉"。但刘勰在赞辞中又说:"芟夷谲诡,糅其雕蔚。"这有两点值得注意:文采与它所表现的事物固然是统一的,但在作品中毕竟又是一个独立的因素,所以可"芟夷谲诡,糅其雕蔚";这句话也表明此篇作意在于反对诡伪失真,酌取华茂文采。可见此篇发挥了《征圣》的重文思想和"情信"原则,似乎也可说是《征圣》的附论。而刘勰所以要

"正纬",是因为纬书"乖道谬典",这又与原道论有联系。这样,就颇费思索了,但有一点还是比较清楚的:《正纬》虽然以经书为根据,却不能完全看作《宗经》的附论。我们谈刘勰思想时曾涉及此篇主旨:反对东汉神鬼化、迷信化的谶纬之书,体现疾伪求真的思想。若不纠缠表面字句,不难看出疾伪求真乃一篇之精神。"世复文隐,好生矫诞,真虽存矣,伪亦凭焉。"这是刘勰写作《正纬》的主要原因之一。"平子恐其迷学,奏令禁绝;仲豫惜其杂真,未许煨燔。"全篇正围绕真、伪二字展开。"若乃牺农轩皞之源,山渎钟律之要,白鱼赤乌之符,黄银紫玉之瑞,事丰奇伟,辞富膏腴,无益经典而有助文章。是以后来辞人,采摭英华。"这些不属于"其伪有四"的范围,不在要"芟夷"的"谲诡"之列,所以才可以"糅其雕蔚",成为可供"采摭"的"英华"部分。这就是所谓"酌乎纬"。

作为"文之枢纽"的一个组成部分,《正纬》有三点值得注意。其一,反对"说阴阳""序灾异"和"鸟鸣似语,虫叶成字"之类荒诞之说、迷信之文,这恐怕与儒家不语怪力乱神的思想有关。刘勰反对宣扬鬼神灵威的思想是一贯的,除前面讲刘勰思想时提到的"忠信可矣,无恃神焉",我们还可以举出一些例证,如《铭箴》:"若乃飞廉有石椁之锡,灵公有蒿里之谥:铭发幽石,吁可怪矣!赵灵勒迹于番吾,秦昭刻博于华山:夸诞示后,吁可笑也!"对这类利用鬼神迷信抬高自己的把戏,刘勰是极尽嘲笑之能事的。刘勰论列了三十多种文体,连谜语、谱牒都网罗笔下,独不及小说,恐怕也与这种思想有关。小说在魏晋已有一定发展,但多以"发明神道之不诬"[1]为务,与刘勰的思想相违。这应是他不论小说的

---

[1] 干宝《搜神记·自序》,中华书局1979年版。

主要思想原因。

其二,《文心雕龙》的一个突出特点是力求周备,纬书在汉代蔚为大宗,刘勰是不能置之不论的;在经典以外的作品中,纬书不仅较早,而且对后世文学创作产生了一定影响。"后来辞人,采摭英华"是对这种影响的概观;而"离合之发,则萌于图谶"(《明诗》),是其对当时主要文学体裁诗歌的影响。这对论文以创作实际为出发点的刘勰来说,也是不能不正视的。除了表明疾伪求真的态度之外,这也是刘勰把《正纬》列入"文之枢纽"的原因。

其三,自此篇开始,刘勰才转入了对经书以外之文的论述。从《原道》到《宗经》,前篇依次为后篇之根基:《征圣》以"形立章成"为基石,围绕心物相契这个核心论述为文的基本法则;《宗经》以主体(心)的主导作用为根据,围绕华实关系这条主线论述了为文、衡文的六个尺度。但这三篇所论,不出道、圣、文三者关系。由经书到后世之文,在刘勰看来是一大转变,这从《原道》论人文发展至孔子而极,以及全书的内容和安排都可以看出来。实现这一转变的正确道路何在呢?《文心雕龙》全书的任务正在于讨论经书以外之文,因而这也就成了关键问题,不能不给予解决。纬书和楚辞都较早,在刘勰看来与经书的关系都较为密切,而且都对后世发生了影响,正好借以解决由经典到创作转变的关键问题,也正好成为由论道、圣、经三者关系到讨论后世文学创作的过渡环节。这是《正纬》列入"文之枢纽"的第三个原因,当然也是《辨骚》列入枢纽论的原因。

《辨骚》之作,刘勰自云"变乎骚",可见一篇之旨在于"变",即探求宗经取变的基本规律。开篇即赞叹《离骚》为"奇文郁起",指出它"轩翥诗人之后,奋飞辞家之前"的由经典到创作转变的关键地位。全篇分为四部分,以经典为对照、以新变为中心展开论述。

第一部分叙述前人对楚辞的评论,而分歧在于是否合乎经典:"四家举以方经,而孟坚谓不合传。褒贬任声,抑扬过实。"这就引出了第二部分之辨,具体分析了楚辞与经典的四同四异,刘勰得出结论:"固知楚辞者,体宪于三代,而风杂于战国,乃雅、颂之博徒,而辞赋之英杰也。"楚辞效法经书,浸染战国风气,因而是经典之末流,辞赋之典范。也就是说,楚辞是经典之变,开创作之先。第三部分评论楚辞代表作品的成就和"衣被辞人,非一代也"的深远影响,而以"观其骨鲠所树,肌肤所附,虽取熔经意,亦自铸伟辞"为发端。这就说明了楚辞的成就和影响乃是熔经取变的结果。第四部分先述后人之不善学楚辞:"才高者菀其鸿裁,中巧者猎其艳辞,吟讽者衔其山川,童蒙者拾其香草。"虽有差别,却均不得要领。这要领是什么呢?且看刘勰的结论:

> 若能凭轼以倚雅、颂,悬辔以驭楚篇,酌奇而不失其贞,玩华而不坠其实,则顾盼可以驱辞力,欬唾可以穷文致,亦不复乞灵于长卿、假宠于子渊矣。

这是一个著名的论点,刘勰是把它作为文学创作的基本原则提出来的。显然,经书为正为本,楚辞为奇为变;执正驭奇,法经创新,华实兼顾,自铸伟辞,乃为文之通则,创作之蹊径。这就是楚辞成功的奥秘,也就是后人学楚辞应掌握的要领。掌握了这一要领,既可避免"拾其香草"等弊端,也不必步趋长卿、子渊,就是说可以自出心裁、左右逢源了。这就说明,辨析四同四异是手段,求出创新法则才是《辨骚》的主旨。所谓"变乎骚",一则含楚辞是由经典到创作的转变关键之意,二则有从楚辞总结法经求变规律之旨。由此看来,此篇列入"文之枢纽",乃是必然的。

明确了《辨骚》之旨,有些向来存在分歧的问题就较易解决了。如"诡异之辞""谲怪之谈""狷狭之志""荒淫之意"等楚辞与经书之四异是褒还是贬？直指其为褒是难以说通的,而认为是贬斥似又与刘勰对楚辞的高度评价相抵牾,于是有的论者试图用浪漫特征来解释。且不说刘勰没有这类概念,更没有自觉地把楚辞当作浪漫主义典范看待；即使像有的同志那样用浪漫特征来解释,也难以从根本上说明刘勰并非贬责,尤其是后两点。其实,四异与四同一样,仅仅是与经书比较而言,其着眼点在于楚辞与经书之不同,而不是全面评价；且这四同四异系针对"四家举以方经,而孟坚谓不合传"的分歧而发,刘勰既反对把楚辞视同经书,又反对贬抑楚辞和屈原,他要给楚辞一个恰当的地位：由经典到创作转变的关键。既是经典之变,所以按经书的标准有四点不同,或曰不及；既是辞赋典范,所以与后世创作比有着崇高地位。看似矛盾的评价就这样统一了。但刘勰的主要目的是论文学创作,而在文学史观上的主导思想是强调创新求变,所以他对楚辞是备极推崇的："气往轹古,辞来切今,惊采绝艳,难与并能。"前无古人,横绝来者,成为与经书不同的另一种典范：文学创作的典范。这就是书中往往《诗》《骚》并提的理论根据。

（五）简短的结论

我们已经分别考察了枢纽论五篇的内容和主旨,现在就可以总起来谈谈其要点和重要地位了。先看篇次关系。《原道》是枢纽论的理论基石,从而也是全书的理论根基,具有一定的独立意义。但在枢纽论中,它又可以和《征圣》《宗经》合为一组,集中研究道、圣、文三者关系,完成了自然之道经过圣人的作用到经书的转化。《正纬》《辨骚》为另一组,均以经书为根据展开论述,完成了由儒家经典到后世创作的转化。《原道》重在探文之根本,解决的是文学本质问题;《征圣》重在求文之祖师,提出了圣人为文的三条法则;《宗经》重在树文之典范,提出了经为群言之祖的论点和"六义";《正纬》以经书为本位,旨在疾伪求真,巩固其宗经思想;《辨骚》也以经书为根据,通过"辨"而求"变",指明了宗经求变的正确道路。这五篇虽然各有侧重,但又联结为一个整体,解决了论文的几个关键问题。

枢纽论五篇的理论线索大致如下:从"为文之用心"的角度看是:掌握万物各有其文的必然性——学习圣人为文的根本法则——在师法圣人的基础上创新求变;从论文或批评鉴赏的角度看则是:自然之道是根本——体道的经书是典范——法经求变的楚辞是由经而文的转变关键。这两条线索都是环环紧扣的,后者都依次以前者为根据。如果不列《正纬》《辨骚》,那么枢纽论就止于论道、圣、经三者关系,后面的论述就难乎为继了,因为一切以经书为标准,就不会有后世之文了。刘勰的主要目的在于论后世之文,他也并非一切以经典为依归,所以在《宗经》之后继之以《正纬》《辨骚》,作为由经而文的过渡,并指出法经求变的正确道路,乃是其结构体系的必然要求。

我们在分析《辨骚》时已经指出,法经求变是枢纽论所解决的理论关键之一。此外,还有以"形立章成"为根本出发点的文学本质论,以心物密合为根基的为文法则,以"衔华佩实"为核心的"六义"说,以及经为群言之祖和疾伪求真的思想等等。假如说真实是文学的基础,那么创新便是文学的旗帜,刘勰对这两点都有明确的认识。把这些理论问题归纳一下,则经为群言之祖的观点可包括在法经求变中,而为文法则中的"抑引随时,变通适会"的要求则属于尚变的范围;疾伪求真的思想应汇入"衔华佩实"论,而为文法则和"六义",不外情志、事物和语言、文采四要素及其相互关系,也属于华实关系范围。这样,枢纽论就解决了三大理论关键:衔华佩实、法经求变、形立章成。形立章成作为万物各有其文的必然性,乃是刘勰整个理论体系的出发点和根基;法经求变作为文学纵向发展的规律,乃是刘勰写作全书的指导思想。以此二者为基础,刘勰从不同侧面论及了华实关系,这是他的理论主干。而"衔华佩实"包括三方面的理论内容:以情为根据的情言关系(志足言文,情信辞巧)、以物为内容的物言关系(写天地之辉光)、文采所以饰言的言文关系(文以足言);这三方面均建基于以心为主导的心物关系(思合符契)。上述这些,就是枢纽论的理论内核,它们是全书立论的关键,又是刘勰整个理论大厦的缩影,在全书中具有决定性的意义。

四、理论体系

　　《文心雕龙》是一部体大思精的理论著作,要阅读和研究它,就不能不探寻和掌握其理论体系,否则对许多具体问题就难以作出准确判断,对全书的理论价值也不易给予科学的估价。但对书中一个个具体理论问题没有基本正确的认识,孤立地悬测其理论体系,又是难以有成的。这很有些二律背反的意味,实际上却是一个问题的两个方面。理论体系的探究无疑是很重要的,但必须与各具体理论问题的研究密切配合,在求得对具体理论问题的正确理解的基础上,进窥并探讨全书的理论体系;在理论体系的指导下,重新审视并加深对具体问题的理解。这样由具体到综合,又由综合到具体,循环往复多次,才能较好地理解全书,才能使理论体系的研究渐趋于是。我们前面已经具体分析了枢纽论五篇的内容和主旨,论述了《文心雕龙》全书的理论关键,这就有了考察全书理论体系的一定基础。这里先初步勾勒出《文心雕龙》理论体系的大致轮廓,以期对理解后面文体论、创作论和批评鉴赏论的内容有所帮助。

　　对于《文心雕龙》严密的组织结构,历来称道甚多。如元代钱惟善曾谓:此书"立论井井有条不紊"[1];明人叶联芳称此书"若锦

---

[1]　见王利器《文心雕龙新书》1951年版第139页。

绮错揉,而毫缕有条;若星斗杂丽,而象纬自定"①;清代刘开则以近于《史》《汉》中《叙传》的方式,列论了全书各主要篇章的安排,认为此书"腾实于虚,挥空成有","美善咸归,洪细兼纳"②,对《文心雕龙》的体系有所触及。在刘开之前,明代曹学佺也曾说:

> 《雕龙》上二十五篇铨次文体,下二十五篇驱引笔术。而古今短长,时错综焉。其原道以心,即运思于神也;其征圣以情,即体性于习也。宗经绁纬,存乎风雅;《诠赋》及余,穷于变通。良工心苦,可得而言。③

这是企图从上下各二十五篇的呼应和联系,来探索刘勰的良工苦心,显然是想找出全书的体系安排。后来范文澜注《文心雕龙》,在《原道》《神思》两篇的注中,为上下二十五篇各立一表④,显示了全书的基本结构。所有这些,都给我们探讨《文心雕龙》的理论体系以不同的启示。但这些还都不是正面的专题研究。

自《中国社会科学》1981 年第 2 期发表《〈文心雕龙〉的总论及其理论体系》以来,到目前已有十余篇论文相继面世,对刘勰的理论体系进行了专题研究。但一则这个体系不易掌握,二则各家还是初步探讨,见解不同是必然的。王运熙的《文心雕龙的宗旨、结构和基本思想》,实即探讨理论体系。此文认为《文心雕龙》的宗旨是指导文章写作,第一部分是总论,第二部分是分体讲文章作法,第三部分是打通各体谈文章作法。周振甫的《文心雕龙的

---

① 见王利器《文心雕龙新书》第 142 页。
② 《文心雕龙书后》,《孟涂骈体文》卷二。
③ 凌云本《文心雕龙序》。
④ 《文心雕龙注》第 4—5、496 页。

四、理论体系　　　　　　　　　　　　　　189

理论体系》认为,其理论体系是由"文之枢纽"五篇建立起来的:以道为本,以圣、经、纬为正,以骚为变;刘勰以"本、正、变"的观点贯穿全书。其他各家也都提出了自己的见解,可谓言人人殊。这些探索从不同的角度给我们以助益。

(一)子书还是文学理论著作

为了探讨刘勰的文学理论体系,就须考虑到《文心雕龙》的写作目的和特点给予其理论体系的影响,特别是全书的组织结构和理论体系的联系与区别。而要明确这些问题并进窥其理论体系,又必须先解决一个前提:《文心雕龙》是否一部文学理论著作。

一部著作的性质,是其理论体系的决定性因素之一,若《文心雕龙》不是文学理论著作,也就没有文学理论体系可言了。近年来,对《文心雕龙》理论体系认识上的分歧,这是原因之一;而这个带根本性的问题,却不是近年才提出来的。刘永济《文心雕龙校释·前言》曾谓刘勰著此书,是以"子书自许"的。《文心雕龙》若为子书,则其体系便是子书体系,无所谓文学理论体系了。台湾王更生著《文心雕龙导读》,中有《文心雕龙的性质》一节,以此书为"文评中的子书,子书中的文评",则既认为是文评著作,又企图纳入子书类中,显然仍从四部分类的观念着眼。虽不少人在论著中涉及这一问题,但自"五四"迄今,尚无专文予以论证。这里拟简要地阐述我们的看法。

决定一部书的性质的,首先是它所研究的对象。《文心雕龙》是一部论文之书,这是古今研究者都承认的。刘勰自己也讲:"夫文心者,言为文之用心也。"问题在于他所论的是什么文,又是怎么个论法。《文心雕龙》上半部论列了除小说以外的几乎所有文体，计有三十余种之多，其中有诗、赋、乐府等文学体裁，也有檄移、诏策等应用文体，看起来是相当庞杂。但我们应当看到，第一，我国古代不少文体，如刘勰所论史传、议对、哀吊、诸子等等，并没有文学和非文学的绝对界限。《史记》《汉书》等史籍中的列传，有不少具有鲜明的文学特征和较高的文学价值，至今犹有史传文学之称。孔稚珪的《北山移文》，按体分自然属于檄移类；又如诸葛亮的《出师表》、吴均的《与朱元思书》，虽然是章表、书信，但它们都具有鲜明的文学特点，长期被当作文学作品流传。至于铭箴、杂文、谐隐、颂赞等文体，文学特点就更突出些，如刘勰所论及的枚乘《七发》，"腴辞云构，夸丽风骇"，文学特点更鲜明，因而一直被当作古典文学的名篇。盖古人所理解的文学与今有异，凡内容充实、文采芬芳者即称文，虽以诗、赋、乐府等为大宗，却不把其他写得精美的作品排斥在文学殿堂之外。萧统编《文选》，凡"赞论之综辑辞采，序述之错比文华，事出于沉思，义归乎翰藻"[①]者，均符合标准，就是明证。刘勰虽反对形式主义，却相当重视文采，原因就在于文采是当时文学作品的重要特征之一。故论及诗、赋等纯文学体裁以外的应用文体，不足以否定《文心雕龙》是一部文学理论著作。

第二，更重要的还要看刘勰怎么个论法，即他是否主要着眼于文学特征。诗、赋、乐府等纯文学体裁不必说了，我们且看他对写作应用文的论述。《诔碑》云："论其人也，暧乎若可觌；述其哀也，凄焉如可伤。"《哀吊》说："必使情往会悲，文来引泣，乃其贵耳。"《杂文》："原夫兹文之设，乃发愤以表志……莫不渊岳其心，麟凤其采"，"使义明而词净，事圆而音泽，磊磊自转，可称珠耳。"

---

① 《文选序》。

《檄移》:"谲诡以驰旨,炜晔以腾说","摧压鲸鲵,抵落蜂虿。移实易俗,草偃风迈。"这类论述,固与应用文的实用目的有关,但又显然不止于实用,而是力求写得精美,力求具有文学作品的感染力。有些论述,如《诔碑》关于写人述哀的要求,即使对今天的文学创作,仍有一定的借鉴意义。如果说这些还不足以证明刘勰的主要着眼点是文学特征,我们可以结合他的理论重心创作论来作分析。《神思》是刘勰创作论的总纲,这已为大多数研究者所公认,正可借此以观其理论的基本性质。《神思》所论,刘勰自谓乃"驭文之首术,谋篇之大端",可见是写作的关键。这个关键是什么呢?《神思》实际上是一篇主体论,以人的思维活动为主线综论了写作全过程,而核心问题是艺术想象。刘勰在指出了"形在江海之上,心存魏阙之下"的一般想象特征之后,论述了艺术想象的四个特征:"寂然凝虑,思接千载;悄然动容,视通万里"的不受时空限制的自由性或无限性;"神与物游""神用象通"的形象性;"规矩虚位,刻镂无形"的虚拟性或凭虚构象性;"情满于山""意溢于海"的感同身受性或情态摹拟性①。这以艺术想象为中心的构思活动,就是写作关键。这显然是文学创作论,因为一般应用文是不允许想象以为事、凭虚而成文的。《夸饰》所谓"言必鹏运""文岂循检",也主要适用于文学作品。刘勰用"剖情析采"概括其创作论,也证明主要着眼于文学创作。而作为其理论重心的创作论,乃是上半部文体论的概括和总结,则文体论部分也主要着眼于文学特征当无疑问。上文引刘开"腾实于虚,挥空成有"之论,也已经注意到这一点了。故刘勰虽论列了几乎所有文体,其出发点和归宿却主要是文学理论。

---

① 详见萧洪林《刘勰论艺术想象的特征》,《文心雕龙学刊》第2辑。

最后,我们还要看到,刘勰论述了古代各种文体,不仅无妨于其文学理论体系,而且对他在理论上取得巨大成就,并建构起严密体系是有所助益的。例如《诏策》提出的写作要求:"授官选贤,则义炳重离之辉;优文封策,则气含风雨之润;敕戒恒诰,则笔吐星汉之华;治戎燮伐,则声有洊雷之威;眚灾肆赦,则文有春露之滋;明罚敕法,则辞有秋霜之烈。"这种根据不同对象和目的写出不同气势和意味的要求,与"因情立体,即体成势"(《定势》)的文学原理是相通的;能写到这种程度,则虽是应用文,亦可作文学作品读了。《文心雕龙》以论诗、赋、乐府等纯文学为主,同时全面总结各种文体的写作经验,又有助于其文学理论体系的建立,则这部书基本上是一部文学理论著作当可肯定。

(二)写作目的与理论体系

一部著作的理论体系,与其写作目的是密切相关的。《文心雕龙》的写作目的,一则为垂名后世,二则为扬名入仕,这两点与理论体系没有多大关系;有关系的是第三点,即为纠正当时文坛的不良倾向而作。《文心雕龙》所批评的对象,就是离弃根本、文体解散的讹滥现象,"辞人爱奇,言贵浮诡;饰羽尚画,文绣鞶帨"即其具体表现。显然,刘勰写作《文心雕龙》的主要目的,就是向泛滥于当时文坛的形式主义和唯美主义风气作斗争,全书有关论述甚多,不必费辞。由此观之,刘勰固不废文采,但其主导倾向应是反对无病呻吟、徒事华辞的过甚过滥。而他亮出的主要根据和武器,就是圣人的"贵乎体要""恶乎异端"之论。但是,如果刘勰原封不动地搬弄圣人之说,作为指导思想,那他也就不成其为伟大的文学理论家了。"辞训之异,宜体于要",实际上刘勰已经透露了其间消息:他并不照搬,而是按照自己的"体要",也就是根据自己的理解来论文的。书中多次讲到正末归本、还宗经诰之类的话,固然以经为源,但追寻经书之本,还归自然之道;宗经云云,多半是打此旗号,使自己的观点易于流传。刘勰虽然推崇孔子,却不全以孔子之是非为是非,即使论文也是这样。例如孔子论文"恶乎异端",而一经刘勰"体要",诸子百家中孔子认为异端者,刘勰却一概目为"入道见志"之作了。在《征圣》中,他详论了"正言"和"体要"的语言通则,却不及"恶乎异端",也可见他并不以此作为论文的根据,只是没有明说而已。这样看来,《文心雕龙》中的征圣、宗经之说,一则是从论文着眼的,二则这圣人和经书,是在某种程度上经过刘勰改造的。因此,探究刘勰的理论体系而简单地以征圣和宗经为其指导思想,就有待商榷了。

然而刘勰毕竟是以征圣、宗经为号召的,这种口号在全书中的地位和作用又不可忽视,问题在于他到底要宗什么和如何宗。应当看到,刘勰所谓宗经,既不是主张按照圣人的思想写作,也不是主张文学创作应宣传经书的思想;刘勰讲"模经为式",其要旨在于教人从经书中体会写作的根本法则,打下坚实的创作根底,以免跟在淫丽烦滥的时风后面亦步亦趋,而能自出机杼,创造出"风清骨峻,篇体光华"(《风骨》)的优秀作品。这实际上是强调文学修养和创作根基,正与书中这方面的大量论述相合。修养是基础,在这个基础上,刘勰更要求创造革新,反对陈陈相因。《通变》云:

> 是以九代咏歌,志合文则:黄歌《断竹》,质之至也;唐歌《在昔》,则广于黄世;虞歌《卿云》,则文于唐时;夏歌《雕墙》,缛于虞代;商周篇什,丽于夏年。至于序志述时,其揆一

也。暨楚之骚文,矩式周人;汉之赋颂,影写楚世;魏之篇制,顾慕汉风;晋之辞章,瞻望魏采……从质及讹,弥近弥淡。何则？竞今疏古,风末气衰也。

这段话明显地分为两部分,前半部分旨在论证商周以前各代由于合乎"序志述时"的"文则",是一代一代创新发展的;而后半部分所论,则"弥近弥淡",一代不如一代了,原因就在于背离了序志述时的发展规律,只知因袭前人,少有改革创新。瞻望、顾慕、影写等,都是因袭的不同说法,所以才"风末气衰",苍白无力。看来刘勰所谓"今",应是主要指剽窃艳辞、不知序志述时之则的文坛风气;而所谓"古",当即指商周以前所体现的序志述时的发展规律。这和刘勰反对形式主义、唯美主义的写作目的是完全一致的。因此,刘勰所谓正末归本和还宗经诰,实质上是要克服形式摹仿之弊,掌握序志述时之则。这也就是刘勰所谓"本"和"源",其本身就是"日新其业"(《通变》)的发展规律。曹丕、陆机等理论家未能揭示这一点,所以刘勰才说他们"各照隅隙,鲜观衢路"。《辨骚》提出"凭轼以倚雅、颂,悬辔以驭楚篇,酌奇而不失其贞,玩华而不坠其实"的结论,正指倚仗雅、颂所体现的序志述时的发展规律,酌取楚辞的奇艳华采。这与《通变》所谓"望今制奇,参古定法"旨趣相同。"古"有法则,"今"重奇采;古今结合,以法驭采,才能无弊,才能发展。

以上所述,就是《文心雕龙》的写作目的对其理论体系的影响。反对祖尚淫丽的形式主义、唯美主义的写作意图,决定了刘勰正本清源、倡导创新的基本思想。如果我们不止于注视他所打出的征圣、宗经的旗号,而能透过这一旗号寻绎出他的真实目的和理论实质,就会看到为这种写作目的所决定,《文心雕龙》要探寻的根本就是自然之道，这是全书立论的基础，也就是《文心雕龙》整个理论体系的奠基石。而可视为刘勰指导思想的基本观点，就是序志述时的文则，也就是《辨骚》提出的法经求变的基本创作原则。这一原则是贯通全书的，不仅在创作论部分有《通变》专篇论述，而且贯彻到全部创作论和批评鉴赏论中，《情采》《时序》《物色》等篇体现得尤为明显。在文体论中，刘勰虽贯彻了经为群言之祖的观点，却主要是历述发展源流，大力肯定创新之作，批评指责因袭之弊。这其实是"文之枢纽"以《辨骚》殿后的根据，因为法经创新的义脉正笼罩全部文体论，并贯穿此后的创作论和批评鉴赏论。"文果载心，余心有寄"（《序志》），我们不必纠缠于表面文字，而要探求这文字所载的刘勰之心。刘勰之心就在于，根据自己的写作目的，以自然之道为根本，以法经求变为指导，精心构筑起一个谨严而又细密的文学理论体系。

（三）组织结构和理论体系

影响一部著作理论体系的因素还有写作特点和组织结构，尤其是后者。这里，我们主要探讨全书的组织结构。它与理论体系虽不等同，但二者密切相关。体系是结构的内在根据，结构是体系的外部标志，理论体系往往通过结构安排露出端绪，因而考察组织结构就成为把握理论体系的重要途径。

讨论组织结构，首先会遇到一个问题：今本《文心雕龙》的篇次是否可靠？若今本五十篇的次第已非原貌，就很难据以探得刘勰自己的理论体系了。对于这个问题，不少研究者早已提出了种种怀疑。范文澜认为"《练字篇》与上四篇不相联接，当直属于

《章句篇》";《物色》"当移在《附会篇》之下、《总术篇》之上"①。杨明照认为《时序》"当在《才略篇》之前,此篇论世,彼篇论人,文本相承。传写者谬其次第,则不伦矣。《序志篇》云:'崇替于《时序》,褒贬于《才略》',明文可验也"②。刘永济则认为《物色》"宜在《练字》篇后,皆论修辞之事也。今本乃浅人改编,盖误认《时序》为时令,故以《物色》相次"③。特别是郭晋稀,曾提出对《文心雕龙》后二十五篇作更大调整的意见④。上述四家之说,都有自己的理由,但遗憾的是,我们无法根据任何一家来重新确定全书的篇次安排⑤。这里,我们只提出三点浅见,以为掌握全书结构之助。

一、没有史料根据,是不宜轻改全书篇次安排的。刘勰写作此书,距现在一千五百年了,他的认识水平和立论角度,自然和今人有异,因而按照今天的理解调整篇次,若没有可靠的史料依据,是难以令人信服的。以《物色》为例,上述四家就有四种不同的调整意见,这就很能说明,没有史料根据而按自己的理解提出该如何如何调整,是很难得到定论的。至于斥今本篇次为浅人妄改,或传写之谬,如无史料根据,也难以说服人。虽不能说这种可能完全不存在,但这种误传或妄改始于何时? 有没有改动之前的版本或史料足为证明呢? 若无据可凭,是难以证明己说必是、今本

---

① 《文心雕龙注》第626、695页。
② 《文心雕龙校注》1958年版第290页。
③ 《文心雕龙校释》第180页。
④ 《〈文心雕龙〉的卷数和篇次》主张除《神思》至《风骨》和《才略》至《序志》等七篇外,其余十八篇的篇次均须调整。见《甘肃师大学报》1979年第1期。
⑤ 详见牟世金《〈文心雕龙〉理论体系初探》,收入《雕龙集》。

必非的。

二、如何看待今本《文心雕龙》标以"原道第一""征圣第二"之类的篇次问题。郭晋稀提出对篇次作较大调整的理由之一,就是篇名次第"不是原书所原有,而是后人依据已经错乱的顺序所增加的"①。但我们现在所能看到的一切《文心雕龙》版本,都标有次第,而且完全一致。如果篇次系据"错乱"的抄本所增,何以"错乱"得如此一致呢?况且唐写本残卷也是标明次第的,其残存部分也与今本篇次相同。这些情况都说明,《文心雕龙》的篇次为原著者所定的可能性大,后人妄加的可能性甚微。众所周知,汉以后著述多用帛或纸,不像先秦那样用"简",错简致误问题就不存在了,而传抄造成篇次错乱的可能性不大。更重要的是,汉人著书,自己标明篇次已很普遍,如《史记》《汉书》《法言》等都是这样;今本《法言》十三篇的次第和《汉书·扬雄传》所列完全一致。对这些著作,刘勰不仅见到过,而且研究过、评论过,他对自己的著作也标以次第,可能性就更大了。原著已标篇次,错乱就不易发生了。

三、如何理解《序志》关于后二十五篇安排的说明问题。刘勰说:

> 至于剖情析采,笼圈条贯:摛神、性,图风、势,苞会、通,阅声、字;崇替于《时序》,褒贬于《才略》,怊怅于《知音》,耿介于《程器》;长怀《序志》,以驭群篇。

这就是刘勰对后二十五篇内容安排的说明,又涉及篇次问题,且前举四家对篇次的疑议也集中在这一部分。应该怎样理解这段

---

① 《〈文心雕龙〉的卷数和篇次》,《甘肃师大学报》1979年第1期。

话呢？我们应意识到，刘勰此书既是论文，又是作文。《文心雕龙》既可目为文学作品，则其《序志》所言就和《史记》《汉书》中的《叙传》理应有所不同，不会像司马迁、班固那样一目不漏，一篇不倒，呆板地从《原道》开始，依次排列到《程器》。上引《序志》那段话，刘勰意在说明其理论上的处理，并非说明篇次排列；只是因为理论体系与篇次安排存在着密切联系，所以二者又基本一致。其实在刘勰的说明中，只省略了两篇：《总术》和《物色》。按刘勰之意，《总术》虽单列一篇，却未提出新的论旨，不过是将前面所论"列在一篇，备总情变"，因而不必在《序志》中和其他论题相提并论；又，《总术》列在《时序》之前，是创作论的总结，篇中已有交待，《序志》不必重复。至于《物色》，列在《时序》之后，则是虽省犹明的，因为这是一个问题，即时序、物色等客观现实对文学创作的影响这一问题的两个方面，在《序志》中提《时序》而包容《物色》，不必再列篇名。除了这两篇，刘勰对其他篇的叙述是明确的："摘神、性，图风、势"两组，中间留下一篇《通变》，就从《附会》往上说，用"苞会、通"包举之，再用"阅声、字"概指从《声律》到《练字》七篇。刘勰这样一顺一倒、一包一举，不过是为了作文章，不是对篇次安排的机械说明。如果以此为篇次说明，并据以调整下半部乃至全书的篇次，就有违于刘勰原意了。范文澜曾说："《文心》各篇前后相衔，必于前篇之末，预告后篇所将论者。"[1]这可以视为《文心雕龙》全书的通例。例如《风骨》篇云："若夫镕铸经典之范，翔集子史之术，洞晓情变，曲昭文体，然后能孚甲新意，雕画奇辞。"这正是下篇《通变》要讲的道理。《通变》之末又说："凭情以会通，负气以适变。"这与下一篇《定势》开头所说"夫情

---

[1] 《文心雕龙注》第504页。

四、理论体系

志异区,文变殊术,莫不因情立体,即体成势也",正前后紧密相连。《定势》之末云:"夫情固先辞,势实须泽",这又显然是预示下一篇《情采》要讨论内容和形式的关系了。这种情形说明,《文心雕龙》的篇次先后,是刘勰有意安排的,不可随意改动。

当然,《文心雕龙》的篇次问题还可以继续深入探究,这里并非断言今本篇次绝无一篇更易,只是从上述三点看,错乱的可能性甚微。本于对古籍应持的慎重态度,在没有发现可靠证据之前,仍应根据今本《文心雕龙》的篇次,来探讨其组织结构和理论体系。

研究《文心雕龙》的组织结构和理论体系,还有一个问题要解决,即枢纽论、文体论、创作论和批评鉴赏论的划分问题。枢纽论包括前五篇,这是明确的;文体论的范围也是明确的,即从《明诗》到《书记》的二十篇。有争议的是创作论和批评鉴赏论的划分。如罗根泽既说"下二十五篇,则除了《时序》《知音》《程器》《序志》四篇,都可以说是创作论";又云:"《文心雕龙》全书五十篇……止有《指瑕》《才略》《程器》《知音》四篇是文学批评"[1]。刘大杰则认为二十四篇中,《知音》《才略》《物色》《时序》《体性》《程器》《指瑕》七篇是批评论,除《隐秀》未计外,其余十六篇为创作论[2]。有的认为"从《神思》到《隐秀》十五篇是发挥作者对创作过程的见解和对创作的要求……从《指瑕》到《程器》九篇则着重论述文学批评的方法与标准"[3]。还有的论者认为:《通变》《时序》《才略》《知音》四篇"属于文学史和批评论",《神思》《情采》等八篇为

---

[1] 《中国文学批评史》第 1 册第 235、236 页。
[2] 《中国文学发展史》上卷第 303 页。
[3] 文学研究所《中国文学史》第 1 册第 306 页。

创作论,《体性》《风骨》等四篇属风格学,《声律》《章句》等八篇为修辞学①。此外,不同的看法还多,仅上述诸家的意见,已足以说明分歧之大了。

其实,这并非难以解决的问题,如果按照刘勰自己的结构安排来看,创作论和批评鉴赏论的范围本来是比较清楚的。上文已经指出,《序志》的叙述是刘勰对理论处理的说明,则"摛神、性,图风、势,苞会、通,阅声、字"四句指创作论的内容;"崇替于《时序》,褒贬于《才略》,怊怅于《知音》,耿介于《程器》"四句,所用句法和包含的内容正与上四句不同,指的是批评鉴赏论的内容。这就是说,从《神思》到《总术》的十九篇为创作论,《时序》至《程器》的五篇为批评鉴赏论。不过,《时序》《物色》两篇处于创作论和批评鉴赏论之交,兼有两种性质,这和文体论中《杂文》《谐隐》两篇位于文、笔之间的情形相仿。只有这样看,全书的结构和理论才能成其为体系,否则,就杂乱无章了。

至此,我们就可以对各部分的组织结构和理论安排分别进行简要的探讨了。枢纽论,前面已经分析过了,这里先讨论文体论。

按刘勰在《序志》中的提示,文体论包括从《明诗》到《书记》的二十篇。这部分按篇数计算,占全书的百分之四十,是全书分量最大的部分。细察这部分的内容,虽按体分论,但并非单纯讨论文体,甚至可以说不以论文体为主,而是重在分体的文学评论中,全面总结前人的创作经验,以为后面的创作论和批评鉴赏论打基础。故这部分称为文体论虽未尝不可,但不宜简单地以今天体裁论的概念来看待它。任何文体规范,都是前人特别是名家创作经验的结晶;任何文学理论,也都是从大量创作实践中提炼出

---

① 詹锳《刘勰与〈文心雕龙〉》第22页。

来的。对文体的由来和发展、写作成败的经验教训等掌握得越多越扎实,所总结的创作经验越丰富越全面,则其提炼的文学理论的准确性、深刻性就越强。"操千曲而后晓声,观千剑而后识器"(《知音》),刘勰深明此理,所以才用大量篇幅相当全面地总结各种文体的写作经验。

这二十篇的论述,刘勰总称为"论文叙笔",是按文先笔后的顺序排列的。但这只是排列次第,而按内容来看,每篇都包括"原始以表末,释名以章义,选文以定篇,敷理以举统"四个部分,从先秦到晋宋作纵的考察。刘勰就是以"原始以表末"四句所指示的内容安排为经,以"论文叙笔"的篇次先后为纬,展开整个文体论部分的论述的。这部分除了分论文体外,还结合各体创作实际及其代表作品,初步探讨了创作论和批评鉴赏论的一些理论问题,为下面创作和批评鉴赏原理的研究打下了基础。刘勰重视这一部分,是必然的;我们研读《文心雕龙》,这部分也不可忽视。

上文曾指出《文心雕龙》的理论体系,是以"形立章成"的原道论为根基,而以《辨骚》提出的宗经求变的发展观为指导的。这两个根本思想,在文体论部分是贯穿始终的,这里以《明诗》为例略予说明。其"释名以章义"谓"诗者,持也,持人情性";其"原始以表末"论诗之产生云:"人禀七情,应物斯感,感物吟志,莫非自然"。这都是有关诗之本质的论述,均本于自然之道是很明显的。其"原始以表末""选文以定篇"以"兴发皇世,风流二南"为诗之源头,显然系经为群言之祖观点的表现;而主要内容是历述从先秦到晋宋的诗歌发展梗概,评论各个时期的代表作品。其间大力肯定的是"慷慨以任气,磊落以使才;造怀指事不求纤密之巧,驱辞逐貌唯取昭晰之能"的建安诗歌,而对"虽各有雕采,而辞趣一揆"的"江左篇制",则颇表不满。这与全书反对形式主义的目的相合，更鲜明地体现了以创新为主导的发展观。其"敷理以举统"部分则提出"诗有恒裁，思无定位，随性适分，鲜能通圆"的看法，说明体裁有定而诗思无定，正应根据自己的性分才气，写出不同于别人的有创造性的作品。观于上述，则以自然之道为根基、以法经求变为指导是很明显的。其实，"敷理以举统"的写作要领，主要是在"原始以表末""选文以定篇"的基础上，也就是在总结千余年发展概况的基础上提出的，发展的观点贯彻始终。因此，文体论和枢纽论，除了形式上由经典经楚辞到创作的过渡外，更主要的是理论体系上的内在联系：在枢纽论提出的万物各有其文的必然性基础上，以宗经求变的创新发展观为指导，分体论述了千余年间的创作概貌，既建立了各种文体规范，又结合实际讨论了创作和批评鉴赏的一些理论问题。

再看创作论和批评鉴赏论。这里又遇到一个问题，即怎样理解刘勰所谓"剖情析采，笼圈条贯"。有的论者认为其含义是指《文心雕龙》下半部一部分篇章为剖情，另一部分篇章为析采。且不说这种理解丢掉了"笼圈条贯"，即使单指"剖情析采"，也是不符合刘勰原意的。我们认为，"剖情析采"是刘勰对创作论、批评鉴赏论，乃至全书理论内容的高度概括，与其在《征圣》中提出的"衔华佩实"说旨趣相同（说详下）；"笼圈条贯"则指《序志》中"摛神、性"以下八句对创作论、批评鉴赏论的分组安排。创作论和批评鉴赏论的全部内容，就是以"剖情析采"的理论主线为经，以"笼圈条贯"的分组安排为纬，组织成一个整体的。创作论是按专题分别进行横的理论探讨，批评鉴赏论则按专题进行纵横交错的论述。"笼圈条贯"的八句话，就是说明这种特点的。

在创作论部分，"摛神、性"指《神思》《体性》两篇。前者论述以艺术想象为中心的构思活动，也涉及创作的全过程；后者论述创作个性与艺术风格的关系,其要旨是创作个性决定作品风格。这两篇都主要以作家为研究对象,实际上是刘勰的创作主体论。主体是决定因素,所以放在创作论的开端。"图风、势"指《风骨》和《定势》。前者提出了风、骨、采完美结合的创作理想,后者论述体裁与文势的关系,返照文体论的重要性,也是对文体论的理论概括之一。从这两篇开始,刘勰转到了从作品本身和创作原则、方法、技巧等方面来探讨文学原理。"苞会、通",从《附会》往上说,包括《养气》《指瑕》《隐秀》《镕裁》《情采》《通变》等七篇。《通变》旨在发挥《辨骚》提出的法古求变观,而以创新发展为主导,实际上是展开论述全书的指导思想;《情采》是讨论内容与形式关系的专论;《镕裁》和《附会》讲创作过程中熔意裁辞、附辞会义的基本原则。另外三篇,实际上是创作论的补充:《隐秀》讲复义和秀句问题,《指瑕》讲避免文中毛病,《养气》谈资养精气、培植灵感。很明显,《养气》上继《神思》余绪,而《隐秀》《指瑕》主要是创作方法和技巧方面的补充。"阅声、字"一组是从不同方面谈创作方法和技巧的,包括《声律》《章句》《丽辞》《比兴》《夸饰》《事类》《练字》等七篇。上述这些内容,刘勰又设一篇《总术》进行总结。所有这些,都是作横向专题研究。

  批评鉴赏论与此不同:虽分专题论述,却是纵横交织。"崇替于《时序》",明举《时序》,暗包《物色》,一纵一横,相须为用。这两篇从时与物两大方面论述了文学与现实的关系,无论对于创作论,还是批评鉴赏论,都是带根本性的问题;刘勰把它们安排在两部分之间,则上可使创作论植根于现实基础,并且与最前面的主体论结合起来,使整个创作论不出序志述时的文则;下可为批评鉴赏论树立起两面现实的镜子,并且与下面的《才略》《程器》合起来,使序志述时成为批评鉴赏的总原则。"褒贬于《才略》"是纵向评论历代作家的文才;"怊怅于《知音》"是横向论述,主要解决批评鉴赏的方法问题;"耿介于《程器》"则以横为主,纵横交织,表现了刘勰对作家品德修养的高度重视。我们上文说过,序志述时的文则与创新发展的观点是一致的。《时序》中"时运交移,质文代变","歌谣文理,与世推移"的中心论点;《物色》中"情以物迁,辞以情发","参伍以相变,因革以为功"等论述,都体现了序志述时的文则,也都是刘勰强调创新发展的明证。所以,《辨骚》提出的法经求变的创新观,也贯穿于全部批评鉴赏论中。

总结上文,我们可以看到,《文心雕龙》文体论、创作论和批评鉴赏论三大部分,在枢纽论的基础上,组织结构是很严密的,与这种井然有条的组织结构相应,其理论体系的大致框架是:以自然之道为根据,以创新发展为指导,展开文体论、创作论和批评鉴赏论的研究;文体论以"原始以表末"等内容为经,以"论文叙笔"为纬,分体进行纵的考察;创作论和批评鉴赏论则以"剖情析采"为经,以"笼圈条贯"为纬,创作论按专题进行横的探讨,批评鉴赏论则按专题进行纵横交错的讨论;贯穿文体论、创作论、批评鉴赏论的各种问题,可用"剖情析采"概括起来,也就是对"衔华佩实"展开论述,它构成全书的理论主体;情和采这两大方面,都由以心为主导的心物交融产生出来,这就是全书理论主体的核心。

（四）以心为主导的心物交感

《原道》提出了"形立章成"的根本观点,从这一必然性的高度来看文学,则文学是人的本质和特征的表现。而人不同于天地万物的本质特征就在于,人乃"性灵所钟",是"有心之器"(《原道》),所以文学按其本质来说,是心之功能即思维活动的结晶,创作主体的性灵是其作品的内在根据,文学作品则是这种性灵的外在表现。刘勰对这个根本问题的认识是明确的:论创作则云"情动而言形,理发而文见,盖沿隐以至显,因内而符外者也"(《体性》);论批评鉴赏则说"观文者披文以入情,沿波讨源,虽幽必显。世远莫见其面,觇文辄见其心"(《知音》)。正因为这样,《文心雕龙》是很重视创作主体的。

作为创作主体,"人禀七情,应物斯感,感物吟志,莫非自然"(《明诗》)。这是讲文学的产生,由此也可见把"原道"理解为"文源于道"是不妥当的:文学产生的根源在于人有七情,并且应物而感。所谓七情,刘勰又称为五情或五性(《情采》),指人类与生俱来的本能,所以《明诗》又说"民生而志,咏歌所含"。文学作品中所表现的情、志,究其根源都在于与生俱来的嗜欲,这种认识看似平易,实则相当深刻。我们只要想到至今还时髦的弗洛伊德的泛性论,就可能对刘勰的观点有较为正确的评价了。弗洛伊德把一切都归结为性本能,显然是以偏概全了。刘勰之论尚质朴混沌,却没有以偏概全之弊,他讲的是七情或五性,是一切嗜欲。而人又总是受到理性制约,所以得到满足的途径只有两条:或在现实中冲破束缚,或在艺术审美中获得满足。所以,文学是人之嗜欲获得满足的重要方式,"民生而志,咏歌所含",就很自然了。而咏歌吟志要有个契机,有个条件,就是"应物斯感",能感物者才能吟志,这就是作为"人"的作家的特点了。因此文学创作有个前提,就是创作主体之心和客观存在之物相契合。

创作主体之心和客观存在之物的相互感应、契合不外两途,或者说是两种方式。《诠赋》论曰:

  原夫登高之旨,盖睹物兴情。情以物兴,故义必明雅;物以情观,故词必巧丽。

这段论述具有普遍意义。"情以物兴",指客观存在之物经目入心,引起创作主体的某种思想感情,《物色》对此论之甚详。从这个角度看,刘勰之论正抓住了文学的特征。更重要的是,"情以物迁,辞以情发"的著名论点,表明他并不认为"心"能分泌思想感情,而认为作家的情志是客观之物经过心的作用的反映。这就使他的文学理论立足于唯物主义思想基础上了。

然而刘勰并不认为心如一面镜子,只能被动地反映客观事物,而是认为心有其主观能动作用。"物以情观"就强调"情",也就是强调在心物关系中心的能动作用。《神思》云:

> 故思理为妙,神与物游。神居胸臆,而志气统其关键;物沿耳目,而辞令管其枢机。

显然,这是强调"神与物游"过程中"神"的主导和决定作用。"神与物游"是刘勰关于心物关系的基本观点,既说明了构思过程中心与物不相离的特征,又指出了"神"居于关键地位。下文"我才之多少,将与风云而并驱",就是"神与物游"的注脚;而这是以"登山则情满于山,观海则意溢于海"为前提的,就是说是以创作主体的能动的心理活动为前提的。所以,无论是"思接千载""视通万里",还是"吐纳珠玉之声,卷舒风云之色",都是人的思维活动,都是心的能动作用。在这种情形下,"珠玉""风云"等事物,已经不是客观实在之物,而是移入作家之心的观念的存在,因而成为创作主体思想感情的一部分。"物以貌求",客观事物以其形貌感召作家;"心以理应",作家则以心知的道理来应答客观事物。于是,心物交感就这样开始了。

心与物的交相感应,就其发生的方式说,有上述"情以物兴"

"物以情观"两类,而作为一个过程来看,心始终处于主动状态。即使"情以物兴",虽然心物关系始于外物感召,但情志一旦兴起,就成为主动的、活跃的、决定的因素了。万千外物都有可能引起主体之情,但具体到某一场合则只有少数事物才具有感召力,这除了偶然因素之外,更主要的就在于心的选择作用。创作主体选取了某物或联类而及的若干事物,并在其感召之下引起了一定之思,但这思想感情是愉悦的,还是悲凉的,更主要决定于作家的情怀、胸襟,即决定于其主观情绪。

观察、体验客观事物,是丰富创作主体情志的主要途径。但创作主体平日注意观察、体验以培养情志和积累素材是一回事,而为了写某一事物动笔前再行深入观察研究又是一回事,等同二者或忽略其一,都不利于心与物的交感和结合。刘勰对这两个方面,既有其不同的论述,又有其共同的要求。"研阅以穷照"(《神思》)显然是对前者的论述。创作主体所处的环境、一生的经历和遭遇,以及他的品德、才能、识见等因素,都给他的情志以不同程度的影响,因而其情志与以往的全部经历有着或明或暗、或强或弱的联系。由此可见,"研阅以穷照"确是刘勰的卓识。结合既往的全部感受和经验,认真思考研究,以求对事物的"穷照",也就是透彻的理解,这是个很高的要求。而外物无穷,认识殊非易事,正如陆游所说:"诗岂易哉!一书之不见,一物之不识,一理之不穷,皆有憾焉。"[①]所以刘勰提出"将赡才力,务在博见"(《事类》)的观点,认为"博见足以穷理"(《奏启》),"博见为馈贫之粮"(《神思》),要旨即在全面提高、充实创作主体的主观因素,增强其"神与物游"的活力和主导作用。除了这些原则性的要求,刘勰还论

[①] 《何君墓表》,《渭南文集》卷三十九。

及两点:一是"安有丈夫学文,而不达于政事哉?"(《程器》)二是"山林皋壤,实文思之奥府……屈平所以能洞监风骚之情者,抑亦江山之助乎!"(《物色》)社会政事和山林皋壤,创作主体均应博观而深究。刘勰"江山之助"一语,几乎成为后世诗人画家的通论。清人黄子云曾说:"登临遍宇内,自然心目开张。"①这其实是古代众多文学艺术家共有的切身体会。从理论上说,这是广泛深入地观察体验的必然结果:大量的物象融入心神,于是胸怀开阔,情志丰富,积累日渐增多,自然心目开张。

至于为了写作的需要而去深入观察研究某事物,则是创作的直接准备了,而就其性质来看,乃是心物交感过程中的一个特殊阶段和特殊方式。创作主体对其要写的事物没有深切的认识,不从形貌的准确掌握到熟谙其物性物理,不能与山水通情趣、共忧乐,则要使情与物融为一体是不可能的。刘勰对此有一定程度的认识:"诗人比兴,触物圆览;物虽胡越,合则肝胆。"(《比兴》)这里所谓"胡越",主要不是物与物的距离和差别,而是文思与物象的关系,要使之密合如肝胆,就必须"触物圆览",即全面地观察、研究这要写之物。讲得虽简略,但触及了问题的本质。《物色》说:

> 窥情风景之上,钻貌草木之中。吟咏所发,志惟深远;体物为妙,功在密附。故巧言切状,如印之印泥,不加雕削,而曲写毫芥。故能瞻言而见貌,即字而知时也。

这就讲得较为具体了。如果说刘勰关于广泛观察体验的要求是从千余年间的创作经验中提炼出来的,那么这里所说就主要是从

---

① 《清诗话·野鸿诗的》。

新兴的山水文学中总结出来的。这样去观察研究所写的事物,就不仅要全面深刻,而且要以"志惟深远"为主导。

所谓"志惟深远",实际上是对上述两种情形的共同要求。《征圣》指出圣人所以"文成规矩",是因为"思合符契",也就是心与物密合无间。这实际上是心与物变相感应的复杂过程的结果。刘勰对此有明确认识,论述也较为充分、深刻。《物色》云:

是以诗人感物,联类不穷,流连万象之际,沉吟视听之区。写气图貌,既随物以宛转;属采附声,亦与心而徘徊。

"随物以宛转"主要是主体的客体化,作家的情思渗入客观的事物;"与心而徘徊"则主要是客体的主体化,客观事物渗入作家主观情思。"思合符契"就是这一双向交流过程的结果。而在这结果中,心的主导作用更加明显了,因为心、物的双向交流最终统一于心:所写之物成为作者情思的负载者。"神用象通,情变所孕"(《神思》),之所以写物象,是因为要通情;而这物象已经不是客观自在之物了,而是情思改造孕育出来的作家思想感情的物化形态。正因为如此,刘勰才提出了如下要求:"四序纷回,而入兴贵闲;物色虽繁,而析辞尚简。使味飘飘而轻举,情晔晔而更新……物色尽而情有余。"(《物色》)情为主导,物为辅佐,写物为达情服务,所写物象要含容着丰富的思想感情。

刘勰提出"物色尽而情有余",实质上就是要求把丰富的思想感情凝聚在有限的物象中,触及到了文学艺术的本质特征。"尽而有余"的说法,刘勰之前就有,如刘桢说过:"辞已尽而势有余"①;张华评左思的作品曾说:"读之者尽而有余"②;约与刘勰同时的钟嵘则说:"文已尽而意有余"③。刘勰之后,这类说法就举不胜举了,而以苏轼、严羽所谓"言有尽而意无穷"④为定格。值得注意的是,刘勰之前之后的论者所讲"有尽"的,均指文、言、辞,而刘勰独指"物色"。这虽是一字之别,却正显示了刘勰的卓绝之处。文辞简练固有助于含蓄,但要达到"情有余"或"意无穷",有限的物象则可,有限的言辞则未必可。不把丰富的思想感情凝聚在有限的物象上,"情有余"就难免是一句空话。刘勰之深得文理,从他论心物关系所取得的成就正可反映出来。

在刘勰之前,谈到心物关系的甚少,且甚粗朴,如《乐记》:"人心之动,物使之然也";陆机《文赋》曾谈到"穷形尽相"问题,要求写得"情貌之不差"。但对心物关系的认识尚较朦胧,也没有提出明确的理论观点。《文心雕龙》所论,就不仅较为系统、明确,而且具有相当的深度了。心物感应,是一切文学艺术创作的基础,对这个问题的认识,正可看出文学理论发展的程度。唐宋以后,心物关系成为文学艺术家探讨创作规律的着力处之一,盖即因此。明人陈嗣初说:"作诗必情与景会,景与情合。"⑤情思与景物妙合无垠,才能进入写作过程,也才能写出优秀作品,因为作品中的意象或形象,无论是人是景,都是以心为主导的心物交融的结果。"傍及万品,动植皆文",甚至"有逾画工之妙"(《原道》),却不是

---

① 刘桢原文已佚,引言见《文心雕龙·定势》。
② 《晋书·左思传》。
③ 《诗品序》。
④ 姜夔《白石诗说》引苏轼语。
⑤ 都穆《南濠诗话》引。

艺术品，就因为它们不是心物交融的结果，不是作为人的情思的物化形态而存在。探讨心物关系，从根本上说，就是研究文学艺术中情景相生的规律，寻找把创作主体的思想感情对象化为景物的最佳方案。这种探讨的不断深入，就产生了我国独有的意境理论。所谓"情景相融而莫分"①，所谓"景者情之景，情者景之情"②，都是心与物妙合的具体表现，都是古代文学艺术家所致力的目标；而达到这种境地，作品也就往往自有其意境了。由此可见刘勰关于心物关系的论述，对我国古代文学理论的发展做出了重要贡献。

然而刘勰的理论贡献还不止于此，他还论及了达到这种心物妙合境地的美学规律。上面提到的"物以貌求，心以理应"，已经接触到心物相融的特征，《物色》的赞辞就谈得更深刻更精彩了：

> 山沓水匝，树杂云合。目既往还，心亦吐纳。春日迟迟，秋风飒飒。情往似赠，兴来如答。

由此结论来看，《物色》可谓探讨心物关系的专篇。"目既往还，心亦吐纳"，眼睛是渠道，心与物经此而往还；在这反复往还的过程中，心有吐有纳，所吐者即情，所纳者为带着感情色彩再"还"入心之物。如果说这一论点体现了心物交感过程中往还交织、吐纳难分的复杂微妙特征，那么"情往似赠，兴来如答"就充分体现了心为主导的特征。作为创作主体，必须是多情善感、想象飞驰的，如果冷漠旁观、心如死灰，即使触物万千，仍会无动于衷。能够与物赠答，一则要把宇宙万物都视为有生命的东西；二则要情思活跃，

---

① 范晞文《对床夜话》卷二。
② 王夫之《唐诗评选》卷四。

并把它投赠给物;三则要暂时忘却自我,把物想象为我,把我想象为物。三者缺一,创作主体与客观之物的赠答便不可能充分实现,心与物也就不可能妙合无间了。"登山则情满于山,观海则意溢于海",正是要求以饱满的情怀来对待山、海等事物,用情和意去包容并重新铸造山和海,使之成为作品中的意象。

为正确估价刘勰"赠答说"的理论价值,我们不妨引今人朱光潜讨论美感经验的两段论述:

>在聚精会神的观照中,我的情趣和物的情趣往复回流……惜别时蜡烛可以垂泪,兴到时青山亦觉点头。①

>本来事物自身无所谓"意蕴",意蕴都是人看出来的,所谓"仁者见仁,智者见智"……在物我同一中物我交感,物的意蕴深浅常和人的性分深浅成正比例。深人所见于物者深,浅人所见于物者也浅。②

所谓物的"意蕴都是人看出来的",从下文深人所见者深、浅人所见者浅的论述看,等于说都是由人给予物、物又还给人的。这和刘勰先要赠物以情、物才答人以兴之论,在实质上不是很相似吗?朱光潜所论,即西方近代以来流行的"移情说",而刘勰的"赠答说"却是一千五百年前提出的,其理论价值和历史地位也就不言而喻了。

综观上述,刘勰从多方面论述了心物关系,而以心为主导方面。心与物的交感和妙合,在文学创作中的作用有四。其一,"观天文""察人文"以"原道心"(《原道》),是文学创作的根据;其二,

---

① 《朱光潜美学文学论文选集》,湖南人民出版社 1980 年版第 77 页。
② 《朱光潜美学文学论文选集》,第 78 页。

"鉴周日月，妙极机神"，以使"思合符契"(《征圣》)，是掌握和运用一切创作法则、方法和技巧的基础；其三，"思理为妙，神与物游"，以至于"神用象通"(《神思》)，是创作构思的首要任务和主要内容；其四，"体物写志"(《诠赋》)、"因内符外"(《体性》)，以至于"情貌无遗"(《物色》)，则又构成文学作品的主要内容。这四个方面的作用，就决定了以心为主导的心物交感，乃是文学创作的根基和轴心，在刘勰的整个理论体系中处于核心地位。

(五)以情为中心的情采相胜

心物交感达到妙合或统一，用语言文字表达出来，就是文学作品。无论构思还是表现，如何处理内容和形式的关系，都是作家所面临的主要问题。刘勰用"剖情析采"概括其全部创作论和批评鉴赏论的内容，盖即因此。《文心雕龙》全书用到"情"字的有三十多篇，共一百四十多句；用到"采"字的也有三十多篇，共一百余句；可见这是刘勰的两个重要概念。作为专门术语，"情"多指思想感情，也引申指作品的内容方面；"采"多指文采藻饰，也引申指作品的形式方面。显然，创作论、批评鉴赏论，乃至前面的文体论，都是从不同的角度用不同的方法探讨情、采以及二者之完美统一的。例如文体论中的《诠赋》论赋之创作："情以物兴，故义必明雅；物以情观，故词必巧丽。丽辞雅义，符采相胜……此立赋之大体也。"正是情、采并论的。创作论中《情采》不必说了，即使讨论创作方法和技巧的"阅声、字"七篇，也是围绕如何使形式(采)与内容(情)完美统一而分别论述的。如《章句》"宅情曰章，位言曰句"；"外文绮交，内义脉注"。批评鉴赏论如《知音》云："夫缀文者情动而辞发，观文者披文以入情"，也是兼内容和形式两方面而为言的。所以,"情""采"及其相互关系,是贯穿《文心雕龙》全书的主要问题,以情为中心的情采相胜论,就是刘勰对这一问题的基本观点。这就是《文心雕龙》理论大厦的主体部分。

情采关系问题,在《文心雕龙》中又大致分为三个方面:情与言的关系、物与言的关系和言与采的关系。由心物感应妙合无间,便产生了作品的内容方面,表现在作品中便是情(思想感情)和物(所写事物);表现要借助言辞,而文学作品之言不同于一般的言,要有文采,这言(语言文字)和采(藻饰文采),便是作品的形式方面。

1. 以情为根据的情言关系

刘勰认为"万趣会文,不离辞情"(《熔裁》);又说"立文之道,唯字与义"(《指瑕》)。他把情的表达和言的运用,视为文学创作的根本环节,因而如何处理情言关系,成为《文心雕龙》要研究的主要问题之一。这就有必要先明确刘勰对情志和整个创作的关系的认识。《情采》不仅一再强调"吟咏情性""述志为本""文质附乎性情",而且直接解释"立文之道"中的"情文"为"五性是也",正说明文学作品以情为核心内容,不表达任何情志的作品是没有的。《原道》认为孔子之文所以能"写天地之辉光,晓生民之耳目",乃是"雕琢情性,组织辞令"的结果;《征圣》以"情信辞巧"为创作的金科玉律。这些都是对情志与整个创作的关系的概括论断。由此出发,刘勰在全书特别是创作论和批评鉴赏论中,从不同方面和角度论述了情志和言辞的关系,"志以定言""言以足志"和"情经辞纬",便是其中三个主要方面。

"志以定言"主要着眼于情志,探讨情志对言辞的决定作用。《体性》:"气以实志,志以定言,吐纳英华,莫非情性。"应当根据情志的需要来决定言辞的使用,因为成功的文学作品无不是作者情志的表现。正因为情志决定言辞,所以不同的情志和创作个性便决定了作品不同的语言特点,这就是今天所说的风格。《体性》:

> 夫情动而言形,理发而文见,盖沿隐以至显,因内而符外者也。然才有庸俊,气有刚柔,学有浅深,习有雅郑,并情性所铄,陶染所凝;是以笔区云谲,文苑波诡者矣。故辞理庸俊,莫能翻其才;风趣刚柔,宁或改其气;事义浅深,未闻乖其学;体式雅郑,鲜有反其习。各师成心,其异如面。

这段话充分阐发了"志以定言"的道理。言与情一致,外与内相符,这就是风格形成的基本原理,也就是情志决定言辞的基本关系。情志是由才能、气质、学识、习性造成的,刘勰谓之"性",也就是作家的艺术个性;言是多种多样、变化无穷的,这种不同的特点,刘勰谓之"体",也就是艺术风格。"性"的各不相同,决定了"体"的千变万化,即所谓"各师成心,其异如面"。古人论风格者甚多,刘勰之前有曹丕、陆机等,之后有皎然、司空图等。但或失之过简,或失之过泛,或流于天才决定论,或流于玄虚抽象而难以捉摸。比较起来,刘勰所论则较准确而具体,主要原因就在于他是从情志和言辞的关系入手研究的,因而把握了"因内符外"和个性决定风格的规律,既阐明了风格形成的决定性原因,又抓住了风格的本质特点。

《体性》用"志以定言"的原理成功地研究了艺术风格,其他如风骨、通变、体势等重要理论问题,刘勰无不从"志以定言"的高度给予说明。而在《情采》中,对"志以定言"的论述较为充分:

> 昔诗人什篇,为情而造文;辞人赋颂,为文而造情。何以

> 明其然？盖风雅之兴，志思蓄愤，而吟咏情性，以讽其上，此为情而造文也；诸子之徒，心非郁陶，苟驰夸饰，鬻声钓世，此为文而造情也。故为情者要约而写真，为文者淫丽而烦滥。而后之作者，采滥忽真，远弃风雅，近师辞赋。故体情之制日疏，逐文之篇愈盛……况乎文章，述志为本，言与志反，文岂足征！

文章以述志为本，所以言必须与志相称。言与志称，即为情造文，便能要约而写真；言与志反，即为文造情，就会淫丽而烦滥。由此可见，"志以定言"的原理乃是文学作品真实性的根据之一，违反了它，则情是虚假的，言是烦滥的，作品便无足观了。"志以定言"的原理又是刘勰反对形式主义文风的理论武器，"采滥忽真"的"逐文之篇"之所以愈盛，原因就在于违背了这一原理。"志以定言"还是从《诗经》开始的文学创作的优良传统，丢弃了这一传统，文学创作就会走上歧途。这样，"志以定言"就上升为文学创作的规律了。

"言以足志"主要着眼于言辞，研究语言如何充分地表达情志。首先是"言以足志"的基本要求。《情采》指出："联辞结采，将欲明经，采滥辞诡，则心理愈翳。"这里所谓经，即情志。文辞采饰是为表达情志服务的，如果"采滥辞诡"，就适得其反了。为了恰当地表情达意，刘勰提出了一系列相应的主张。如《熔裁》的三准："履端于始，则设情以位体；举正于中，则酌事以取类；归余于终，则撮辞以举要。然后舒华布实，献替节文。"这是"檃括情理"的三个准则，总的要求就是用准确的言辞充分表达情志。又如《附会》："夫才童学文，宜正体制：必以情志为神明，事义为骨髓，辞采为肌肤，宫商为声气；然后品藻玄黄，摛振金玉，献可替否，以裁厥中。"从作品中四大因素的关系,说明情志是灵魂,而辞采等项应该把情志表达得充分、圆满。《文心雕龙》中这类论述很多,虽然用以论证的具体问题不同,但都是要求言辞能充分表达思想感情。

其次是如何"言以足志",即以言达情的方法、技巧问题。这类论述就更多了,在"阅声、字"七篇中,对声律、对偶、比兴、夸饰、事类、练字以及谋篇用辞等创作方法和技巧问题,刘勰集中进行了探讨,怎样用恰当的言辞充分表达思想感情,则是他要研究的中心问题。"心既托声于言,言亦寄形于字"(《练字》),语言文字是表达思想感情的符号,则从字句到篇章的各种修辞技巧,无不以充分表达情志为基本准则。即使不直接表达思想感情的声律,也必须以有助于达情为目的:"故知器写人声,声非学器者也。故言语者,文章神明枢机;吐纳律吕,唇吻而已。"这里所谓神明,即"以情志为神明"之意,"枢机"即"辞令管其枢机"之意。则文辞是作品中表达情志的关键,之所以讲究声律,正是为了更好地发挥其"神明枢机"的表达作用。声律问题尚且如此,其他方法和技巧就更是关于如何充分表达情志的研究了。这在《夸饰》中尤为明显,刘勰认为夸张运用得好,"谈欢则字与笑并,论戚则声共泣偕,信可以发蕴而飞滞,披瞽而骇聋矣"。盲人睁眼、聋子受惊的艺术效果,来源于"字与笑并""声共泣偕"的文辞运用。这实在是关于"言以足志"的精彩之论。

至于"情经辞纬",则是着眼于情志和文辞的基本关系,总结"志以定言""言以足志"等原则,提出普遍适用的创作规律。《情采》云:

> 故情者,文之经;辞者,理之纬。经正而后纬成,理定而

后辞畅,此立文之本源也。

文学创作有如织布,情志为经,辞采为纬;先经后纬,辞以达情,这就是创作的基本法则。对此,刘勰当然更要从各个方面加以研究。例如《风骨》,通篇围绕风、骨、采的关系立论,而重在风、骨。什么是风、骨？其理论价值何在？这是有争议的。我们认为,这个问题应结合刘勰提出的"立文之本源"来考察,才可能较为准确地把握其含意和价值。黄侃曾说：

> 综览刘氏之论,风骨与意辞,初非有二。然则察前文者,欲求其风骨,不能舍意与辞也;自为文者,欲健其风骨,不能无注意于命意与修辞也。①

没有离开命意与修辞的风骨,风和骨乃是刘勰对意和辞分别提出的要求。正因为如此,其"无务繁采"的主张才有力量,对改变六朝"习华随侈"的文风才具有较大的现实意义;正因为刘勰风、骨并重,并概括了意和辞两个方面的基本特征,"风骨论"才具有较大的普遍意义,而使"汉魏风骨"成为后世可资利用的口号。其他问题如通与变、情与采、体与势、熔与裁、附与会等等,也是从不同的角度探究"情经辞纬"这一"立文之本源"的。

从"志以定言""言以足志"的分别考察,到"情经辞纬"的综合研究,就是刘勰关于情言关系的基本思想。这是他"剖情析采"的第一个方面,也是最主要的方面。

2. 以物为内容的物言关系

前面我们从心物妙合的角度分析了刘勰提出的"物色尽而情

---

① 《文心雕龙札记》第99页。

四、理论体系

"有余"的理论价值,如果从物色描写的角度看,则还有一个如何用恰当的言辞表现物色特征的问题,这就是物言关系了。《神思》说:"物沿耳目,而辞令管其枢机。枢机方通,则物无隐貌。"这已经指出物色是可以写得"无隐貌"的,则"写物图貌"(《诠赋》)自是辞令的重要职司。至于如何使"枢机方通",写得"物无隐貌",就是"驱辞逐貌"(《明诗》)的问题了。

"写物图貌"是从文辞的表现功能着眼的。不能"写物图貌",则抒情言志就可能流于空泛、直露而难以感人,所以"体物"是"写志"的重要手段,这二者巧妙结合即"体物写志",才可能产生优秀作品。由此可见,"写物图貌"总是为抒情言志服务的。《诔碑》举傅毅《北海王诔》中的"白日幽光,雾雾杳冥"二句,说明写有关的事物乃是为了"序述哀情"。正是基于这一点,对晋宋文学常持批判态度的刘勰,却客观地总结了当时新兴山水文学"文贵形似"的创作经验:

> 自近代以来,文贵形似,窥情风景之上,钻貌草木之中。吟咏所发,志惟深远;体物为妙,功在密附(《物色》)。

"钻貌"是为了"窥情",吟咏物象是为了寄托深远之志;而体物之妙在于"密附",即把物象写得生动逼真。这就是对"写物图貌"的基本要求了。基于这种要求,刘勰反对"模山范水,字必鱼贯"(《物色》),也反对"刻鹄类鹜"(《比兴》)。这不是反对描写物貌本身,而是反对罗列辞藻或把天鹅写成家鸭式的描写。

图写物貌不仅是抒情言志的需要,而且是为文学的特征所决定的:

> 若乃综述性灵,敷写器象,镂心鸟迹之中,织辞鱼网之上,其为彪炳,缛采名矣。故立文之道,其理有三:一曰形文,

五色是也;二曰声文,五音是也;三曰情文,五性是也。五色杂而成黼黻,五音比而成韶夏,五性发而为辞章,神理之数也(《情采》)。

"神理之数"者,自然而必然也。文学创作之事,不外形、声、情三途,这也就是文学创作的本质特点。因此,文学艺术之美,乃是形、声、情三者统一而造成的。而这三者的结合,实质上就是通过一定的形象来抒情言志,而其实现则在于镂心鸟迹、织辞鱼网,也就是选择恰当的文辞。《诠赋》云:"写物图貌,蔚似雕画。枿滞必扬,言庸无隘。"这说明了写物图貌在创作中的重要作用:一是"枿滞必扬,言庸无隘",使不被人注意的东西光彩飞扬,使细微平凡的事物鲜明夺目;二是"蔚似雕画",创造出形象美,给人以美感享受。《总术》说:

数逢其极,机入其巧,则义味腾跃而生,辞气丛杂而至。视之则锦绘,听之则丝簧,味之则甘腴,佩之则芬芳。

这是刘勰对文学作品的理想要求:绘声绘色,意味横生。当然,这是会合多种因素的结果,但铸成鲜明生动的形象,则是最重要的问题。由此也可看出,"写物图貌"是文学创作的本质特征决定的,其必要性和重要作用的根据也在这里。

"驱辞逐貌"是从作家使用文辞着眼的,探讨如何正确处理物与言的关系。《文心雕龙》所论,主要有三个问题。其一,"体物为妙,功在密附"。这就是上文提到的准确、逼真的要求。写物而失其真,甚至毫不相关,就正如王若虚所说,"画而不似,则如勿画"[1]。怎样才能真,才算密附呢?"故巧言切状,如印之印泥,不

———————
[1] 《滹南诗话》。

加雕削,而曲写毫芥。"像印章印在泥上一样,当然就逼真了。但这样做的目的,是增强作品的认识意义,通过其字其言,让读者认识所写之貌、之时。这就要靠言和物的"密则无际"(《神思》)了,如印之印泥正是言物密附的表现,因而也就是"驱辞逐貌"之一法。此外,夸张也是一法:"形器易写,壮辞可得喻其真。"壮辞即夸张之辞,可以更有力地写出物之真来,但这是抓住特点的艺术之真,与曲写毫芥不同。

其二,"拟容取心,断辞必敢"。《比兴》的这两句话,是刘勰对言物关系的精彩之论:"拟容取心"指如何写物,"断辞必敢"论如何遣言。敢,《说文》谓"进取也"。两句一贯,指出不应止于外表形似,而要拟其容取其心。心者,物之本质特征也。上文提到曲写毫芥,这里刘勰又要求拟容取心,这二者怎样统一起来呢?清代画家邹一桂说:"耳目口鼻须眉,一一俱肖,则神气俱出,未有形缺而神全者也。"①这是谈画人,文学中写物也同此理,王夫之谓"体物而得神"②即是明证。取心与得神是一致的,即抓住事物的本质特征。这样看来,曲写毫芥是应该的,但必须拟容取心。取心,在求真的基础上就允许夸张。"庄周述道以翱翔","列御寇之书,气伟而采奇"(《诸子》),刘勰并不因为《庄》《列》中的虚构而否定其形象描写。枚乘《七发》中的楚太子、吴客,以及"龙门之桐""伯牙之歌"等等,全属虚构,刘勰并未责其不实,而称其有"善图物写貌"之术(《才略》)。可见,驱辞逐貌是要能抓住所写事物的特征,表现艺术的真实。

其三,"以少总多,情貌无遗"。图写物貌必将遇到的问题是

---

① 《小山画谱》卷上。
② 《薑斋诗话》卷下。

"物貌难尽","略语则缺,详说则繁"(《物色》)。要解决这个矛盾,就必须遵循"以少总多"的艺术规律。这是刘勰从《诗经》的创作经验中总结出来的。而以少总多的主要问题,就是"善于适要"。这个"要",也称"要害",即是一类物象所共有的基本特征。刘勰认为"《诗》《骚》所标,并据要害",如果能继承这种优良传统,则"虽旧弥新矣",就可以把前人反复写过的物象描写得新颖鲜明。袁枚曾说:"自古文章所以流传至今者,皆即情即景,如化工肖物,着手成春,故能取不尽而用不竭。不然,一切语古人都已说尽,何以唐、宋、元、明才子辈出,能各自成家而光景常新耶?"①此言若不是受到刘勰的启示,则这种异曲同工之妙说明,驱辞逐貌的文学特点,并非个别古人的偶然发现。他们所探讨的,都是如何以取之不尽的物象创造出光景常新的艺术形象来。值得注意的是:何以古人未曾说尽,何以后人光景常新?袁枚提出的这些问题,在他一千三百年前的刘勰已经作了很好的回答:善于适要,以少总多。

3. 文采所以饰言的言文关系

《原道》说:"言之文也,天地之心哉!"言而有文采是符合天地之本性的,这是因为"形立章成",有其物必有其文,反映这物的言辞也就必然有文了。这是语言应当有文采的客观根据,是由物言关系产生出来的。《征圣》引用了孔子"言以足志,文以足言"②等语,并据以提出了"志足而言文"的为文金科玉律。言而有文是为充分表达情志服务的,是由情言关系产生出来的。刘勰又说

---

① 《随园诗话》卷一。
② 《左传·襄公二十五年》。

"精理为文,秀气成采",则文采又是创作主体性灵秀发的表现,"志足而言文"中对文采的要求正以此为根基。这是言而有文的主观根据。《文心雕龙》既反对"淫丽而烦滥",又相当重视文采,其根据主要就是上述这两个方面。这两方面都有关文学的本质,所以言而有文也是由文学的本质决定的。

刘勰重视文采的思想,全书中处处可见。"圣贤书辞,总称文章,非采而何?"(《情采》)圣贤的著作都是有文采的,则专以抒情写志为务的文学作品,就更应当文采芳菲了。"若乃综述性灵,敷写器象,镂心鸟迹之中,织辞鱼网之上,其为彪炳,缛采名矣。"文学作品理所当然地应当文采灿烂。刘勰进一步论证道:

> 《孝经》垂典,丧"言不文",故知君子常言未尝质也。老子疾伪,故称"美言不信",而五千精妙,则非弃美矣。庄周云:"辩雕万物",谓藻饰也。韩非云:"艳乎辩说",谓绮丽也。绮丽以艳说,藻饰以辨雕,文辞之变,于斯极矣(《情采》)。

这就把文采的必要性说得很充分了。平时说话尚且注意修饰;反对"美言"的老子,著作却写得精美;庄周、韩非不是专门文学家,都很重饰文采,抒情言志的文学不是更应华美吗?

正是基于这种明确的认识,刘勰论文总是言文兼顾、情采并重,如《诠赋》提出了"丽辞雅义,符采相胜"的创作要求。这里"符采"二字很值得注意,旧注多指"玉之横文"[1],刘勰虽沿旧说,但还有其具体命意。"符",信也,本是取以合信之意;用"符采"指玉纹,即取玉与其纹合而为一之义。《文心雕龙》中多次用到

---

[1] 如《文选》曹植《七启》、左思《蜀都赋》注。

"符采",正取此义。由此可见,丽辞、雅义必须合为统一体,才能成为优秀作品。《丽辞》讲对偶,就基本上从审美需要出发,研究言而有文采的问题。"若气无奇类,文乏异采,碌碌俪辞,则昏睡耳目。"即使组织偶句,也要焕发异采,否则作品就令人难以卒读。这也可见文采的力量了。

然而文采的地位和作用是修饰言,即所谓"文以足言";它常常和语言融为一体,共同为抒情写志服务,离开言辞的藻采是不存在的;恰当的文采可以大大增强语言的表现力,而过分的藻饰却损害语言的表达力。刘勰对这些是有明确认识的,提出了"文采所以饰言"的原则:

> 若择源于泾渭之流,按辔于邪正之路,亦可以驭文采矣。夫铅黛所以饰容,而盼倩生于淑姿;文采所以饰言,而辩丽本于情性(《情采》)。

"邪正"云云,意在防止文采的"过乎淫侈";"文采所以饰言",意在示人门径;"辩丽"云云,则与"秀气成采"同旨,把文采的根据归结到创作主体的性情。刘勰认为,文采为言辞所用,言、文为情志服务,并由情志决定。三者的完美统一,就是理想的作品,《风骨》就是讨论这一创作理想的。情含风、辞有骨还不够,"若风骨乏采,则鸷集翰林";当然反过来更不行:"采乏风骨,则雉窜文囿";理想的是风、骨、采的完美统一:"唯藻耀而高翔,固文笔之鸣凤也。"这其实也就是志、言、文的统一。

以上所述言文关系、物言关系和情言关系合起来,就是刘勰"剖情析采"的主要内容。这不仅纵横交织于创作论和批评鉴赏论,而且也渗透体现于文体论中。而在枢纽论中,这三个方面都已有了简要的论断。因此,我们可以说,以情为中心的情采相胜论,就是构成《文心雕龙》全书理论的主体;而情言、物言、言文关系,就是刘勰理论大厦的三根栋梁了。

至此,我们就可以大致勾勒出《文心雕龙》全书理论体系的轮廓了。在枢纽论中,刘勰不仅解决了三大论文关键,而且兆示了全书的理论骨架。从理论体系看,枢纽论实为全书的缩影。按照它所规定的蓝图,刘勰以文体论、创作论和批评鉴赏论三大部分,以"形立章成"的自然之道为根据,展开论述了以创新发展为主旨的通变问题、以心为主导的心物交感问题;在此基础上,以情言、物言、言文关系为主要网络,建构起以情为中心的情采相胜(衔华佩实)的文学理论主体部分。简言之,《文心雕龙》以万物各有其文的必然性为根据,以法经求变的创新发展观为指导,建立了以心物交感为核心,以情言、物言、言文关系为栋梁的情采相胜的理论网络系统。

五、文体论

　　刘勰在《序志》中说："若乃论文叙笔，则囿别区分：原始以表末，释名以章义，选文以定篇，敷理以举统。"这就是作者对文体论部分的说明。这部分包括《明诗》《乐府》《诠赋》《颂赞》《祝盟》《铭箴》《诔碑》《哀吊》《杂文》《谐隐》《史传》《诸子》《论说》《诏策》《檄移》《封禅》《章表》《奏启》《议对》《书记》等，共二十篇；分别论列了诗、乐府、赋、颂、赞、祝、盟、铭、箴、诔、碑、哀、吊、连珠、七辞、谐、隐、史、传、诸子、论、说、诏、策、檄、移、封禅、章、表、奏、启、议、对、书、记等，共三十五种文体。其中有些文体，如封禅、议、记等，与文学没有多大关系。但作为历史的产物来看，不仅《文心雕龙》对晋宋以前的古代文体作一全面总结，有其一定的历史意义；也不仅它全面总结各种文体的写作要领，对扭转当时的整个文风有一定的作用；即使对文学创作，这样做也是很有助益的。这里从《定势》等篇与文体论的呼应和联系，略窥文体论部分在刘勰文学理论体系中的地位和作用。

　　《风骨》篇提出了风、骨、采统一的创作理想，而要能写出"风清骨峻，篇体光华"的优秀作品，刘勰认为有两个前提："洞晓情变，曲昭文体。"这不仅兆示了后面《通变》《定势》《情采》等篇的主要内容，而且成为《熔裁》以下讨论创作方法和技巧问题的基础。至于批评鉴赏论，其原则是"披文以入情"，其方法是"六观",而"位体"居首,也不离乎情、体两大方面。所以,"洞晓情变,曲昭文体"实为刘勰创作论和批评鉴赏论的两个基础或必备条件。

《通变》说:"名理有常,体必资于故实;通变无方,数必酌于新声。"前者属于"曲昭文体",后者属于"洞晓情变",通变论就是以此二者为基础展开的,而以论"志合文则"的"情变"方面为主。《定势》开宗明义:"夫情致异区,文变殊术,莫不因情立体,即体成势。""情致异区"即"情变",《情采》《通变》等篇已有详论,故本篇所论重在"即体成势",阐明"曲昭文体"的作用和意义。刘勰把文体论所论列的三十多种文体,归纳成六大类,并各用两个字说明其最基本的写作特点。这是对文体论的概括和总结,是文体论与创作论、批评鉴赏论联系的理论纽带。《总术》贯穿其文体论和创作论,又一次强调了"曲昭文体"的重要性:"自非圆鉴区域,大判条例,岂能控引情源,制胜文苑哉?"一个作家不一定用各种文体写作,不必精通各体;但又须"圆鉴区域,大判条例",即全面了解各种体裁的特点,大致区分它们的不同要求,因为这是"控引情源,制胜文苑"的基础。其赞辞又说:"文场笔苑,有术有门。"这"门"即指体裁之不同。《总术》虽重在论"晓术",但仍以"曲昭文体"为基础。

由上述可见,无论是文学原理、创作方法和技巧,还是批评鉴赏的原则和方法,都是建筑在"曲昭文体"基础上的。这就是"曲昭文体"的意义和作用。而更重要的还在于,刘勰的文学理论,是以文体论部分的论述为实际出发点和基础的。刘勰能够建立以唯物主义思想为主的文学理论体系,重要原因之一,就是他能从历代创作实际出发;他之所以能提出一些较为精到的文学理论观点,也主要是由于他在二十篇文体论中,相当全面地总结了历代各种文体的写作经验。

刘勰论文虽然以道为本、以经为宗,但这只是为其文学理论立基石、找根据,并不说明他的全部文学思想来自道和经。实际上,《文心雕龙》的文学理论观点,主要是从大量的优秀文学作品中总结、提炼出来的;为了使这些观点条理化、系统化而具有更大的说服力,刘勰才追根刨底而"原道",寻找依据而"宗经"。这就是说,"文之枢纽"五篇虽排列在前,但实际上是对各种优秀作品潜心研究的结晶。我们在探讨刘勰的文学理论体系时已经说到:无论是作为立论基石的"形立章成"的自然之道,还是作为指导思想的法经求变的创新发展观;无论是作为理论主体的情采相胜论及其子系统情言、物言、言文关系,还是作为这一理论主体的核心的心物交感论,都是贯穿、渗透在整个文体论中的。这里我们可以补充说,上述文学理论体系的建立,正是以文体论为其实际基础的。刘勰评论了历代有代表性的作家和作品,总结了各体的写作特点,从而掌握了丰富的创作和批评鉴赏的经验;从历代的创作实际出发,把这些经验提炼为理论见解,从而产生了下半部所论的各种观点。我们阅读和研究《文心雕龙》,要了解其成就从何而来,要掌握其理论体系,就不能不对其文体论部分予以足够的重视。

二十篇文体论,刘勰称之为"论文叙笔",是按文先笔后的顺序分别论列的。所谓文,指重在抒情言志、强调音韵文采的文体,如诗、乐府、赋等;所谓笔,主要指政治性、学术性、应用性等不特别强调音韵文采的文体,如史传、诸子、诏、奏、启、记等。刘勰的安排,反映了当时文、笔之分的时风。文、笔之分出现于晋宋时期,是我国古代文学发展史上的大事,反映了文学独立为一科的趋势。从秦汉以前的文史哲不分,经魏晋以来文学创作的大发

五、文体论

展,对文体的辨析越来越精,人们对文学和非文学作品的区别渐趋明确,文、笔之辨就是这一认识发展中的一个重要里程碑。《总术》说:"今之常言,有文有笔,以为无韵者笔也,有韵者文也。"这是当时较为通行的看法,刘勰采用文、笔之分,自然是认识到这种区分有一定好处,至少是对于"论文叙笔"有方便之处,因而接受了文、笔有所不同的新认识。

但是文、笔之分还是一种初步的认识,不能作为文学与非文学体裁的主要标志。属于文类的文体中,如颂、赞、祝、盟之类,虽然有韵,却并不都是文学作品;属于笔类的文体中,如史传、诸子中的部分作品,也具有一定的文学性。因此,刘勰一方面采取当时的一般说法,按有韵无韵排列文体次序;另一方面又不重"文"弃"笔",而是"论文叙笔",对两大类全面加以研究。这与他对文、笔的见解有关:

> 夫文以足言,理兼《诗》《书》,别目两名,自近代耳。颜延年以为:"笔"之为体,"言"之文也;经典则"言"而非"笔",传记则"笔"而非"言"。……六经以典奥为不刊,非以言、笔为优劣也(《总术》)。

刘勰同意"笔之为体,言之文也"的看法,他所反对的只是认为经书为无文之言的观点,因为他不仅认为"文以足言,理兼《诗》《书》",而且以儒家经典为文章典范。这样看来,刘勰虽取当时通行的文、笔之分,却不认为笔类一概无文,而是主张笔类也应该有文采,应该写得精美。他着眼于文学来"论文叙笔",正是要在全面总结前人经验教训的基础上,建构自己的文学理论体系。

（一）原始以表末

所谓"原始以表末"，就是探究各种文体的产生和源流演变。在这一部分，刘勰论及了文体的产生和起源问题。这里以《明诗》《乐府》为例略予分析。刘勰说：

> 人禀七情，应物斯感，感物吟志，莫非自然。昔葛天乐辞，《玄鸟》在曲；黄帝《云门》，理不空弦（《明诗》）。

> 钧天九奏，既其上帝；葛天八阕，爰乃皇时。自《咸》《英》以降，亦无得而论矣……音声推移，亦不一概矣（《乐府》）。

这两段话都提到葛天氏之乐。《吕氏春秋·古乐》载："昔葛天氏之乐，三人操牛尾，投足以歌八阕：一曰《载民》，二曰《玄鸟》，三曰《遂草木》，四曰《奋五谷》，五曰《敬天常》，六曰《达帝功》，七曰《依帝德》，八曰《总禽兽之极》。"《吕氏春秋》成书于战国末年，其记载很难说完全可靠；但从其所记始民操牛尾载歌载舞的情形，以及八首歌词大都与原始的生产活动有关来看，即使不是葛天氏时期的作品，也反映了先民进入农业生产初期的情况。刘勰推原诗歌之始，最早就追溯到这葛天氏之乐辞。《事类》批评曹植的作品说：

> 陈思，群才之英也，《报孔璋书》云："葛天氏之乐，千人唱，万人和，听者因以蔑《韶》《夏》矣。"此引事之实谬也。按葛天之歌，唱和三人而已。

刘勰不仅相信葛天之乐，而且恪守"三人操牛尾，投足以歌八阕"

的记载。这可以看出刘勰对古籍的慎重态度,而从追寻诗歌的源头看,其论也无可厚非,他只能从流传下来的古籍中寻找根据。值得注意的是,刘勰虽以儒经为群言之祖,但追溯诗歌源头却远在经书之前,而以经书为诗歌发展过程中的高峰。这是他文学发展观的体现,也鲜明地体现了他论文学从创作实际出发的特点。

至于诗歌的产生,刘勰的解释是"人禀七情,应物斯感,感物吟志,莫非自然。"如前所说,这是他本于自然之道作出的论断。有思想感情的人,感于物而吟咏其志。用这种观点说明文学产生的原因是可以的,但用以解释诗歌的起源,就显得空泛而没有力量了。文学主要起源于生产劳动,《吕氏春秋》所载葛天氏之乐,也反映了原始歌舞与生产劳动的密切关系。这是刘勰所未认识到的。但刘勰认为"民生而志,咏歌所含",既不神秘,也不是圣人教导的结果,而是从创作主体自身的情志找原因,却是卓识。又,"讴吟坰野,金石云陛"(《乐府》),这里论及了诗歌产生于民间,然后才传入宫廷,虽非自觉的认识,却是可贵的观点。

对于文体的产生,特别是较后起的文体,刘勰往往以儒经为其源头。如《论说》:"昔仲尼微言,门人追记,故抑其经目,称为《论语》,盖群论立名,始于兹矣。"又如《章表》:"章者,明也。《诗》云:'为章于天',谓文明也……表者,标也。《礼》有《表记》,谓德见于仪……章表之目,盖取诸此也。"这类论述,多为附会,表现了他宗经的局限性。

以上是"原始"方面的情况。刘勰对于文学产生及上古传说时期的文学创作,是无力给予正确解释的。从《明诗》《乐府》来看,对于黄帝、唐、虞、夏、商、周等时期的诗歌创作,刘勰也只能根据一些不可靠的记载,作极为简略的叙述;汉以后的创作情况,论述才比较具体了,而这已经是"表末",即叙述演变发展方面的情况了。这里以《诠赋》为例,考察一下刘勰的论述。

《诠赋》在讲明了"别诗之原始,命赋之厥初"之后,刘勰概括评论了汉代陆贾、贾谊、枚乘、司马相如、王褒、扬雄、枚皋、东方朔等人的创作,得出了赋体"兴楚而盛汉"的结论。然后,刘勰具体评论了枚乘等十家"辞赋之英杰"的代表作品,如说"子云《甘泉》,构深玮之风;延寿《灵光》,含飞动之势"。接下来,刘勰又评论了王粲等八位著名作家,认为他们是"魏晋之赋首"。

对其他各体,刘勰也都按其不同情况,分别论述了发展概况,评论了代表作家作品。这一部分,刘勰一般是和"选文以定篇"结合起来讲的,具有分体文学简史性质,二十篇合起来,也就近于一部晋宋以前的文学发展简史了。

值得注意的是刘勰对楚辞的论述。《明诗》论及《离骚》,视为诗;《诠赋》说赋体"拓宇于楚辞",视为赋体形成过程中的关键;《乐府》云:"朱、马以骚体制歌",作为一种体制,楚辞对乐府诗的发展影响甚大;《颂赞》论《橘颂》说"比类寓意,又覃及细物矣"。则楚辞又是颂体发展的里程碑。综合起来看可见:一则楚辞为《诗经》之变。《明诗》:"自王泽殄竭,风人辍采……逮楚国讽怨,则《离骚》为刺。"此论暗用王室衰而变风变雅作之说,正视楚辞为风雅之变。二是楚辞为辞赋之祖,"信兴楚而盛汉"一语即其明证。刘勰拘于宗经观,硬拉"六义"来比附,实牵强;但他毕竟是尊重实际的理论家,得出了"兴楚而盛汉"的正确结论。三是楚辞影响至大,为经书之外的又一典范。上引论述即其证,而后文多次诗、骚并提,更是明证。由此我们也可以知道楚辞在"文之枢纽"中,乃至刘勰整个理论体系中的地位了。

（二）释名以章义

这一部分的特点,是先用训诂方法解释各种文体名称的意义;在这个基础上,简明地指出这种文体的用途或作用。例如:

> 赋者,铺也,铺采摛文,体物写志也(《诠赋》)。
> 颂者,容也,所以美盛德而述形容也(《颂赞》)。
> 史者,使也,执笔左右,使之记也(《史传》)。

对其他文体,刘勰也大都这样根据传统观点和自己的理解,分别解释了文体名称的意义。其中有不少解释是比较牵强的,如《论说》:"论者,伦也,伦理无爽,则圣意不坠。"有的不免陈腐,如上引对"颂"的解释。但刘勰能用很简要的文字来概括各种文体的主要特征,对后世影响很大。

在"释名"中,刘勰已经指出了各种文体最基本的特征。如《诔碑》:"诔者,累也",又如上引"赋者,铺也"。赋体铺陈扬厉的特点、诔文累纂德行的特点,已经显露了。在接下去的"章义"中,刘勰对各种文体的特征作了进一步的阐发。如《诔碑》:"累其德行,旌之不朽也",历述死者德行,加以表彰而使之永垂不朽。又如上引赋的"铺采摛文,体物写志",进一步说明赋体特点是铺陈文采,描绘事物,用以抒情写志。这样,"释名以章义"就为后面的"敷理以举统"打下了基础。

"释名以章义"部分值得注意的是,刘勰不仅根据传统观点解释了各种文体的名称,而且往往融合了汉魏以后的理论新成果来探讨文体的意义和作用。这里以《明诗》为例略予说明。刘勰解释"诗",先述《尚书·尧典》中"诗言志"之说,又引《毛诗序》"在心为志，发言为诗"的说法加以印证；再据《诗纬·含神雾》"诗者，持也"之说，加以"持人情性"的具体解释。这说明三个问题，一是刘勰情、志并重。情、志有一定联系，但在先秦时期是有明显区别的。"诗言志"之志，主要指表达人的正当志向或抱负；情，则指包括人之嗜欲即本能在内的较为广泛的思想感情。所以，从创作的角度来看，"志"比"情"的含义要窄得多。从汉代开始，就逐渐由情、志并称，到后来则以诗言情为主了。《毛诗序》就是这一过渡的标志，其中说"诗者，志之所之也"，又讲到"情动于中而形于言""吟咏情性，以讽其上"等。到刘歆，就开始单讲"诗以言情"[①]了。魏晋以后，如陆机《文赋》强调"诗缘情而绮靡"，讲"言情"的就更多了。这是和魏晋儒学衰微、诗人抛开"六艺"而大胆"言情"相联系的。这也就是刘勰情、志并重的背景。

二是刘勰所谓情、志，并不是两回事。他这种说法，可用孔颖达疏解《左传》的话来解释："在己为情，情动为志，所从言之异耳。"[②]情、志本是一回事，只是说法不同罢了。而这情或志，就是"人禀七情"之情，就是"民生而志"之志，指的是人类与生俱来的嗜欲或本能，二者的统一正在于此，或以此为根据。

三是这情或志写于诗中，须有"持"的限制，即必须是持正之情，无邪之志。《明诗》说他训"诗"为"持"，正合于孔子"思无邪"之说，就是这个意思。这就说明，刘勰所谓情、志，虽然从根子上说是嗜欲或本能，但创作主体"睹物兴情"而要表达出来时，却必须对情有一定的要求，不能"任情失正"，人欲横流；而"情欲信""情深而不诡""义必明雅"等等，就是情志之正了。故情、志，从

---

① 《七略》，见《初学记》卷二十一。
② 《左传·昭公二十五年》疏。

根源上说是一回事,而在作品中,这二者经过"持"的规范也是统一的,能"持人情性"之情,也就是"诗言志"之志。

由上述可见,刘勰对"诗"的解释,兼取"诗言志"和"吟咏情性"二说,既依据传统观点,又融合了汉魏以后的认识新成果。这有两个作用:一则容许诗歌创作的内容有广阔的天地,二则可避免魏晋以后诗歌创作中虚情假意、诡滥失正的倾向。因此,刘勰对文体的解释,既是从其写作意图和整个理论体系的要求出发,又是尊重文学创作的实际情况、融汇了新的理论成果。他虽然力图从经书中寻找根据,却不固守经典所言,而是借以阐述自己的理论见解。这是他能取得重要理论成就的主要原因之一。

(三)选文以定篇

"选文以定篇"就是从各体中选出每个时期的代表作品加以评论,以总结创作的经验教训。它是和"原始以表末"结合起来讲的,所用材料也基本相同。"原始以表末"侧重探讨文体的源流和发展,"选文以定篇"则主要是评论作家和作品。这二者合起来,占了每篇的大部分篇幅,共同为最后的"敷理以举统"奠定基础。刘勰这样安排,正可见其对总结前人创作得失的高度重视。

刘勰对作家作品的评论,文体论中大致有三种情况:一是以评论作家为主;二是以评论作品为主;三是作家与作品相结合,通过评论考察历代创作成就和经验教训。第三种方式为数最多,如《檄移》评论檄文:

> 观隗嚣之《檄亡新》,布其三逆,文不雕饰,而辞切事明,陇右文士,得檄之体矣。陈琳之《檄豫州》,壮有骨鲠。虽奸

> 阉携养,章密太甚;发邱摸金,诬过其虐;然抗辞书衅,皦然露骨。敢矣攖曹公之锋,幸哉免袁党之戮也。

再如《乐府》论"魏之三祖"云:"气爽才丽,宰割辞调,音靡节平。观其'北上'众引,'秋风'列篇……虽三调之正声,实韶夏之郑曲也。"作家作品结合起来评论,既反映了各个时期的创作成就,又总结了创作的得失。

评论作家为主的可以《明诗》为代表,如论正始时期的创作云:

> 及正始明道,诗杂仙心,何晏之徒,率多浮浅。唯嵇志清峻,阮旨遥深,故能标焉。

这类评论的特点,是从作者的情性(主要是创作个性)来看作品的风貌,指出二者的统一,为后文论风格打基础;强调凭性创新,反对靡于时风、千篇一律的浮和浅。

评论作品为主的可以《诠赋》为代表,如评枚乘等人的作品说:

> 枚乘《兔园》,举要以会新;相如《上林》,繁类以成艳;贾谊《鵩鸟》,致辨于情理;子渊《洞箫》,穷变于声貌……

这类评论,主要着眼于作品特色,显示了刘勰超凡的鉴赏力。这是其批评鉴赏实践,为后文批评鉴赏论的建立打下了基础。

上述就是刘勰"选文以定篇"的主要情形。它和"原始以表末"合起来,既可当作分体的文学简史来看,又是刘勰作家、作品论的重要组成部分。刘勰论及的不少作品已经失传,而有的作家仅仅因为刘勰的论述,我们今天才略有所知,所以,"选文以定篇"还具有保存史料的一定作用。存在的问题是:有些人的作品靠不住，是后人伪托的；有些应论及的重要作家如陶渊明、蔡琰等漏掉了；用"怜风月，狎池苑，述恩荣，叙酣宴"来概括建安诗歌的题材和内容也不确切，等等。但二十篇文体论，大都用不足千字的短小篇幅，把先秦至晋宋的创作发展情况，画出了鸟瞰式的轮廓，却是难能可贵的。

（四）敷理以举统

刘勰所谓"敷理以举统"，主要是总结各种文体的特点和写作要求，也讲到一些写作法则或创作理论。这是"原始以表末"等三部分的结论，是"论文叙笔"最重要的部分。它不仅是前人创作经验的概括和总结，为刘勰的全部理论观点打好基础；而且它本身往往也表达了刘勰对一些理论问题的见解。如《章表》：

> 原夫章表之为用也，所以对扬王庭，昭明心曲。既其身文，且亦国华……使要而非略，明而不浅。表体多包，情伪屡迁，必雅义以扇其风，清文以驰其丽。然恳恻者辞为心使，浮侈者情为文屈。必使繁约得正，华实相胜，唇吻不滞，则中律矣。

就作用说，章表是"对扬王庭，昭明心曲"的，属政治性应用文，但刘勰的要求是从文学着眼的。"雅义以扇其风，清文以驰其丽"之旨，就是"衔华佩实"，这从"繁约得正，华实相胜"可以看得很清楚。而"恳恻者辞为心使，浮侈者情为文屈"，与"为情者要约而写真，为文者淫丽而烦滥"（《情采》）的创作规律，是完全一致的。这已经不限于章表的写作，而是刘勰对创作理论的探讨了。讨论应用文的写作尚且如此，讨论文学体裁就更是如此了。如《明诗》：

> 故铺观列代，而情变之数可鉴；撮举同异，而纲领之要可明矣。若夫四言正体，则雅润为本；五言流调，则清丽居宗。华实异用，惟才所安。故平子得其雅，叔夜含其润，茂先凝其清，景阳振其丽。兼善则子建、仲宣，偏美则太冲、公幹。然诗有恒裁，思无定位，随性适分，鲜能圆通。

这里说得很明白：刘勰对诗歌创作的见解是"铺观列代""撮举同异"的结果，则刘勰自己并不认为他的理论是来自圣人和经书，而是明确宣布其理论观点是从千余年的创作实践中总结出来的。他认为四言诗的正常体制是"雅润"，五言诗的流行格调是"清丽"。有的论者认为刘勰重四言而轻五言，这是有待重新考虑的。刘勰对汉代和建安时期的五言诗评价是很高的：

> 又《古诗》佳丽……观其结体散文，直而不野，婉转附物，怊怅切情，实五言之冠冕也。

> 暨建安之初，五言腾踊，文帝、陈思，纵辔以骋节；王徐应刘，望路而争驱……慷慨以任气，磊落以使才，造怀指事不求纤密之巧，驱辞逐貌唯取昭晰之能。

刘勰的高度评价，正是看到了五言诗在"附物""切情""任气""使才"等方面对四言诗的发展，因而是着眼于创新的。《定势》云："赋颂歌诗，则羽仪乎清丽"，正以五言诗的"清丽"作为诗歌的根本特征，而不固守四言之"雅润"。因此，他虽称四言为"正体"，却不主张回到四言诗的老路上去，而是强调不断发展。这与他号召宗经而又主张创新是完全一致的。

"敷理以举统"部分虽是对某一文体的总结，有的却阐述了有

普遍意义的创作原则。上引《明诗》即其例,这里再以《杂文》为例略予说明:

> 原夫兹文之设,乃发愤以表志。身挫凭乎道胜,时屯寄于情泰;莫不渊岳其心,麟凤其采。此立体之大要也。

这类论述显然不限于杂文一体,"发愤以表志"正是刘勰的基本文学观点;"渊岳其心,麟凤其采"也具有较普遍的理论意义。又如《诠赋》所论:

> 原夫登高之旨,盖睹物兴情。情以物兴,故义必明雅;物以情观,故词必巧丽。丽辞雅义,符采相胜,如组织之品朱紫,画绘之著玄黄;文虽新而有质,色虽糅而有本。此立赋之大体也。然逐末之俦,蔑弃其本,虽读千赋,愈惑体要;遂使繁华损枝,膏腴害骨,无贵风轨,莫益劝戒。

这里所谓"本",即"质""雅义",也就是雅正的内容;所谓"末",即损枝之繁华、害骨之膏腴。由此也可见,刘勰强调正末归本、还宗经诰,并非要求按照经书的样式写作,而是要"睹物兴情",抒情写志,创作出"丽辞雅义,符采相胜"的优秀作品。刘勰所论,当然是赋体的写作要领,但它几乎适应于一切文学创作:情以物兴,物以情观,是心物交感的两种基本方式;丽辞雅义,符采相胜,则是文学创作的基本原则。后者即全书的理论主体,而前者即这理论主体的根基和核心。刘勰的文学理论体系,是在总结前人创作经验的基础上建构起来的,从《诠赋》所论可以得到进一步证实。

(五)简短的结论

以上我们从"原始以表末"等四个方面,考察了刘勰文体论的概况。《文心雕龙》对孔子和经书的态度,是颇值得注意的。其论文体,多以经书为源头;个别篇章如《史传》,表现了较浓厚的尊孔宗经气息。在二十篇文体论中,虽然刘勰往往以经书为源头,但他更注重发展,上文提到的他对四言诗和五言诗的态度即其证。这里我们再以《诸子》《论说》为例,探讨一下刘勰对孔子和经书态度的另一面。

《论说》释"论"云:"论者,伦也,伦理无爽,则圣意不坠。"这似乎强调不能违背圣人之意,但其着眼点在"原始",是拘于征圣、宗经的旗号而为言的,实则并不以此作为评文的标准,所以后文又说:"论也者,弥纶群言,而研精一理者也。"此又从发展着眼了,这才是刘勰自己的见解,才是实际的评文标准。他用大部分篇幅所讨论的,都是后世发展了的论说文,并且不以"圣意不坠"为依归。如他认为傅嘏的《才性论》、王粲的《去伐论》、嵇康的《声无哀乐论》、夏侯玄的《本无论》、王弼的《易略例》、何晏的《道德论》等等,"并师心独见,锋颖精密,盖论之英也"。这些著作,大都以老庄思想为主,刘勰不仅不予贬斥,反称为"论之英",这就再清楚不过地证明了刘勰并不以儒家思想为论文标准,而是以"师心独见",即有创新和发展为准则。下文又说"逮江左群谈,惟玄是务,虽有日新,而多抽前绪矣"。他并不反对谈玄,反对的是"多抽前绪",没有创新和发展。由这些论述也可看出,创新和发展是刘勰论文的重要指导思想;他之尊孔宗经,主要是为了纠正当时文坛上的弊端。

更有甚者,刘勰认为"滞有者全系于形用,贵无者专守于寂寥。徒锐偏解,莫诣正理,动极神源,其般若之绝境乎!"这是以佛家有无不分、无思无欲的境界为标准,连孔子、经书的旗号也不打了。就其思想根源来说,则在于刘勰并不像后世那样对孔子顶礼膜拜。《诸子》说:"及伯阳识礼,而仲尼访问……然鬻惟文友,李实孔师。"我们前面曾谈到,刘勰并不认为圣人是生而知之者,这又是一证。以老子为孔子之师,则在刘勰眼里,孔子头上并没有一道灵光圈,虽称为圣人,却是老子的学生。更值得注意的是如下一段话:

> 夫自六国以前,去圣未远,故能越世高谈,自开户牖。两汉以后,体势漫弱,虽明乎坦途,而类多依采。

这就更有力地说明,刘勰绝不主张步趋孔子和经书之后,他认为那是没有出息的;他要求的是从孔子和经书中体会创新和发展的精神,以便自出机杼。孔子自称述而不作,而刘勰却以孔子为号召提倡"师心独见""自开户牖",则所谓孔子是刘勰的孔子,所谓经书也不过是六经注我而已。所以,以尊孔宗经为旗帜,以创新发展为目的,这才是刘勰对待孔子和经书的真实态度。

二十篇文体论,刘勰论列了三十多种文体,其中还包括一些细目,当时已经出现的文体,几乎囊括殆尽了。魏晋以来,随着文学创作日趋繁富,关于文体的辨析愈来愈引人注目。刘勰之前,这方面的论著已出现了不少,如曹丕的《典论·论文》初步提出了奏议、书论、铭诔、诗赋等四科八体;陆机的《文赋》又略加扩充,论及了诗、赋、碑、诔、铭、箴、颂、论、奏、说等十体;挚虞的《文章流别志论》、李充的《翰林论》等,也对文体作过一些探讨。《文心雕龙》则在前人的基础上,集其大成,为我国古代文体的研究奠定了良好基础。后世论文体者,如明代吴讷的《文章辨体序说》、徐师曾的《文体明辨序说》,直到晚清林纾的《春觉斋论文》,对文体名称的解释,很多都是根据或引用刘勰的说法,这就可见其影响之深远了。如果我们拿《文心雕龙》与清代影响较大的姚鼐《古文辞类纂》作一比较,就会发现姚鼐的文体分类中,只有序跋类、赠序类和传状类中的行述、事略等,碑志类中的墓志铭,以及杂记类,《文心雕龙》中没有论及,原因是这几类文体在齐梁时期还没有产生,或虽有个别篇章出现却没有独立为一体。《古文辞类纂》以后,古代文体就没有再出现新品种,所以绝大部分古代文体,《文心雕龙》都进行了研究,其对后世影响至大,也就是必然的了。从这个角度看,我国古代较全面而系统的文体规范,实际上是由刘勰建立的。这本身就是卓越的成就,巨大的贡献。

六、创作论

在文体论部分总结前人创作经验教训的基础上,从第二十六篇《神思》开始,刘勰系统地阐述了有关创作、批评鉴赏的原理、方法和技巧。按照《序志》所示,其创作论包括从《神思》到《总术》的十九篇。这一部分内容相当丰富,涉及文学理论上的许多重要问题,如以创作主体为主导的心物交感、以艺术想象为特征的构思活动、以创作个性为根源的艺术风格、以创新发展为指导的通变问题、以内容为依归的内容和形式的统一、以现实为根据的文学与现实的关系,以及为表现内容服务的种种艺术方法、修辞技巧,等等。刘勰立足于自然之道,在创新发展观的指导下,从心物关系这个核心开始,从不同的角度和侧面论述了情言、物言、言文三方面的关系,建构了其理论主体部分——情采相胜的基本原理。刘勰称其创作论和批评鉴赏论为"剖情析采",盖即因为无论对文学创作还是批评鉴赏的理论探讨,均不外于研究应有什么样的内容(情)和形式(采),以及二者如何达到和谐统一。

刘勰理论体系的主体既是情采相胜、文质统一的原理,就有必要先弄清其基本观点。《文心雕龙》中对这一原理的表述有多种不同的说法,如"衔华而佩实"(《征圣》)、"丽辞雅义,符采相胜"(《诠赋》)、"玩华而不坠其实"(《辨骚》)、"舒文载实"(《明诗》)、"情采芬芳"(《颂赞》)、"文质相称""华实相扶"(《才略》），等等。所有这些，都是要求内容与形式的统一。《情采》可以说是对这一原理的集中论述，正可由此以窥刘勰的基本观点。

> 夫水性虚而沦漪结，木体实而花萼振：文附质也。虎豹无文，则鞟同犬羊；犀兕有皮，而色资丹漆：质待文也。

这段话是对《原道》"傍及万品，动植皆文：龙凤以藻绘呈瑞，虎豹以炳蔚凝姿"等论述的发挥，说明了以下两个重要问题。一是文、质是相互依存、不可分割的。水的涟漪必须要有水才可能出现，木的花萼必须依附于木才可能存在。这就是所谓"文附质"。如果虎豹没有斑斓的毛皮，那就和犬羊的皮革差不多，难以显示出其特点来；犀兕之皮固然坚韧耐用，但还必须涂上一层丹漆，才美观漂亮。这就是所谓"质待文"。可见，"文附质""质待文"正是"形立章成"论的发挥和具体化。

二是这段话还说明，事物的表现形式（文）都是由其内容的特质决定的。只有水的"性虚"特质，才能产生"沦漪"的表现形式；也只有木的"体实"特质，才会表现为"花萼"的形式。同样，犬羊为其特质所决定，决不会有虎豹那样斑斓的毛皮；也只有坚韧的犀兕之皮，才更适合美化以丹漆。特定的内容决定了与之相应的形式，这也是"形立章成"这一基本观点的具体体现。

以上就是刘勰关于情与采、文与质的关系的基本观点。"文质论"是我国古代文论中的一个重要问题，古今论者甚多，情况比较复杂。从《情采》《通变》等篇的论述看，"质"固可训"朴"，也有"实""质地"之义；在质、文对举联用时，虽不离质朴之义，却已侧重于表达"实"的含义；"朴"和"实"本来就难以截然分开，空洞无物的"质朴"是不存在的。所以，刘勰在许多场合，用"质"来表示"实"，概指作品的内容方面。

刘勰认为质、文和情、采相辅相成,不能偏废,但对二者又不等量齐观,而是认为创作应当以内容为主要方面。《情采》为了说明这个道理,是从文学的本质上找根据的:

> 若乃综述性灵,敷写器象,镂心鸟迹之中,织辞鱼网之上,其为彪炳,缛采名矣。故立文之道,其理有三:一曰形文,五色是也;二曰声文,五音是也;三曰情文,五性是也。五色杂而成黼黻,五音比而成《韶》《夏》,五性发而为辞章,神理之数也。

从"立文之道"这个根本上来看,性情乃是辞章的内容,把它表达出来就是作品。所以,内容决定形式,文学创作中处理内容和形式的关系应以内容为根据,原是由文学的本质特点所决定的;按刘勰的说法,这是"神理之数",即自然而必然的,也就是说,这是文学创作的普遍规律。

为了更充分地说明这一规律,刘勰观照了前人的经验和教训,指出:"若择源于泾渭之流,按辔于邪正之路,亦可以驭文采矣。"刘勰是反对有实无华的,所以引经据典,力证文学作品应当美艳含采;但他更反对务华弃实的倾向,强调华为实服务,内容决定形式。在这些论述的基础上,刘勰作出了结论:

> 夫铅黛所以饰容,而盼倩生于淑姿;文采所以饰言,而辩丽本于情性。故情者,文之经;辞者,理之纬。经正而后纬成,理定而后辞畅。此立文之本源也。

这是一段著名的论述。文学作品之内容与形式的关系,就像人的容貌与脂粉的关系一样:形式决定于内容,内容不好,则无论用什么美妙的文饰,也不能成为好作品;涂脂抹粉当然可以装饰容貌,但如果一个人生得很丑,那就任何装饰都不能使之具有"巧笑倩兮"的动人美姿。文学创作又如织布,以性情为核心的内容好比经线,而文辞采饰好比纬线,纬总是以经为标准的;单有经或单有纬,都织不成布,经纬相成、情采错综,才能造成情采芬芳的作品。"此立文之本源也",刘勰认为这是文学创作的基本原理。

在提出了以内容为主的内容与形式相统一的基本原理之后,刘勰又以《诗经》的优良传统和"后之作者,采滥忽真,远弃风、雅"的正反两方面的经验教训,来印证这一原理的正确性和掌握它的重要性。《诗经》的作者是先有郁勃的思想感情,然后选择恰当的辞采表达为文学作品,所以"要约而写真",情则真实感人,文则精要华美;后来的辞人并没有不吐不快的真情实感,无病呻吟地堆砌辞藻,所以"淫丽而烦滥",情则言不由衷,文则过甚其辞。所以,文学作品之是否真实感人,与能否正确处理内容和形式的关系有着密切联系。《文心雕龙》中没有讨论文学真实问题的专篇,但崇实主真的思想贯穿全书。《征圣》提出了"情信辞巧"的原则,《正纬》体现了疾伪求真的思想,可见这是"文之枢纽"要解决的重要问题之一。求实主真的论述散见于文体论、创作论、批评鉴赏论中,而以《情采》的论述较为集中,盖即因为这是内容和形式关系问题的一个方面。真实是文学的生命,真实论是刘勰文学理论体系的重要组成部分①。有待研究的是,为什么内容和形式的关系处理不好,就会造成不真实的恶果?《情采》的回答是:

> 是以联辞结采,将欲明经;采滥辞诡,则心理愈翳。固知翠纶桂饵,反所以失鱼,"言隐荣华",殆谓此也。是以"衣锦

---

① 参见萧洪林《刘勰论文学真实》,《文心雕龙学刊》第1辑。

裘衣",恶文太章;《贲》象穷白,贵乎反本。

如果不能正确处理内容和形式的关系,文采过甚,就把内容搅得模糊不清了;采饰之为用,是以保持本色为贵的,忘记了这一点,就"采滥忽真"了。所以要把作品写得真实动人,就必须掌握"立文之本源",使"文不灭质,博不溺心",采饰为情志服务,内容与形式统一。

总结上文,刘勰对情采相胜这一理论主干的基本观点是:单有内容或单有形式都不成其为文学作品,作品是这二者的错综交织;内容和形式应当统一为一个整体,其中内容规定形式,形式为内容服务;正确处理这二者的关系,是创作的根本问题,也是从《诗经》以来的优良传统;二者的完美统一,是决定其他理论问题如真实论的主要因素之一;解决二者的统一问题,是文学的本质所决定的,也是反对当时淫丽之风的重要武器。当然,刘勰对内容和形式的辩证关系的认识还不够深刻,但在一千五百年前能提出上述观点,还是值得珍视的。

(一)创作论的总纲

任何文学创作,说到底,不外如何使客观的物和主观的情密合,并寻找恰当的文辞表达出来的问题,也就是心物交融和遣言修辞两个方面的问题。这两个方面又统一为以艺术想象为中心的构思活动,《神思》就是比较全面而系统的艺术构思论。刘勰称这个问题为"驭文之首术,谋篇之大端",把《神思》列为创作论之首,正是他"深得文理"的确证。

王元化首倡"《神思篇》是《文心雕龙》创作论的总纲"说,理由是它"几乎统摄了创作论以下诸篇的各重要论点"①。继其说者甚多②。这里,我们拟通过对《神思》内容的考察,具体说明它是怎样统领创作论的全部内容而成为总纲的。

"神思"用为专门术语,刘勰是较早的,其后继用者甚多:略晚于刘勰的史学家萧子显③、唐代诗人王昌龄④、宋代画家韩拙⑤、明代文学家谢榛⑥、清代的马荣祖⑦和袁枚⑧,直到鲁迅先生⑨,都曾在他们的诗论、文论、画论中,用"神思"一词来讲艺术构思。但这个词并非刘勰首创,晋宋之际的画家宗炳在其《画山水序》中已讲到:"峰岫峣嶷,云林森眇,圣贤映于绝代,万趣融其神思。"⑩宗炳所论,正是画家在"身所盘桓,目所绸缪"的过程中,"应目会心"的构思活动。刘勰借画论的词汇用于论文学创作的构思,是完全可能的。"古人云:'形在江海之上,心存魏阙之下。'神思之谓也。"这种身在此而心在彼的想象活动,就是神思。在说明了一般的想象之后,刘勰就进入了对艺术想象的讨论:

---

① 《文心雕龙创作论》第191页。
② 见牟世金《文心雕龙译注·引论》、周振甫《文心雕龙注释·神思》等。
③ 《南齐书·文学传论》:"属文之道,事出神思。"
④ 《唐音癸签》卷二:"放安神思,心偶照境,率然而生,曰生思。"
⑤ 《山水纯全集·论观画别识》:"盖有不测之神思,难名之妙意,寓于其间矣。"
⑥ 《四溟诗话》卷四:"或造句弗就,勿令疲其神思。"
⑦ 《文颂·神思》(见《诗品集释》第94页)。
⑧ 《随园诗话》卷六:"偶一作诗,觉神思滞塞,亦欲于故纸堆中求之。"
⑨ 《集外集拾遗·破恶声论》:古民"睹天物之奇觚,则逞神思而施以人化"。
⑩ 见张彦远《历代名画记》卷六。

> 文之思也,其神远矣。故寂然凝虑,思接千载;悄焉动容,视通万里。吟咏之间,吐纳金玉之声;眉睫之前,卷舒风云之色:其思理之致乎! 故思理为妙,神与物游。

这一段话说明了艺术构思的两个特点:一是"神与物游",创作主体之心和想象之中的物交融为一体;二是"其神远矣",创作主体飞驰想象,不受时空限制,也没有地域阻隔。刘勰所描述的这两个特点,就是构思开始阶段的写照。伴随着构思活动,遣言修辞也就开始了:

> 神居胸臆,而志气统其关键;物沿耳目,而辞令管其枢机。枢机方通,则物无隐貌;关键将塞,则神有遁心。

在构思过程中,起决定作用的是创作主体的情志和气质,"志气统其关键"就指明了这一点;而无论是情志、事物,还是二者统一的"神与物游",都必须以语言为工具,所以说"辞令管其枢机"。在一千五百年前,刘勰对于思想感情和语言词汇的关系能有这样的认识,是很可贵的,这也是他研究文学构思论能取得重要成就的原因之一。

> 然后使玄解之宰,寻声律而定墨;独照之匠,窥意象而运斤。此盖驭文之首术,谋篇之大端。

"意象"不是客观存在的物象,而是作家的心象,是"神与物游"而形成于作者头脑中的形象。"意象"说之源虽可远溯先秦,但用以论文则始于刘勰。"意象"说是我国古代文论史上的重要问题,与西方形象说相比,似更能揭示文学艺术的特征。它的提出,是刘勰的一个重要贡献。如果说"神与物游"的阶段是讲"内心与外境相接"①,那么这里讲的就是情志与物象的统一了。这种统一,一则是统一于心,物象成为情志的负载者,情志渗透融化于物象之中;二则这还是初步的统一,还达不到"密则无际"的程度。因此,对这种意象还要"运斤",即进行修正,使之与情志高度化合,难以分拆,达到即情即景的程度;然后"定墨",用文字表达出来,凝定为文学作品。

上述就是刘勰对文学构思过程本身的论述,从中可以看到,艺术想象是中心问题,离开想象,构思是根本不能进行的。而艺术想象过程,也就是心物交融的过程,同时也就是"辞令管其枢机"的过程。下文说:"夫神思方运,万涂竞萌,规矩虚位,刻镂无形。登山则情满于山,观海则意溢于海,我才之多少,将与风云而并驱。"这就是对"神与物游"的具体解释,也就是对构思过程的概括和总结。当构思趋于成熟,需要表达为作品的时候,选言修辞就成为主要问题了。刘勰说:

> 方其搦翰,气倍辞前;暨乎篇成,半折心始。何则?意翻空而易奇,言征实而难巧也。是以意授于思,言授于意;密则无际,疏则千里。或理在方寸,而求之域表;或义在咫尺,而思隔山河。

意是构思的结果,言为意旨所决定。这就确定了构思、立意、遣言三者的基本关系,这三个环节有一处受阻,创作就会失败。而一切文学创作不外处理这三个环节,《神思》大量篇幅正在于论述解决这一困难的根本方法和途径,这就是构思的准备和条件了。

这方面的论述,刘勰分为两种情况,一是对构思和创作才能

---

① 黄侃《文心雕龙札记》,文化学社版第14页。

的全面培养,也就是打好根底的问题;二是构思的直接准备,也就是构思时要有什么样的精神状态问题。关于后者,刘勰设《养气》一篇专门讨论,兹从略。关于前者,刘勰强调"积学以储宝,酌理以富才,研阅以穷照,训致以绎辞"等四个方面。研阅穷照我们前面已作了分析;除此以外,还要积累丰富的学识,培养辨明事理的才能,并训练情致以便恰当地运用文辞。这种要求是很高的。

那么这四个方面的基本功在构思中发挥什么作用,又怎样发挥作用?刘勰对汉晋间司马相如、扬雄等十多位作家的构思情况进行了分析,认为有两种类型:"心总要术,敏在虑前",故能"应机立断";"情绕歧路,鉴在疑后",所以"研虑方定"。把这两种类型的构思经验概括起来,刘勰的结论是"难易虽殊,并资博练。若学浅而空迟,才疏而徒速,以斯成器,未之前闻"。无论对于敏而速者,还是对于深而迟者,刘勰提出的四项要求都带有决定性,这就是培养功力和才能对艺术构思的巨大作用。至于这四项修养功夫如何在构思中发挥作用,刘勰的论述是:

> 是以临篇缀虑,必有二患:理郁者苦贫,辞溺者伤乱。然则博见为馈贫之粮,贯一为拯乱之药。博而能一,亦有助乎心力矣。

这就是使学深、才富、穷照、绎辞等四方面修养功夫,在构思中充分发挥作用的基本要领。刘勰认为解救苦贫、伤乱二患的办法,一是"博见",二是"贯一"。"博见"涵盖了学深等四项基本修养,当然就不会苦贫了,但可能因辞溺而伤乱,因此构思时还要贯一,即集中思路,突出重点。"博见"是顺利进行艺术构思的基础,"贯一"则是正确进行构思的条件,"博而能一"也就是艺术构思的基本要领了。

在阐明了艺术构思的基本要领之后,刘勰又指出了构思过程中的复杂情况:"若情数诡杂,体变迁贸;拙辞或孕于巧义,庸事或萌于新意。"人的思想感情变化多端,而文的体裁要求也多种多样;有时候粗糙的文辞中可以蕴含着巧妙的旨义,而平凡的事物也可以启发作者产生新颖的见解。"视布于麻,虽云未贵;杼轴献功,焕然乃珍。"这些复杂的情况,一经艺术构思,都由于心的"杼轴",统一为一个整体,也就像布那样,"焕然乃珍"了。这就是刘勰对"神思"在创作中的地位的说明。此外的"思表纤旨,文外曲致",刘勰就存而不论了。

综观上述,我们可以得到如下的结论:第一,《神思》实际上论述了从创作准备、艺术构思到写成作品的全过程,而此后的创作论内容,无非是这一过程的某一阶段、环节或侧面。可见《神思》是统领全部创作论内容的。第二,《神思》深入探讨了以艺术想象为中心的心物交融过程和特征,论述了艺术想象、创作构思和遣言修辞在"神与物游"过程中的和谐统一。这一方面说明刘勰的创作论是文学创作论,不是一般地讲文章作法;另一方面心物交融是文学创作的根基和核心,遣言修辞就是要表现经过心物交融而产生的含情之物、托物之情,也就是意象;而如上文所说,一切文学创作都不外是心物交融的统一和遣言修辞的表达两大方面。从这个角度看,《神思》也是统领创作论的全部内容的。第三,刘勰认为构思过程要处理好"情数诡杂,体变迁贸"问题。文学创作无非是"雕琢情性,组织辞令"(《原道》),即整理思想感情、按体选择词汇的问题,由此看《神思》也是统领创作论全部内容的。第四,拙辞巧义、庸事新意之类的情况,经过构思之"杼轴献功",就"焕然乃珍"了。所谓"焕然",就是光彩灿烂,不言文采而文采在其中。这样,通篇所论,乃情、物、言、文四种因素及其关系,构思的作用即把这四者统一为一个整体。而情言、物言、言文三者构成刘勰理论体系的主体，创作论当然不出此网络。这也是《神思》统领创作论全部内容的证明。第五，《神思》重在论创作主体的思维活动，可以说是《文心雕龙》的主体论。而文学按其本质来说，是创作主体思维的结晶，是作家思想感情的表现；即使"神用象通"，也是"情变所孕"，所以主体是文学创作的决定因素。从这个角度看，《神思》也是全部创作论内容的统领。上述五个方面，就决定了《神思》在创作论中的总纲性质。

（二）摛神、性

按照《序志》的提示，"摛神、性"为创作论的第一组。"神"指《神思》，"性"指《体性》。《神思》主要论述以艺术想象为中心的创作构思，《体性》则讨论创作个性与作品风格的关系。这两篇都以创作主体为主要研究对象，所以合为一组，并置于创作论最前面。

《体性》一开始先从文学创作的基本规律讲起："夫情动而言形，理发而文见，盖沿隐以至显，因内而符外者也。"文学作品从本质上说，都是创作主体之情的表现。这就是刘勰探讨艺术风格问题的前提。情不同，文就不同，于是形成了不同的风格：

> 然才有庸俊，气有刚柔，学有浅深，习有雅郑，并情性所铄，陶染所凝。是以笔区云谲，文苑波诡者矣。故辞理庸俊，莫能翻其才；风趣刚柔，宁或改其气；事义浅深，未闻乖其学；体式雅郑，鲜有反其习。各师成心，其异如面。

这里刘勰把"情"具体化为才、气、学、习四方面；才、气是"情性所铄",主要是先天的气质决定的;学、习是"陶染所凝",主要是后天培养造成的。这两大方面构成了创作主体的艺术个性,即后文所谓"自然之恒资,才气之大略",这就是艺术风格的决定因素,也就是"笔区云谲,文苑波诡"的根本原因。根据这一原理,刘勰才十分肯定地下了"辞理庸俊,莫能翻其才"等断语,并且得出了"各师成心,其异如面"的结论。马克思曾引布封的话:"风格就是人"①,而刘勰是在一千多年前作出上述结论的,其可贵就不言而喻了。

艺术风格虽因人而异,却又可以归纳为几种类型。所以刘勰说:

> 若总其归涂,则数穷八体:一曰典雅,二曰远奥,三曰精约,四曰显附,五曰繁缛,六曰壮丽,七曰新奇,八曰轻靡。

对这八体,刘勰分别作了解释,如:"典雅者,熔式经诰,方轨儒门者也。远奥者,馥采典文,经理玄宗者也。"这样解释,当然不完全恰当,但也说明刘勰深知儒、道两家对中国古代文学创作的深远影响,有其合理的一面。刘勰对最后两体有所不满:"新奇者,摈古竞今,危侧趣诡者也。轻靡者,浮文弱植,缥缈附俗者也。"这与他反对当时文坛淫丽之风的目的相合。这八体是两两相对的:"故雅与奇反,奥与显殊,繁与约舛,壮与轻乖。"刘勰认为这四对八类,已经把艺术风格包容无遗了:"文辞根叶,苑囿其中矣。"

但是,刘勰并不认为一切作家或作品的风格,必属八体之一,他只是把千变万化的风格概括为八种类型,同时又强调"八体屡

---

① 《评普鲁士最近的书报检查令》,《马克思恩格斯论艺术》第4册第254页。

迁"的复杂情况："若夫八体屡迁，功以学成；才力居中，肇自血气。气以实志，志以定言；吐纳英华，英非情性。"风格的形成与变化决定于创作主体的艺术个性，而艺术个性"功以学成"。这几句话值得注意，刘勰虽认为才力是形成风格的主要因素，但气质只是造成才力的内在条件，而才力的最终形成和提高还要靠学成。在指出了八体变迁的原因以后，刘勰具体评论了汉晋间十多位作家的风格特点，如"嗣宗俶傥，故响逸而调远；叔夜俊侠，故兴高而采烈"。他根据这些作家的性格特点作具体分析，并不简单地把他们套入八体中。结论是"触类以推，表里必符"。无论评论什么人的创作风格，均须从其个性着眼，抓住"体"决定于"性"这个要领。

正因为风格决定于艺术个性，而个性虽与先天气质有关，却主要决定于学、习，所以刘勰才指出了如下的所谓"文之司南"：

  夫才有天资，学慎始习……故宜摹体以定习，因性以练才。

才有天资，所以要因性练才；功以学成，所以要摹体定习。前者指明作家的思想性格是锻炼创作才能的基础，后者要求根据个性去揣摩适宜于自己的文体，以便确定爱好和习惯，形成独特的艺术风格。可见，刘勰既承认天资的作用，更强调学习的重要，这就较为全面。赞辞中所谓"习亦凝真，功沿渐靡"，更明确指出了习惯成自然，可以凝结为人的艺术个性。这种观点即使在今天，也还闪射着真理的光辉。

总结上文，《体性》的中心论点是：作家的创作个性决定其作品的风格。围绕这一主旨，刘勰指出了因性练才、摹体定习的"文之司南"。虽然论才、气、学、习没有指出作者的身世遭遇和社会根源的决定作用，是他的不足之处；但刘勰强调后天的学识习尚对艺术风格的形成有重要作用,比前人前进了一大步。曹丕论文,以为"气之清浊有体,不可力强而致……虽在父兄,不能以移子弟"①。这是先天决定论。陆机也曾论及个性与风格的关系:"夸目者尚奢,惬心者贵当,言穷者无隘,论达者唯旷。"②这显然还很粗朴。刘勰可能受到陆机的启发,但已发展为有系统的专论了,不仅比较通达、全面,而且抓住了根本:创作主体的艺术个性。所以刘勰的风格论,是有其重要的历史贡献的。

(三)图风、势

"风"指《风骨》,"势"指《定势》。《风骨》论述文意应当含风、文辞应该有骨,提出了风、骨、采完美统一的创作理想。《定势》和《通变》是实现这一目标的两方面的必备条件,因而也是对创作的基本要求。所以刘勰才在《风骨》之后继以《通变》《定势》,并把《风骨》和《定势》合为一组。

1. 风骨问题

刘勰的风骨论,是《文心雕龙》研究中的重点之一,.因而也是难点之一,故见仁见智,众说纷纭。影响最大的是黄侃关于"风即文意,骨即文辞"之说。此外,还有几种较有影响的见解。

一种意见认为风骨即风格,或理想的风格。此说以罗根泽为较早,他认为:"风骨是文字以内的风格,至于文字以外或者说溢

---

① 《典论·论文》。
② 《文赋》。

于文字的风格,刘勰特别提倡隐秀。"①其后继之者甚众,如郭绍虞主编的《中国历代文论选》说:"《风骨》是在《体性》的基础上提出他对风格更高的要求,树立一个更高的风格标准。"②又如刘禹昌:"继《体性》篇归纳为八种艺术风格之后,又提出这种在他心目中认为最理想的标准艺术风格。"③近年来主此说者仍较多,如詹锳、祖保泉、穆克宏等。

第二类观点认为风骨指内容,或符合某种特定要求的内容。此说以刘永济《文心雕龙校释》为较早:"风"喻"情思","骨"喻"事义"。周振甫在其《谈风骨》中说:风指气韵生动,"骨就是人体的骨骼,作品的思想感情"④。郭预衡则谓:"'风''骨'都指内容,不指形式。"⑤持类似看法者还有王达津、黄海章、郭晋稀、赵仲邑等,如王达津认为"风重在缘情","骨重在体物"⑥。

第三类观点认为风骨最基本的特征是"力",或认为即阳刚之美。六十年代就有人持这种看法,如上举郭绍虞主编的《中国历代文论选》,既说风骨是"更高的风格标准",又认为风骨的"基本特征,在于明朗健康,遒劲而有力"。近年来罗宗强在其《非〈文心雕龙〉驳议》中亦云:"风的重要意义","指感情的力";刘勰"把骨当作力的概念使用,当作由义理表现的逻辑力量"⑦。

---

① 《中国文学批评史》,中华书局 1958 年版第 1 册第 234 页。
② 见 1962 年版上册《文心雕龙·风骨》的说明,1979 年修订本未改动。
③ 《文心雕龙选译——风骨篇》,《长春》1963 年第 1 期。
④ 《解放日报》,1962 年 2 月 20 日。
⑤ 《〈文心雕龙〉评论作家的几个特点》,《文学评论》1963 年第 1 期。
⑥ 《古典诗论中有关诗的形象思维表现的一些概念》,《古代文学理论研究》第 1 辑。
⑦ 《文学评论》1978 年第 2 期。

第四种意见与第一、第三种观点都有联系,但特点是把风骨和西方郎加纳斯的崇高论相对照。如詹锳比照的结果,是认为风骨与崇高"二者在庄严、恢宏、遒劲、清明、刚健、真实等等方面,不是有很大的类似性吗?"①

上述情形说明两点,一是研究者之重视,二是见解分歧之大。从风骨论研究的历史经验看,要较为准确地把握风骨论的实质,必须考虑到三个方面:主要从《风骨》的论述寻绎其含义;从全书的写作目的探讨风骨论的主旨;从刘勰的整个理论体系考察风骨论的意义和地位。我们先看《风骨》的论述。

> 是以怊怅述情,必始乎风;沉吟铺辞,莫先于骨。故辞之待骨,如体之树骸;情之含风,犹形之包气。结言端直,则文骨成焉;意气骏爽,则文风清焉。若丰藻克赡,风骨不飞,则振采失鲜,负声无力……故练于骨者,析辞必精;深乎风者,述情必显。捶字坚而难移,结响凝而不滞,此风骨之力也。若瘠义肥辞,繁杂失统,则无骨之征也;思不环周,索莫乏气,则无风之验也。

这就是刘勰对风骨的几乎全部直接论述。显然,"风"均指内容方面,是对内容的要求;"骨"均指文辞方面,是对语言的要求。可见,风骨论的内容,未出黄侃所谓"风即文意,骨即文辞"的范围。不过更确切点说,风是对文意的要求,骨是对文辞的要求。从刘勰对风骨的直接论述看,问题本来是明确的,之所以出现种种不同解说而长期聚讼不已,恐怕与本篇除风骨外又提出了"采"有关。采当然属于形式方面,而篇中又有"风骨乏采""采乏风骨"

---

① 《〈文心雕龙〉的风格学》第55页。

之语,这就容易使人误认为风骨指与采相对的内容,并因而把风骨视为一物。但这样看又与刘勰的直接论述不相吻合,于是不得已求证于其他篇章,或从语源上探求刘勰以前的风骨之义,则其说弥纷纭,其义弥难明了。

风骨一语,源于汉魏以来的人物品评。如《晋安帝纪》称王羲之"风骨清举"①;晋末桓玄谓刘裕"风骨不恒,盖人杰也"②等等,均指人物的风神骨相。南齐谢赫评曹不兴画龙:"观其风骨,名岂虚成"③,主要指形象描绘的生动传神。但风骨既经刘勰引入文论,已赋予它新的含义,若据前人用例解释《风骨》,就滞碍难通了。因此,从语源探究中得到启发或借以为参考,是可以的,但要求得对风骨的确解,还须以《风骨》的直接论述为依据。如上所说,这样得出的结论就是:风是对内容的要求,但不是内容本身;骨是对文辞的要求,但不是文辞本身。

刘勰对文意和文辞分别提出风、骨的要求,正为他写作《文心雕龙》的目的所决定。如前所说,刘勰写作此书,主要目的是反对当时文坛上形式主义、唯美主义倾向;而他倡言风骨,"盖防文滥也",原因是当时"习华随侈,流遁忘反"。《征圣》也引了《周书》"辞尚体要"之语,然后论述了"正言所以立辩,体要所以成辞"的道理,文辞要有骨的要求,即以此论为根据。刘勰以"瘠义肥辞,繁杂失统"为无骨之征,则其结言端直、析辞必精等论述,主旨在于用语精当,能抓住要点。《诠赋》谓"逐末之俦,蔑弃其本,虽读千赋,愈惑体要,遂使繁华损枝,膏腴害骨",也清楚地说明,刊落

---

① 《世说新语·赏誉》注引。
② 《宋书·武帝纪》。
③ 《古画品录》,《丛书集成》本第3页。

浮华,体现要点,就是刘勰所谓有骨之辞。至于风的要求,是意气骏爽、述情必显、结响凝而不滞。骏者,高也;爽者,明也。高情远志,卓尔鲜明,就是对文意的基本要求;述情必显是指表达得显豁,凝而不滞是要求生气凝聚而不死板。反之,即刘勰所谓思不环周,索莫乏气,无真情实感,无生气灌注,因而就没有感染力量。而这种情形与刘勰批评的"为文而造情"有联系,所以针对性也是很强的。由这些可知,刘勰要求文意具有巨大的感染力、文辞能够体要或突出重点,都与其写作目的密合。

　　从刘勰的整个理论体系来看,《风骨》强调风、骨、采的完美结合,实际上是其理论主体情采相胜论的表现或具体要求。"骨采"指有骨有采的文辞,"风辞"指用文辞表达出来的含风之情;刘勰在批评"骨采未圆,风辞未练,而跨略旧规,驰骛新作"的现象时,已经说明了《风骨》所要求的是情、采相得益彰的理想作品。所以风骨论的核心问题是有没有含风之情:采用以饰有骨之辞,骨采兼备之辞为表达含风之情服务,合起来就是情采相胜的优秀作品。而刘勰之所以对情采按风、骨、采三项提出规定,与《征圣》提出的"志足而言文"的创作金科玉律有关。志足言文只提出了文采修饰语言、语言充分表达情志的基本要求,是从写作法则着眼的。风、骨、采的统一则规定了情志必须含风,具有巨大的感染力;语言必须有骨,能够充分表达内容的要点;而采则是"言文"的要求,必须与骨统一。显然,这是对理想的作品而言。如果说志、言、文是最基本的要求,那么风、骨、采就是更深入的具体要求了。

　　既然上述对风、骨的理解可以通释《风骨》全篇,又与刘勰的写作目的和理论体系相吻合,那么得出风、骨、采的完美统一是刘勰对一切作品的最高要求,或者说是其创作理想的结论,就很自然了。明于此,则前引诸家探讨风骨的得失也就昭然了。盖风格决定于作家个性,体现于内容和形式统一的作品中,所以风骨与风格虽有一定联系,但它本身并非风格。若以风骨为刚健的或理想的风格,则与《体性》篇风格多样化的主张难以统一;若以风骨为刘勰综合出来的总风格,则已经失去风格的意义了;且采为风格的表现因素之一,若风骨即风格,岂能说"采乏风格"或"风格乏采"?"风格即人"的名言是不可忽视的,离开人也就无所谓风格了。许多人以为风骨的基本特征是"力",这是不错的,因为不但风、骨,即使采也要求有力量。"振采失鲜,负声无力",虽根源在"风骨不飞",但与"丰藻克赡"也有直接联系。所以,作为风骨基本特征的力,指的应是生气灌注、畅达显豁的艺术感染力,而不一定非限于阳刚之美不可。刘勰并不偏执阳刚之美,如"文之任势,势有刚柔,不必壮言慷慨,乃称势也"(《定势》)。对风骨的要求也应当是这样。《熔裁》也明明说:"刚柔以立本",并不偏主阳刚。从《风骨》举以为例的司马相如《大人赋》,也可看出所谓"风力遒",是指此赋对汉武帝产生了很大的感染力,而并非说此赋具阳刚之美。其实,既然《风骨》是对一切作品的最高要求,就不能只指阳刚之美,而必须是对所有优秀作品共有的巨大感染力的要求。

2. 定势问题

《风骨》篇说:"若夫熔铸经典之范,翔集子史之术,洞晓情变,曲昭文体,然后能孚甲新意,雕画奇辞。"这已经兆示了下两篇《通变》《定势》的主旨。《通变》重在论"洞晓情变",《定势》则重在论"曲昭文体"。

定势也是个存在着分歧的问题,关键在"势"的含义。有人认为"势"指"法度"①,有人认为指"姿态"或"体态"②,也有人认为指"标准"③,近年来不少论者认为势即风格。欲求对势的确解,还是要看刘勰在《定势》中的直接论述:

> 夫情致异区,文变殊术,莫不因情立体,即体成势也。势者,乘利而为制也,如机发矢直,涧曲湍回,自然之趣也。圆者规体,其势也自转;方者矩形,其势也自安。文章体势,如斯而已。

这段话说明了三点:一则势是因利乘便而造成的,因而是自然而然的东西;二则势直接决定于体,从赞辞的"形生势成,始末相承"来看,"体"不等同于文体,是成体之文的体,也就是一篇作品之本体;三则这体因情而立,决定因素是人的情志。这就是说,创作主体的情志决定作品的形体结构,作品的形体决定体势。所以这势乃事积成势之势,对作品来说,就是文积为势之势。说明了势是什么,刘勰接下去探讨了对体势发生影响的因素,主要有二:一是师承渊源,如"模经为式""效骚命篇";二是作家自身条件,如"综意浅切""断辞辨约"。这两方面虽无严格界限,但也不容易跨越。刘勰在指出上述通常情形后,提出了更高要求:

> 然渊乎文者,并总群势:奇正虽反,必兼解以俱通;刚柔虽殊,必随时而适用。若爱典而恶华,则兼通之理偏……若雅郑而共篇,则总一之势离。

这实际上是两条原则:对作家来说,应当并总群势,兼解俱通,随

---

① 黄侃《文心雕龙札记》,文化学社版第47页。
② 刘永济《文心雕龙校释》第113页。
③ 范文澜《文心雕龙注》第534页。

时适用,选择得当;对作品来说,又必须统一,不能雅郑共篇,刚柔错综,奇正杂糅。怎样达到这两个要求呢?

> 是以囊括杂体,功在铨别;宫商朱紫,随势各配。章表奏议,则准的乎典雅;赋颂歌诗,则羽仪乎清丽;符檄书移,则楷式于明断;史论序注,则师范于核要;箴铭碑诔,则体制于弘深;连珠七辞,则从事于巧艳。此循体而成势,随变而立功者也。虽复契会相参,节文互杂,譬五色之锦,各以本采为地矣。

这段话是一篇重心所在,强调囊括杂体的铨别之功。虽概括为六大类,刘勰实指二十篇文体论所论列的各种文体。必须掌握这些文体的区别,"循体而成势,随变而立功",随着不同文体变换文势,就容易奏效。虽然还有写作法则、时机场合等因素对文势发生作用,但也要以文体的特点为基础。这就是"昭体"。

但刘勰又并非要求作家精通一切文体,写各种体裁、文势的作品。他引桓谭和曹植的话,说明"文家各有所慕","所习不同,所务各异",因而文势也就不同。刘勰特别指出,势是多种多样的,不要误以为壮言慷慨才算有势,并且提出了势需要润泽的问题。但作家各有习尚则可,失体成怪就应当反对了:

> 自近代辞人,率好诡巧,原其为体,讹势所变;厌黩旧式,故穿凿取新。察其讹意,似难而实无他术也,反正而已……势流不反,则文体遂弊。

刘勰论定势,正是为了反对当时文坛上反正取巧的形式主义倾向,强调按照文体规范进行创作,与文体论部分所总结的各种文体的写作要求遥相呼应。

以上所述，并不是根据某种需要选择出来的，而是按照《定势》的顺序引录的刘勰全部主要论述。很明显，刘勰虽然看到师承关系、作家自身条件和习尚、写作法则以及时机场合等因素对文章体势都有影响，但"譬五色之锦，各以本采为地"，都要在掌握文体规范的基础上才能正确地发挥作用，如果一味追求新异，就"失体成怪"了。因此，所谓"定势"，归根到底是按照所取文体的要求确定文章体势的基本倾向，作品完成了，其体势也就跟着自然形成了。由此可知，刘勰所谓势，就是我们今天还讲的文势、笔致，也就是一篇作品从头到尾的行文趋向和笔调等方面的综合表现。《诠赋》有"写送文势"之语，意谓结尾要与开头的笔势相呼应。《定势》所谓势，就是指这类文势而言；所谓"乘利而为制"，就是作品要循着体裁的要求自然形成文势。这本是明白的，可以通释《定势》全篇，也合于文理。若解作标准、风格之类，就滞碍难通了。如篇中说"使其辞已尽而势有余"，能说文辞已尽而标准或风格有余吗？"势实须泽"，能说风格必须加以润泽吗？"渊乎文者，并总群势"，能说并总所有风格吗？且"定势"云者，岂能是"定风格"？风格总是与创作个性连在一起的，而文势的主要决定因素是文体，所以势不等于风格。

但这不是说文体、体势与风格没有任何联系。风格决定于作家的创作个性，而表现于作品的内容和形式的统一中。所以，一定的创作个性体现于内容和形式各不相同的作品中，就会表现出不同的风貌，作品的内容和形式，都会对作家创作个性的表现产生制约和影响；文体、文势都属于作品的形式方面，当然也会影响到作家风格的表现。王元化说："同一作家在写作不同体裁作品的时候，会显示出不同的风格来，这是由于不同的体裁从其自身出发，要求作者顺应体裁本身所需要的风格……'势'即体势。如果我们把'体性'称为风格的主观因素,那么,'体势'就可称为风格的客观因素。"①体势只是风格的客观因素,自然不等同于风格。因为"体性"是性决定体,即个性决定风格;"体势"是体决定势,即文体决定文势。这二者是有区别的。即使把文体、文势视为客观因素,它们也只是影响作家个性的表现形态,而不能改变创作个性本身。所以,一个作家尽管在不同的作品中表现出不同的风格特点,却又总是有一个作为主导的风格倾向;不同作品中的不同风格,都是这一主导风格倾向的不同表现而已。如果文体、文势等"客观因素"过分限制了作家的创作个性,则作家就不会选择它们来写作。这就是作家往往习好某些体裁、笔调等表现形式的根本原因,也就是刘勰强调摹体定习、因性练才的原因。所以,即使体、势等对风格表现有一定影响,也不是风格多样化、哪怕是同一个作家风格多样的决定因素,其根本原因仍应到创作个性中去找。强调"风格即人"的法国自然科学家布封在《论风格》中说:"一个大作家绝不能只有一颗印章,在不同的作品上都盖同一的印章,这就暴露出天才的缺乏。"②作家特别是大作家,个性印章本身是多样的,才造成了风格的多种表现。按刘勰的论述,创作个性包括才、气、学、习四方面,表现在作品中它们自然是统一的,但作家在不同时期、不同体裁、不同作品的创作中,不可能四者永远是势均力敌的,必然会有不同的统一形式,也就是创作个情显露的侧面和重点是不同的。因此,不仅不同的作家由于"各师成心"而有"其异如面"的风格,而且同一作家的不同创作,也往往呈现出不同的风格,但都决定于作家的才、气、学、习。这

---

① 《文心雕龙创作论》第 122 页。
② 《布封文钞》,人民文学出版社 1958 年版第 14 页。

才是风格多样化的根源,而体、势等因素,只是使这创作个性得以表现出来的形式和条件,决不能扭曲风格的灵魂——创作个性,否则创作个性就会抛弃它们另行选择了。李白何以长于歌行,杜甫何以长于律诗,正是他们的性格决定的。

刘勰讨论定势问题,根本目的在于强调"昭体",防止"失体成怪",因为这是其创作论的基础。昭体则因利乘便,文势自然,不必强求,也不可强求。

(四)苞会、通

"会"指《附会》,"通"即《通变》,这一组包括从《附会》到《通变》中的《情采》《熔裁》《隐秀》《指瑕》《养气》等七篇。前面我们已讨论了《情采》,这里考察其他六篇。

1. 会通适变

《通变》为第二十九篇。通变论的主旨是强调创新发展,我们在讨论刘勰的理论体系时已经引述"是以九代咏歌,志合文则"一大段文字,予以析论了;这里再结合篇中其他论述,进一步申说此旨。

> 夫设文之体有常,变文之数无方。何以明其然耶?凡诗赋书记,名理相因,此有常之体也;文辞气力,通变则久,此无方之数也。名理有常,体必资于故实;通变无方,数必酌于新声……故论文之方,譬诸草木,根干丽土而同性,臭味晞阳而异品矣。

这说明了两点:文体有常;通变则久。前者是《定势》的内容,后者是本篇重点。"通变则久,此无方之数也。"虽以"通变"为名,重在讲"变"已很明显。"臭味晞阳而异品",这就是所要讲的变了,并且已透露出变的原因:晞阳。从下文紧接着一大段讨论"九代咏歌",我们不难悟出这所晞之阳即"志""时"两方面。所以如前面所说,"序志述时"的原则就是通变的基本规律。掌握了这个"文则",自然会"斟酌乎质文之间,而櫽括乎雅俗之际",也就"可与言通变矣"。

在阐明了序志述时的文则之后,刘勰用一大段讲"夫夸张声貌,则汉初已极……此并广寓极状,而五家如一"的"莫不相循"现象,接下去说"参伍因革,通变之数也"。其用意何在?向来是个难题。如果把"莫不相循"与"参伍因革,通变之数也"连起来看,似乎是示人以法;但通变论之旨在于强调创新,所以又十分可疑。黄侃《札记》和范文澜注,虽都指出"非教人屋下架屋,模拟取笑"[①],却没有说明到底何所指,这就不免引起后来的种种不同解说。刘勰明明说"五家如一","循环相因",有人却释为"推陈出新,有所变化",或"有推陈出新的味道"等[②]。有人则以为这些描写"变化不大,并没有把创造的因素显示出来",刘勰的说法"实质上是抹煞了创造性"[③]。这些都是把刘勰所述当作示人以法来看的,不过有的替他圆成,有的表示不满而已。

实际上,"参伍因革,通变之数也",应该是最后一段的领句。此上一段刘勰所举枚乘等人"夸张声貌"的五例,是对"竞今疏古""近附远疏",也就是背离序志述时原则、只能一代摹仿一代的

---

① 见范文澜《文心雕龙注》第 527 页。
② 周振甫《通变》,《新闻业务》1962 年第 2 期。
③ 詹锳《刘勰与〈文心雕龙〉》第 68 页。

批判示例。所以在讲这五例之前,刘勰已经指出自汉初以后,"循环相因,虽轩翥出辙,而终入笼内"。这决不是示人以法,而是说明下面的例子是批判对象。举例毕,刘勰以"广寓极状,而五家如一,诸如此类,莫不相循"作为结束,也是以批判寓教训,告诉人们因循摹仿是没有出息的。所以这两段之旨,与整个通变论强调创新发展的精神是完全一致的。刘永济并此二段为一,说此段"论变今法古之术。中分二节:初举例以证变今之不能离法古,次论通变之术"①。此说基本是对的。

> 参伍因革,通变之数也。是以规略文统,宜宏大体。先博览以精阅,总纲纪而摄契……凭情以会通,负气以适变。

这就是所谓通变之术:要有因有革。因即前面所说体资故实的方面,因为这是必定"名理相因"的;革即从"九代咏歌"中总结出来的序志述时的内容方面,否则就"循环相因"了。"先博览以精阅,总纲纪而摄契",前句指学习九代咏歌之佳作,后句指掌握序志述时的要领,这是创新的关键所在。"凭情以会通,负气以适变",二句互文见义,要求根据自己的情志和气质去"会通""适变"。通变之术的轴心,是作者之情和气,"凭情""负气"而为文,当然就可以避免"循环相因"了。刘勰论创新和发展,确实抓住了根本:创作主体的情志和气质,这是永远因人因时而异的。以此为核心,再参古法、因故实,望今奇、酌新声,创作就可以"日新其业"了。

综观《通变》全篇,创新之旨贯彻到底。"文律运周,日新其业,变则其久,通则不乏。"刘勰是把创新发展当作"文律"来论述

---

① 《文心雕龙校释》第110页。

的,并且如前所说,他是把这一"文律"作为指导思想贯彻全书的。所以,虽通、变连缀成辞,实际上重在讲变。纪昀评此篇云:"齐梁间风气绮靡,转相神圣,文士所作,如出一手,故彦和以通变立论……盖当代之新声,既无非滥调,则古人之旧式,转属新声,复古而名以通变,盖以此耳。"①指出刘勰针对齐梁转相摹拟的绮靡文风立论是对的,但说刘勰以通变之名运复古之实,就未必然了。摹拟当代可致"如出一手",规仿古人不也会"如出一手"吗?篇中论商周之前一代一代地发展,商周以后弥近弥淡,原因就在于背离了序志述时原则,而只知摹拟前人;然后又特举汉初以后"五家如一"之例,批判"循环相因"的不良倾向。这些均力倡创新之意,其于古只是说"参古定法",向古人学习创作法则,这与《辨骚》示人以法经求变的原则一脉相承。刘勰主张"矫讹翻浅,还宗经诰",也反对"竞今疏古",但并非要求机械地模仿经书或古人来写作,而是要"参古定法"。《征圣》中总结经书的写作特点是"抑引随时,变通适会",这正是通变论的要旨,所以本篇不可能是以通变之名,行复古之实。历来研究者多认为通变论是讲继承与革新的,近年来不少同志对此提出怀疑,这是有道理的。刘勰此篇是针对规仿模拟、转相祖尚的不良风气而发,重在揭示创新发展的文律,对继承与革新的关系,并未展开论证而成本篇主旨。刘勰之所以专门探究创新发展的规律,就因为这既是当时的需要,又是其全书的指导思想。

2. 熔意裁辞

《熔裁》和《附会》两篇都与篇章结构有关,属创作方法、技巧

---

① 《文心雕龙补注·通变》。

范围。《熔裁》的结论说:"篇章户牖,左右相瞰。辞如川流,溢则泛滥。权衡损益,斟酌浓淡。芟繁剪秽,弛于负担。"其通篇正围绕文辞的剪裁和文意的规范展开论述。刘勰的解释是:"规范本体谓之熔,剪截浮词谓之裁。"规范本体指的是"櫽括情理",使"纲领昭畅",条理分明;剪截浮词则指"矫揉文采",使"芜秽不生",文辞凝练。前者即熔意,后者即裁辞。

熔意裁辞的必要性,刘勰开宗明义就指出来了:"情理设位,文采行乎其中。刚柔以立本,变通以趋时。立本有体,意或偏长;趋时无方,辞或繁杂。蹊要所司,职在熔裁。"无论作者的个性属刚属柔,在创作内容的安排上开始都难免有偏颇;而文辞的运用随时而变,没有定准,也往往难免于繁杂。这样,熔意裁辞就成为创作过程中必不可少的组成部分了。而熔裁的目的,是使"情周而不繁,辞运而不滥",以创作出"风清骨峻,篇体光华"的优秀作品。

篇中分论熔、裁两个方面。对于裁,刘勰要求甚严,但标准明确:"句有可削,足见其疏;字不得减,乃知其密。"没有可有可无的字句,是裁的目标。但这并非裁得越简越好,裁必须以内容的表达为准则,所以刘勰还要求"字去而意留",认为"字删而意缺,则短乏而非核"。

熔意方面,问题就比较复杂些,刘勰提出了著名的"三准论":

> 凡思绪初发,辞采苦杂,心非权衡,势必轻重。是以草创鸿笔,先标三准:履端于始,则设情以位体;举正于中,则酌事以取类;归余于终,则撮辞以举要。然后舒华布实,献替节文。

对"三准"的理解,也存在一些分歧,而关键在于其性质是什么。

有的认为"三准"指"从作者内心形成作品的全部过程中所必然有的三个步骤。这三个步骤都各有其适当的、一定的准则"①；有的认为"三个步骤应当都是准备时的工作而不是创作的要点"②；有的认为指"创作过程的三个步骤"③；还有的认为指"炼意的三项步骤"④等等。这些看法都各有理由。

从始、中、终的区分来看，"三准"当然包含着步骤问题，但这是什么性质的步骤呢？刘勰为何又称为"准"？从"然后舒华布实，献替节文"看，"三准"是讲动笔写作之前的事，应该是构思阶段的活动；从"凡思绪初发，辞采苦杂"看，讲的正是构思开始后的活动。因此，"三准"是探讨构思问题的。《神思》云："夫神思方运，万涂竞萌"，与这里讲的"思绪初发"，正同其所指；但《神思》重在讲"规矩虚位，刻镂无形"的艺术想象，而这里重在解决"辞采苦杂""势必轻重"的问题。所以"三准"植根于《神思》，而侧重探讨按什么原则安排内容问题。"设情"以确立作品主干，"酌事"以取舍表达内容的材料，"撮辞"以突出重点：三者均围绕内容说，恰是熔意的三条准则。而"三准"的先后也不可颠倒，所以这步骤本身也有个"准"的问题。这样看来，"三准"虽有步骤的含义，但主要是熔意谋篇的三条准则。

3. 附辞会意

《附会》为全书第四十三篇，是创作论部分的倒数第二篇。在

---

① 刘永济《释刘勰的"三准"论》，《文学研究》1957年第2期。
② 熊寄湘《刘勰是怎样谈创作过程的？》，《文学遗产》第393期。
③ 王元化《文心雕龙创作论》第185页。
④ 詹锳《刘勰与〈文心雕龙〉》第50页。

前面论述各种方法和技巧的基础上,它有一定的汇总意义,即把情志、事义、辞采、宫商等因素,作一总的安排,以"弥纶一篇,使杂而不越"。但附会之术本身也是写作方法的重要内容,所以本篇还不是全部创作论的总结,因而列于《总术》之前。

与《熔裁》相比,《附会》要研究的更主要是篇章结构问题。"篇统间关,情数稠叠。原始要终,疏条布叶。道味相附,悬绪自接。如乐之和,心声克协。"刘勰自己的总结已经说明了这一点。再看他对"附会"的解释:

> 何谓附会?谓总文理,统首尾,定与夺,合涯际,弥纶一篇,使杂而不越者也。

这就是说,附会之术是用以使作品各部分融为一个严密整体的。行文方法千变万化,作家情意相当复杂,写少了单薄,讲多了杂乱;草率的毛病固多,太迟疑也会害事。而且作者才识不同,思路各异,首尾贯通者少,随思随写者多,就难免杂乱,前后不一。这就是讨论附会之术的必要性和重要性。至于附会本身,刘勰主要讲了三方面。首先是"正体制":

> 夫才童学文,宜正体制:必以情志为神明,事义为骨髓,辞采为肌肤,宫商为声气。然后品藻玄黄,摛振金玉……

这是在前面分别讨论的基础上,以人体为喻,给情志、事义、辞采、宫商等因素安排适当的位置。刘勰认为明确这些因素的主从关系,是"缀思之恒数",即谋篇布局不可或违的法则。

其次是"总纲领"。刘勰说:"凡大体文章,类多枝派;整派者依源,理枝者循干。"就是要抓住根本,使所有的表述都为中心思想服务。他特别强调的是:"附辞会义,务总纲领,驱万涂于同归,贞百虑于一致。"能够这样，就可以做到"首尾周密，表里一体"。

最后是从整体出发的原则。刘勰主张"弃偏善之巧，学具美之绩"，不要像慎于毫发而失于全貌的画家那样，而要"诎寸以信尺，枉尺以直寻"，即宁肯丢掉芝麻，也要抓住西瓜。

4. 余 论

"苞会、通"一组除上面分析过的四篇，还有《隐秀》《指瑕》《养气》三篇。它们与《风骨》等四篇研究文学原理、创作原则等问题有所不同，与"阅声、字"七篇讨论创作方法和艺术技巧等，也显然有别；但又属于创作论所要探讨的范围，所以刘勰安排在《练字》之后、《附会》之前，而在理论处理上附入"苞会、通"。

《隐秀》为《文心雕龙》第四十篇，论述隐、秀在文学创作中的意义和如何创造隐、秀的问题。此篇论及了文学艺术的一些重要特征，对后世发生了较深远的影响，虽为附论，仍有重要意义。惜乎原文已残，从"始正而末奇"到"朔风动秋草"句的朔字，共四百余字，多认为明人所补。这一大段，从现存《文心雕龙》最早的刻本——元至正十五年（1355）本，到明万历三十七年（1609）以前的各种刊本，都没有。到明末（1614）钱功甫得阮华山宋本，才补上这四百余字。现存有补文的最早刻本，是明末天启二年（1622）梅庆生第六次校定本。流传较广的黄叔琳注本（刻于1833年）也有这段补文，这四百余字遂得以广泛流传。首先提出补文为明人伪托的是纪昀，其后黄侃、范文澜、杨明照诸家也都断定为伪文。詹锳于1979年提出异议，认为补文为真[①]。真伪问题尚有待于进一

[①] 《〈文心雕龙·隐秀〉篇补文的真伪问题》，《文学评论丛刊》1979年第2辑。

步研究，这里只概谈本篇的内容和理论意义。

所谓隐，与后世所说的含蓄有联系，但二者不等同；所谓秀，指"篇中之独拔"的文句，近于后世所谓"警句"。关于秀的论述，刘勰基本上承陆机"一篇之警策"的说法而来，是对《文赋》有关论述的发展。《隐秀》的理论意义和对后世的影响，主要在于对隐的论述。

刘勰所说的隐，要有"文外之重旨"，强调"义生文外"，这是后世"意在言外"说之所本。"隐以复义为工"，却又不只是对内容的要求，也包括对文辞的要求"伏采潜发""深文隐蔚"。隐不排斥秀，正要求内秀。上述这些都是对文学作品重要特征的论述，已可见此篇的理论意义了。在赞辞中，刘勰又总结隐的特征说："深文隐蔚，余味曲包。"其论经书也曾说"余味日新"（《宗经》）。我国以味论文，至今犹行，而以"余味"论文，刘勰较早①。要之，提出"余味"说本身，就是对我国古代文学和美学理论的一大贡献。无论隐，还是秀，刘勰都主张"自然会妙"，反对"晦塞为深""雕削取巧"。这合于他反对当时形式主义的写作目的，也是他一贯主张自然的体现。

《隐秀》之后是《指瑕》，论述创作中应避免的"依稀其旨"、用辞不当、比拟不伦等毛病，都是针对当时文坛之弊而发，多数理论意义不大。值得注意的是对剽窃的批判：

> 又制同他文，理宜删革。若掠人美辞，以为己力，宝玉大弓，终非其有。全写则揭箧，傍采则探囊。

---

① 萧洪林《试论刘勰的"余味"说》对此进行了初步探讨，见《文心雕龙学刊》第4辑。

刘勰以小偷大盗为喻,对抄袭行为极尽嘲讽之能事。这正针对当时文坛转相祖尚,文士所作如出一手而发,旨趣与通变论同,是强调自出机杼,创造出自己独有的新东西来。创新发展为全书指导思想,此又一证。

《养气》为全书第四十二篇。《神思》云:"是以陶钧文思,贵在虚静,疏瀹五脏,澡雪精神";"秉心养术,无务苦虑,含章司契,不必劳情也。"此即《养气》所本。黄侃《文心雕龙札记》谓"此篇之作,所以补《神思》篇之未备,而求文思常利之术也"。这种看法是对的。《神思》探讨以艺术想象为中心的创作构思,《养气》讨论培养进入创作过程的良好精神状态,与创作灵感有关。陆机《文赋》说:"若夫应感之会,通塞之纪,来不可遏,去不可止";"故时抚空怀而自惋,吾未识夫开塞之所由。"他描述了创作灵感现象,却说不出道理来。刘勰认为静心养气可以把握"开塞之所由",召唤灵感到来,这比陆机前进了一大步,也体现了其理论体系的唯物主义倾向。

(五)阅声、字

这部分包括《声律》《章句》《丽辞》《比兴》《夸饰》《事类》《练字》等七篇,主要研究较为具体的创作方法、艺术技巧问题。第三十四篇《章句》专论分章造句及其密切关系,总要求是"搜句忌于颠倒,裁章贵于顺序",使文采交织于外,义脉贯注于内,"原始要终,体必鳞次"。第三十五篇《丽辞》,专论对偶问题,这是我国文学独具的艺术特色之一。刘勰的要求是"奇偶适变",为表达内容服务;对偶要恰当,并美如联璧。这一篇实为总结骈体文写作经验,至今日已意义不大。第三十八篇《事类》,专论使用典故和引用成辞,这也是我国古代文学的特色之一。刘勰要求精约准确,"用人若己",基本观点是对的。但当时大量堆砌典故成风,以至于"文章殆同书钞"①,刘勰此论,无益于其反对形式主义的目的。下面对其他四篇的内容和主旨略予分析。

1. 声律问题

《声律》为全书第三十三篇。关于声律,沈约认为"自骚人以来,此秘未睹"②,这是就严格地按平、上、去、入四声制韵说的。其实,南齐永明间(483—493)出现的"四声八病"说,有一个发展过程。从《诗经》《楚辞》,到汉魏之作,都有自然的音节美,说明古之作者已有所注意了;到陆机《文赋》、范晔《狱中与诸甥侄书》等,才正式讨论这个问题。永明间,沈约、王融等人在前人的基础上,加之魏晋声韵学的发展和翻译佛经的影响,发现了四声,这是我国文学史上的一件大事。但沈约等人讲究过细,要求过严,提出平头、上尾等八种病忌,反成为创作的束缚,因而很快就引起一些人的反对。刘勰在《声律》中的论述,既有与沈约等人相通之处,也有与之不同的地方。他不像沈约等人那样详究四声八病,也没有提出严格的戒律,而是本于自然之道,以自然音韵为立论的出发点和归宿。他认为"音律所始,本于人声","器写人声,声非学器",是以创作主体为根据的。

《声律》的另一个贡献,是讲到了内听、外听之不同,这是陆机以来的声律论者所未曾注意的问题。外听,指音乐方面的声律;内听,指诗歌创作上的声律。外听,"响在彼弦",而"弦以手定",

---

① 钟嵘《诗品序》。
② 《宋书·谢灵运传论》。

调弦以使合律并不困难；内听，"声萌我心"，就比较复杂，其节奏只能靠作者的审音能力来判断。认识到这种情况，要求加强审音修养，对诗文创作是有益的。此外，刘勰从声律联系到作品的"滋味"，要求写得"玲玲如振玉"，"累累如贯珠"，加强作品的艺术力量。以滋味论文，刘勰、钟嵘都较早。

2. 比兴问题

《比兴》为《文心雕龙》第三十六篇，是我国讨论比兴问题的第一篇专论。《礼记·学记》说："不学博依，不能安诗。"孔颖达疏："若欲学诗，先依倚广博譬喻……以诗譬喻故也。"[1]这说明了我国古代诗歌艺术普遍存在的一个特点。汉人对比兴方法做了初步总结，但汉人基本上理解为简单的比喻或起兴，还是一种表现技巧。唐宋以后，就发生了较显著的变化：它不再是单纯的表现技巧，而是对思想内容有一定要求的艺术方法。这一发展变化有一个较长的过程，而刘勰的《比兴》篇就是重要里程碑之一。他对比、兴的解释是：

> 比者，附也；兴者，起也。附理者切类以指事，起情者依微以拟议。起情，故兴体以立；附理，故比例以生。比则蓄愤以斥言，兴则环譬以托讽。

"附理""起情"基本上还是继承汉人之说，但进而强调"比则蓄愤以斥言，兴则环譬以托讽"，就和内容有密切联系了。刘勰对汉以后"日用乎比，月忘乎兴"不满，是因为"《诗》刺道丧，故兴义销亡"。可见兴与讽刺统治者的思想内容联系更紧密。唐代陈子昂

---

[1] 《十三经注疏》，世界书局影印阮刻本第1522页。

批评"齐梁间诗,采丽竞繁,而兴寄都绝"①,正与刘勰之论一脉相承。所以刘勰的见解,实为后世"兴寄说""讽谕说"的先声。

由于汉以来创作中"比体云构",刘勰论比更具体,对运用比所取得的"惊听回视"的艺术效果给予肯定,正是他一贯尊重创作实际的表现;其所提出的"比类虽繁,以切至为贵"的主张,至今看来仍是正确的。对比兴方法的运用,刘勰所论有三点值得注意:一是"触物圆览",强调周密的观察;二是"物虽胡越,合则肝胆",强调细心体察事物的特点及其内在联系;三是"拟容取心,断辞必敢",强调抓住精神实质,以小喻大。总起来说,《比兴》在我国文学比兴传统的发展史上,有不可忽视的贡献。

3. 夸饰问题

《比兴》之后是《夸饰》,专论艺术夸张问题。刘勰先从经书中找根据,然后下断语:"自天地以降,豫入声貌,文辞所被,夸饰恒存。"认为文学创作使用夸张,是天经地义的。此篇内容有三点值得注意。一是夸张的根据是表达内容的需要。"虽《诗》《书》雅言,风格训世,事必宜广,文亦过焉";"辞虽已甚,其义无害也……并意深褒赞,故义成矫饰。"这里的"风格"和《议对》中"亦各有美,风格存焉",与今之风格异意,指风教、法则而言。夸张是为教化服务的,是因为"意深褒赞",常言不足以表现才用夸饰的;也只有以内容为依归,才"其意无害"。

二是夸张不仅不影响真实,而且可以使作品更真实。"神道难摹,精言不能追其极;形器易写,壮辞可得喻其真。"二句互文足义:微妙的道理难言,有形的器物易写,但都不是精确的语言可以

---

① 《修竹篇序》,《陈子昂集》,中华书局排印本第15页。

六、创作论　　　　　　　　　　　　　279

"追其极"的,而用夸张(壮辞)就可以"喻其真"了。所以下文说:"辞入炜烨,春藻不能程其艳;言在萎绝,寒谷未足成其凋;谈欢则字与笑并,论戚则声共泣偕。信可以发蕴而飞滞,披瞽而骇聋矣。"这就是"喻其真",但它不是客观事物之真,而是艺术真实,这从赞辞所谓"夸饰在用,文岂循检"可以看得更清楚。这种论述,是与其以艺术想象为中心的神思论相通的,比起王充、左思等人强调客观事物之真,是一个飞跃。专论艺术真实,刘勰也较早,因而是一大贡献。

三是夸饰必须掌握的原则:

> 然饰穷其要,则心声锋起;夸过其理,则名实两乖。若能酌《诗》《书》之旷旨,剪扬、马之甚泰,使夸而有节,饰而不诬,亦可谓之懿也。

"要"指事物之特征,"穷"指夸张到极点;"有节"即掌握分寸,"不诬"指合物之理。在此原则下为更好地表达内容,刘勰鼓励作家们"倒海探珠,倾昆取琰",倾山倒海,驰骋想象,用夸张去实现作品的艺术真实。这些意见不仅是正确的,而且至今仍有借鉴意义。

但刘勰反对有关海若、宓妃等神话的夸张描写,反映了他尚不理解古代神话在文学上的意义。这种局限性,恐怕与他拘守儒家不语怪力乱神的教条有关。

4. 练字问题

《练字》是全书第三十九篇。讲究炼字,是我国诗词创作的传统。刘勰所谓练字,与后世说的炼字不完全相同,但也有联系。专篇论述用字,《练字》为最早。刘勰说:

> 夫人之立言,因字而生句,积句而成章,积章而成篇。篇之彪炳,章无疵也;章之明靡,句无玷也;句之清英,字不妄也(《章句》)。

无一字妄下,才可能写出好作品,所以刘勰才立专篇讨论这个问题。他提出了四条具体主张:一是"避诡异",不用怪异的字;二是"省联边",不大量堆砌偏旁相同的字;三是"权重出",慎重考虑重复出现的字;四是"调单复",适当搭配字形繁简不同的字。前三条尚有可取,后一条则无论古今,都没有什么意义。

刘勰认为用字的目的和标准,是表情达意:"心既托声于言,言亦寄形于字",字是表达思想感情的符号,因此他主张"依义弃奇",用字"不可不察"读者是否能懂:"一字诡异,则群句震惊;三人弗识,则将成字妖。"而难与易又是相对的,"后世所同晓者,虽难斯易;时所共废,虽易斯难"。刘勰这些为内容服务、从效果出发的论述,都是正确的,为后世进一步研究炼字问题奠定了基础。

(六)创作论的总结

全书第四十四篇《总术》,是创作论部分的总结,这一点刘勰自己已经作了说明:

> 况文体多术,共相弥纶,一物携贰,莫不解体。所以列在一篇,备总情变,譬三十之辐,共成一毂。

《神思》至《养气》,一题一论,以创作主体的艺术构思开始,以创作主体培养良好的精神状态以利创作结束,组成一个严密整体。因此各个方面的原理、方法和技巧是互相联系的,不是孤立的,《总术》汇总起来讨论,实质上就是总结其全部创作论。

六、创作论

本篇开始先谈文笔之分,正远应文体论,说明研术必以掌握文体为基础。刘勰批评陆机《文赋》"泛论纤悉,而实体未该",正指其对文体的研究远欠完备,难称"知言之选",可见刘勰对文体论的重视。下文所谓"自非圆鉴区域,大判条例,岂能控引情源,制胜文苑",更明确强调掌握各文体的重要意义。最近有人提出本篇是汇总文体论和创作论两大部分的论述,也有一定道理①。

《总术》讨论了四个方面的问题。其一,强调掌握创作原理、方法和技巧的重要。刘勰以下棋为喻:"执术驭篇,似善弈之穷数。"若弃术任心,不懂规矩,就像赌博碰运气,虽可偶获成功,但终归难以创作出优秀作品。因为"虽前驱有功,而后援难继;少既无以相接,多亦不知所删。乃多少之并惑,何妍蚩之能制乎!"所以刘勰的结论是:"才之能通,必资晓术。"

其二,强调综合考虑各种原理、方法、技巧的必要。刘勰认为"思无定契",作者思路无一定之轨;而"理有恒存""术有恒数",创作有一定原则和方法。以无定而用有定,就必须"圆鉴区域,大判条例",全面了解各种文体,通盘考虑各种文术。这样才能使无定之思与有定之术密合,既不违术背理,又可挥洒自如。在这个基础上,刘勰还强调抓住主要问题:"务先大体,鉴必穷源。"

其三,驭术为文的方法是"乘一总万","举要治繁"。一、要,指根本而言,只有乘一、举要,才可能总万、治繁。这就是所谓"总术"了。原因就在于"一物携贰,莫不解体",而乘一、总万,各方面就易于融为一个整体了。

最后,刘勰认为能总术,就可以写出优秀作品:"义味腾跃而生,辞气丛杂而至。视之则锦绘,听之则丝簧,味之则甘腴,佩之

---

① 见《文史哲》1987年第2期戚良德《〈文心雕龙·总术〉新探》。

则芬芳。断章之功,于斯盛矣。"这样的作品也就是风、骨、采完美统一的理想作品,总术的目的就在于此。所以,刘勰单列一篇《总术》,不仅是总结其创作论的需要,而且是完成其以心物交融为根基和核心,以"衔华佩实"为主体的理论体系的需要。

七、批评鉴赏论

按照刘勰自己的安排,《时序》《物色》《才略》《知音》《程器》等五篇为批评鉴赏论。如上文所说,其中《时序》《物色》两篇兼具创作论和批评鉴赏论两种性质。作为一部具有严密理论体系的古代文论集大成之作,《文心雕龙》有其批评鉴赏论是公认的。早在它成为一门学科之初,有的研究者已经接触到刘勰论批评鉴赏的问题了,但进行专题研究,却是近年来的事。这里拟按《序志》提示的范围,力求循其原貌对这方面的内容作一评介。

(一)崇替于时序

前面已经说明,"崇替于《时序》"一句,刘勰明举《时序》,暗包《物色》。"崇替"指文学发展的盛衰,这两篇就是从社会现实和自然物色两大方面探讨文学发展规律的。

《时序》为全书第四十五篇,探究"时"即各个时代的社会现实与文学发展的关系。刘勰开宗明义,指出"时运交移,质文代变,古今情理,如可言乎"。时代不断演进,文学也跟着一代一代地变化发展;古往今来的文学发展"情理",看来是可以阐述的。这就是一篇之纲,通篇就是按照时代的先后,考察文学与社会现实的密切联系,从中探究文学发展的"情理"。

刘勰先考察了商周以前文学创作的情况，着眼点是时代对文学的影响，所以作出结论："故知歌谣文理，与世推移，风动于上，而波震于下者。"前两句是概括论述，与"时运交移，质文代变"同旨；后两句说明政治特别是统治者对文学发展的巨大影响。接下来刘勰讨论春秋战国时代的文学创作情况，得出了"观其艳说，则笼罩雅、颂，故知炜烨之奇意，出乎纵横之诡俗也"的结论。"诡"即不平常，与思想僵化、众口一辞相对而言；"诡俗"应指当时诸子争鸣、百家腾跃的思想风气，所以刘勰有"笼罩雅、颂"的高度评价。"笼罩"有超过之意，这与《辨骚》力倡法经求变、创新发展正一脉相通。

汉代的文学创作，刘勰虽然对汉武帝前后有"遗风余采，莫与比盛""集雕篆之轶材，发绮縠之高喻"等评价，但总的看，评价远不如春秋战国："爰自汉室，迄至成、哀，虽世渐百龄，辞人九变，而大抵所归，祖述楚辞。灵均余影，于是乎在。"汉代文学成就不高，原因就在于因袭多而创新少。对东汉文学创作，刘勰认为更不如西汉，这就因为"中兴之后，群才稍改前辙，华实所附，斟酌经辞。盖历政讲聚，故渐靡风者也……其余风遗文，盖蔑如也"。由于过分拘守儒家经辞，所以东汉的文风和作品，没有什么价值。

与对东汉的评价相反，刘勰高度评价了建安文学："观其时文，雅好慷慨，良由世积乱离，风衰俗怨，并志深而笔长，故梗概而多气也。"现实的动乱，却造成了文学的繁荣，原因主要还不在统治者的"雅爱诗章"，而是由于"世积乱离"的现实，决定了作者的情志，加以当时思想钳制相对放松，作家可以慷慨地写出"风衰俗怨"的现实真相。刘勰对西晋的总评价是"晋世不文""人未尽才"，虽谈到一些作家作品，但评价均不算高。对东晋文学，就以批评为主了："自中朝贵玄，江左称盛，因谈余气，流成文体。是以世极迍邅,而辞意夷泰,诗必柱下之旨归,赋乃漆园之义疏。"这是学术风气对文学的影响。刘勰批评东晋文学,是因为内容与现实生活背道而驰,可见他认为文学是应当真实地反映现实的。这是一个可贵的思想。

到晋代,刘勰的评论实际上已经结束了,下文对宋代"略举大较",对齐代的所谓"鸿风懿采",因为时代太近,刘勰空加颂辞,实为回避。全篇的结论是:"故知文变染乎世情,兴废系乎时序。原始以要终,虽百世可知也。"这个意思,也就是赞辞所说:"蔚映十代,辞采九变。枢中所动,环流无倦。质文沿时,崇替在选。终古虽远,旷焉如面。"时代是中枢,文学围绕现实而变。"选",训齐,谓文学的盛衰发展与时代相齐,也就是相对应①。这就是刘勰文学史观的核心论点。

综上所述,文学创作与社会现实的关系是很复杂的,刘勰论及了统治者对文学的态度、社会的思想政治气候、前代文学创作的影响、学术风气以及社会治乱、风俗习惯等,都对文学产生巨大的作用。在一千五百年前,这应该算比较全面的论述了;而且刘勰的论述是具体时代具体分析,虽然有诸多因素,但具体到某一时代是某种因素起主要作用,另一时代则又是另一种因素影响较显。时代在不断演进,文学"环流无倦",随着时代不断发展,不会停止不前。所以,《时序》突出地体现了刘勰的文学发展观,与《辨骚》的法经求变观和《通变》的创新思想,完全一致并成为全书的指导思想。

至于文学与自然物色的关系,刘勰在《物色》篇作了集中论

---

① 《诗经·齐风·猗嗟》:"舞则选矣,射则贯矣。"毛传:"选,齐;贯,中也。"孔疏:"选之为齐……当谓其善舞齐于乐节也。"

述。这一篇的有些内容,我们前面已作过分析,这里就几个要点再谈点看法。一是"岁有其物,物有其容,情以物迁,辞以情发"。这一著名论点指明了情志与物色,也就是文学创作和现实事物的基本关系:物决定情,情决定辞,文学是客观事物的反映。

二是关于"诗人感物,联类不穷"的论述,这就是心、物关系了:"写气图貌,既随物以宛转;属采附声,亦与心而徘徊。"虽然文学要反映现实事物,但刘勰并不认为文学是对现实事物的机械反映,而认为是心物交融的结果:以心为主导,以现实事物为基础和材料,经过宛转、徘徊的交流过程,二者化合为一,再用恰当的文辞表达出来,这才是文学作品。

三是在心物交融的基础上,文学应当如何反映客观事物。刘勰从《诗经》中总结了"以少总多,情貌无遗"的表现方法;从《楚辞》中总结了"物貌难尽""触类而长"的创作途径;又从新兴的山水文学中总结了"吟咏所发,志惟深远;体物为妙,功在密附"的经验。根据历代经验,刘勰提出了反映客观现实的结论:"善于适要,则虽旧弥新"。这就是说,反映现实的法则在于抓住事物的要点。因此,刘勰力倡《诗经》《楚辞》"并据要害"的优良传统,要求"物色虽繁,而析辞尚简","参伍以相变,因革以为功"。后两句本于通变论,强调的是变和革,即强调创新。刘勰认为只有这样,才能写出"物色尽而情有余"的优秀作品。

《时序》《物色》两篇既是一个问题的两个方面,它们各自得出的结论就应当合起来看,而它们实际上也是相通的。首先,《时序》提出的"枢中所动,环流无倦"的论点,与《物色》提出的"情以物迁,辞以情发"的论点,基本精神都是现实存在决定文学创作,即文学是社会现实和客观事物的反映。第二,刘勰不满于"世极迍邅,而辞意夷泰"的作品,是要求反映社会真实情况;《物色》提到文学作品要能"瞻言而见貌,即字而知时",也是强调真实之旨。所以两篇都主张文学要真实地反映现实。第三,以创新发展为主导的通变观是贯穿两篇的一条红线。《时序》说《楚辞》为代表的春秋战国文学笼罩雅、颂,超过了《诗经》,给予高度评价;而对祖述《楚辞》和渐靡儒风的作品表示不满,甚至说"蔑如也",不值得一读,其崇尚发展是很明显的。《物色》明确提出了"参伍以相变,因革以为功"的创新要求。这种创新发展观,正是文学反映社会、自然物色等现实的本质决定的。第四,无论反映社会现实,还是自然物色,都离不开创作主体。《物色》专门讨论了以心为主导的心物关系,其精神也适用于《时序》。刘勰所推崇的建安文学,正是"世积乱离,风衰俗怨"的现实,通过影响当时的作家,使他们"雅好慷慨""志深笔长",才在作品中以"梗概而多气"的风貌表现出来。所以,文学是现实的反映,却又不等同于现实,因为现实是通过创作主体之情在作品中折射出来的。

  总结上文:现实存在决定文学面貌,文学是创作主体之情和客观现实融而为一的产物,文学必须随着客观现实的变化而不断发展,真实地反映现实是文学的使命。这四点就是刘勰所论文学和现实关系的主要内容;把这四者概括起来,就是《通变》所抉发的序志述时的文则。创作论和批评鉴赏论虽有区别,也有一定联系,文学创作能否正确反映社会现实,也正是文学批评的重要原则。实际上,这两篇正据此评论了历代文学创作。《时序》篇已很明显;《物色》篇对《诗》《骚》的肯定,对"长卿之徒"的"丽淫而繁句"的批评等,都是从反映现实如何着眼的。

（二）褒贬于才略

《才略》是《文心雕龙》第四十七篇，评述了先秦、两汉到魏晋的历代作家近百人。黄叔琳评之说："上下百家，体大而思精，真文囿之巨观。"本篇确可谓我国古代批评史上作家论之洋洋大观。凡所论及，虽详略稍有不同，但总的说来都很简要，大都概括了所论作家的主要成就、基本特点和重要得失。刘勰所评论的这些作家，在其他篇章大都结合作品进行过分别论述，本篇则是概括的评论。其评先秦作家，如"皋陶六德，夔序八音"等，不仅是不可靠的传说，而且也谈不上文学作品；至于《五子之歌》，原是后人伪托，刘勰却奉为"万代之仪表"。其评魏晋作家，略而不论曹操、陶渊明，也毫无道理。此外，如班婕妤、徐淑、蔡琰、左芬等女作家一个不提，与刘勰的儒家正统观念有直接关系。这些都是刘勰的局限。但在一千五百字左右的篇幅里评论千余年间的近百名作家，而且大都较为精要，则其功力非凡可见。

《序志》说"褒贬于《才略》"，则一篇作意在通过对作家才能的评论寓褒贬之情。那么刘勰所谓才是什么才呢？这是本篇最值得注意的问题之一。篇中讲到一些不以文学创作为主的作者，如"桓谭著论，富号猗顿……而《集灵》诸赋，偏浅无才，故知长于讽论，不及丽文也"。又如"王逸博识有功，而绚采无力"。桓谭和王逸在其他方面是很有才能的，但在文学创作上却"偏浅无才"。这说明《才略》所谓才，主要指文学创作才能。何谓文学创作之才？"仲舒专儒，子长纯史，而丽缛成文，亦诗人之告哀焉。"《诗经·四月》："君子作歌，惟以告哀。"刘勰借用此言，表明他认为文学创作之才首先是抒情写志的才能。篇中讲到的另一作者可进一步说明这一点:"敬通雅好辞说,而坎壈盛世,《显志》自序,亦蚌病成珠矣。"刘勰用"蚌病成珠"比喻冯衍(字敬通)的文学成就,正因为他不仅有坎壈于盛世的不幸,而且能在其《显志赋》中表达出来。这就有力地说明,文学创作才能首先是抒情写志,特别是摅发切身感受的才能。

刘勰所论文学才能还包括描写事物的能力。其论荀况,特别指出"象物名赋,文质相称";论王褒则说"以密巧为致,附声测貌,泠然可观";论王逸之子延寿则谓"瑰颖独标,其善图物写貌,岂枚乘之遗术欤!"可见描绘事物的能力是文学才能的重要方面。此外,文学才能还包括能"丽缛成文",除上面已涉及的"质文相称"等论外,又如说"屈、宋以《楚辞》发采";"子云属意""搜选诡丽"等等,都是要求作家有错综文采的能力。至于说"孙绰规旋以矩步,故伦序而寡状",显然指缺乏创造生动形象的能力;"景纯艳逸,足冠中兴,《郊赋》既穆穆以大观,《仙诗》亦飘飘而凌云",则是强调作家要有感动人的创作才力。由上述可知,《才略》以抒情写志为中心,较全面地论及了不同于其他才能的文学创作之才,这也就是刘勰要加以褒贬的主要内容。

《才略》值得注意的第二点,是评论完历代作家之后的一段话:

> 观乎后汉才林,可参西京;晋世文苑,足俪邺都。然而魏时话言,必以元封为称首;宋来美谈,亦以建安为口实。何也?岂非崇文之盛世,招才之嘉会哉!嗟夫,此古人所以贵乎时也!

有关"贵乎时"的论述,篇中还有一处:"刘琨雅壮而多风,卢谌情发而理昭,亦遇之于时势也。"刘勰认为作家成就大小和他所处的时代有关。刘琨、卢谌所遇之时,乃西晋末年动乱的时势,建安时期也战乱频仍;元封(前110—前105)是汉武帝年号,用以代指武帝时期,与汉代后期相较,思想还算活跃。这样看,刘勰所谓"崇文之盛世,招才之嘉会",除了君主的重视文才,也指思想空气较为活跃的时期。《才略》评论作家之才,而篇末提出"贵乎时",则是把《时序》篇的论题简要点明。这就把作家成就高低的主观因素"才",与客观因素"时"联系起来了。

(三)怊怅于知音

如果说《时序》《物色》探讨了批评鉴赏的客观依据,《才略》论述了主观依据,那么第四十八篇《知音》就是对批评鉴赏本身的研究了。"知音"原指懂得音乐,刘勰借以喻批评鉴赏,意指批评鉴赏者要善于品味作品,同时也表示"深识鉴奥"是不容易的。所以本篇第一句就是:"知音其难哉!"

为什么"知音其难"?刘勰讲了两方面:"音实难知""知实难逢"。后者指真正知音的批评鉴赏家难得,刘勰举秦汉以来的实例说明,或"贵古贱今",或"崇己抑人",或"信伪迷真"。这类事实大量存在,所以刘勰慨叹:"逢其知音,千载其一乎!"

"音实难知"是说正确的批评鉴赏并非易事。刘勰从主、客观两方面分析了音之所以难知。客观原因是"文情难鉴":

> 夫麟凤与麏雉悬绝,珠玉与砾石超殊,白日垂其照,青眸写其形。然鲁臣以麟为麏,楚人以雉为凤,魏氏以夜光为怪石,宋客以燕砾为宝珠。形器易征,谬乃若是,文情难鉴,谁曰易分。

麒麟和獐子、凤凰和山鸡、珠玉和砾石等有形之物的差别悬殊,还往往有人认错,抽象的"文情"当然更不易分辨了。这是客观原因。至于主观原因,刘勰认为是"知多偏好,人莫圆该":

> 夫篇章杂沓,质文交加;知多偏好,人莫圆该。慷慨者逆声而击节,酝藉者见密而高蹈,浮慧者观绮而跃心,爱奇者闻诡而惊听。会己则嗟讽,异我则沮弃,各执一偶之解,欲拟万端之变,所谓东向而望,不见西墙也。

文学作品各式各样,内容和形式表现复杂;批评鉴赏者各有偏爱,鲜具全面鉴别能力,合乎自己口味的就赞成,否则就鄙弃。这就难以作出正确的评价了。

然而文情难鉴却并非不可鉴。"夫缀文者情动而辞发,观文者披文以入情;沿波讨源,虽幽必显。"批评鉴赏与创作相反,是"沿波讨源",从文辞入手探其内容,其幽隐之旨是可以看清的。刘勰进一步说:"夫志在山水,琴表其情,况形之笔端,理将焉匿。"所以从理论上说,"文情"是难鉴而又可鉴的。

文情可鉴,但必须有术。刘勰提出了著名的"六观":

> 是以将阅文情,先标六观:一观位体,二观置辞,三观通变,四观奇正,五观事义,六观宫商。斯术既形,则优劣见矣。

这"六观",向来的论者多认为是刘勰的批评鉴赏标准。近年来不断有人提出"六观"是"文学欣赏或文学批评的方法"的新见解。此说已为越来越多的研究者所接受,这里再略为申说。首先,刘勰明明说"将阅文情,先标六观",为了考察作品内容,要从这六个方面入手,所以又称"斯术",可见这是批评鉴赏的途径或方法。"术",无论如何解释,都不能成为标准。第二,"六观"的内容,基本上都是形式方面的问题,至于"文情",要在"斯术既形"之后才能探得,若当作标准,显然与刘勰一贯文质并重的理论主张不符。第三,作品的形式方面当然也可以成为批评鉴赏的标准,但所谓标准应是一种尺度,有某种程度的规定性。"六观"只提出了没有任何规定和要求的"位体""置辞"等六个方面,当然谈不上是什么标准了。从全书中刘勰大量的批评鉴赏实践来看,他从未把"六观"当作标准使用,这也证明它只是方法或途径。

刘勰提出"六观",是为了进窥内容,因此它又是和内容紧密相联的。批评鉴赏固以内容为主要方面,但必须先接触形式,然后才可能窥见内容。所以"六观"虽是方法,并不降低其价值,因为它符合批评鉴赏的规律和特点。但要正确进行批评鉴赏,还必须从根本上解决"知多偏好,人莫圆该"的问题,所以刘勰提出了加强批评鉴赏主体修养的主张:

> 凡操千曲而后晓声,观千剑而后识器。故圆照之象,务先博观。阅乔岳以形培塿,酌沧波以喻畎浍;无私于轻重,不偏于憎爱;然后能平理若衡,照辞如镜矣。

要求见多识广,有很强的鉴别能力,这是从根本上解决问题。这样也就除去了个人偏见,不以爱憎为标准,"平理若衡,照辞如镜",较为公正和准确了。这就是刘勰强调的"圆照之象"。能如此,鉴赏者就可"深识鉴奥",从而得到美的享受:"欢然内怿。"

总结上述,《知音》主要谈批评鉴赏者的修养和批评鉴赏方法,没有明确提出标准。这看似缺憾,但如果考虑到它只是《文心雕龙》中的一篇,也就不会从中硬找标准,或责刘勰谈批评鉴赏而不确立标准了。

（四）耿介于程器

"耿介"是光明正大的意思。全书第四十九篇《程器》，专论作家的道德品质和政治修养。第一部分以木工制器为喻，说明作家"贵器用而兼文采"的道理，反对"务华弃实"；同时对文人无行的说法深表不满："魏文以为'古今文人类不护细行'；韦诞所评，又历诋群才。后人雷同，混之一贯，吁可悲矣！"第二部分历举司马相如等十六个作家品德上的缺点，认为"诸有此类，并文士之瑕累"，对他们进行批评。同时又指出："文既有之，武亦宜然。古之将相，疵咎实多。"这是翻案文章，批驳了文人无行的传统观点。本来"人禀五材，修短殊用，自非上哲，难以求备。"但"将相以位隆特达，文士以职卑多诮，此江河所以腾涌，涓流所以寸折者也。"鲁迅先生评这几句话说："东方恶习，尽此数语。"①可见这几句话的分量和深刻性了。

第三段，刘勰进入了对文人应具备的品德修养的论述。"盖士之登庸，以成务为用"，"安有丈夫学文而不达于政事哉！""岂以好文而不练武哉？"文士应当通晓政事，习练武艺，不能如"扬、马之徒，有文无质"。最后，刘勰作出结论："是以君子藏器，待时而动，发挥事业；固宜蓄素以弸中，散采以彪外，楩楠其质，豫章其干。摛文必在纬军国，负重必在任栋梁，穷则独善以垂文，达则奉时以骋绩。"这就是刘勰心目中理想的作家，实际上也是他的抱负：不做空头文人，而要有文有质，进可堪军国重任，退可保独善垂文。纪昀评曰："观此一篇，彦和发愤而著书者……入梁乃仕，

---

① 《摩罗诗力说》。

故郁郁乃尔耶？"此说有道理。刘勰写此书时，正"待时而动"，跃跃欲试之情可见，批驳无行之说也就不难理解了。这种为文先学为人的要求，既合于我国传统文艺观，又对扭转当时颓风大有补益。

《程器》是刘勰作家论的重要组成部分。刘勰论作家是分散的，宜综合起来看，这里以陆机为例。《程器》说他"倾仄于贾、郭"，与史载其"好游权门，与贾谧亲善，以进取获讥"①基本一致。从《才略》中可知他"才欲窥深，辞务索广，故思能入巧，而不制繁"的创作才力。至于陆机的作品，刘勰评其诗说："采缛于正始，力柔于建安"（《明诗》）；评其乐府："有佳篇"（《乐府》）；评其赋："底绩于流制"（《诠赋》），指《文赋》有不同于一般辞赋的成就；论其颂："陆机积篇，惟《功臣》最显，其褒贬杂居，固末代之讹体也"（《颂赞》）；论其吊辞："陆机之《吊魏武》，序巧而文繁"（《哀吊》）；论其连珠："唯士衡运思，理新文敏，而裁章置句，广于旧篇，岂慕朱仲四寸之珰乎！"又如评其移文："陆机之《移百官》，言约而事显，武移之要者也"（《檄移》）；评其论文："陆机《辨亡》，效《过秦》而不及，然亦其美矣"（《论说》）；评其笺表："情周而巧，笺之为善者也"（《书记》）。此外，《体性》论其作品的风格说："士衡矜重，故情繁而辞隐"；《熔裁》说："士衡才优，而缀辞尤繁"，等等。这些评论，总的看是和刘勰对陆机创作才能和人品的总评论相一致的。由此例可见，综合起来看刘勰对作家的评论是相当全面的。这种分散评论的主要缺点，是一个作家的主要成就何在，难以一目了然。

---

① 《晋书·陆机传》。

（五）简短的结论

《时序》《物色》两篇为批评鉴赏树立了两面现实的镜子，探讨了批评鉴赏的客观依据：作品在反映社会现实和自然物色上达到了何种程度。《才略》《程器》两篇为批评鉴赏奠定了两个方面的主观基础，探讨了批评鉴赏的主观依据：创作主体的才性和品德修养如何。这主客观两方面，就是作品优劣的决定性因素，任何作品都是这两方面统一所产生的。而这两方面和由此产生的作品，对批评鉴赏来说是对象，属于客体，只有客体是不成其为批评鉴赏的。所以《知音》就成了刘勰批评鉴赏论的核心部分，因为它研究的主要是批评鉴赏主体的修养和进行批评鉴赏的方法和途径。刘勰的批评鉴赏论就这样组织成一个整体了。至于《程器》置于《知音》之后，一方面表明刘勰对作家品德修养的高度重视；另一方面，作为批评鉴赏的对象，作品与作家的才性有直接联系，而与其品德修养的联系较间接、隐蔽。所以《程器》作为刘勰作家论的重要组成部分，与批评鉴赏有一定联系，却又具有一定的独立性。这就是批评鉴赏论五篇之间的关系。

明确了刘勰批评鉴赏论的整体安排，近年来研究中有争议的一些问题，如批评和欣赏的关系、批评鉴赏的标准等，就较易解决了。认为"六观"是刘勰批评鉴赏标准的观点，已经为许多研究者所抛弃，近年来一些论者开始重新探讨批评鉴赏标准。有人认为《原道》《征圣》《宗经》是批评鉴赏的政治标准，《宗经》提出的"六义"是艺术标准。有人认为"六义"和"六观"结合，才是较为圆满的批评鉴赏标准。还有的论者认为"六义"的第一、三、四项是思想政治标准，其他三项为艺术标准。这些看法都各有理由。但考虑到刘勰批评鉴赏论五篇的实际内容,似有进一步研究的必要。

如前所述,《时序》《物色》两篇兼具创作论和批评鉴赏论两种性质,这说明创作论和批评鉴赏论虽各有一定独立性,却又是密切相关的。"夫缀文者情动而辞发,观文者披文以入情。"就过程说,批评鉴赏与创作相反;就原理说,二者却完全一致,不出"剖情析采"两大方面。正因为这样,创作必须考虑到批评鉴赏的需要。"繁采寡情,味之必厌"(《情采》);"碌碌丽辞,则昏睡耳目"(《丽辞》),就是从批评鉴赏角度对创作提出的要求。《总术》所谓"视之则锦绘,听之则丝簧,味之则甘腴,佩之则芬芳",则更集中地体现了刘勰从批评鉴赏的需要出发所提出的创作理想。这说明在刘勰看来,创作和批评鉴赏密切相关,互相促进;从文学原理上讲,二者是一致的。因此,刘勰讨论批评鉴赏才不明列标准。

如果我们要探求刘勰的批评鉴赏标准,则其理论体系中所有基本观点,均为批评鉴赏标准,作为"衔华佩实"具体化的"六义",当然也是这些标准的组成部分。由"六观"而入"文情",就是从这六个方面入手,进窥作品在情言、物言、言文等方面的关系处理如何,以及由这三方面构成的内容和形式统一的程度和方式如何;在以心物交融和艺术想象为中心的艺术构思和谋篇布局方面,是否圆满巧妙以及其完整的程度和统一的特色如何;在因与革、通与变方面是否有创新发展,以及创新的性质和程度如何;在作品的根据和基础方面,是否充分表达了创作主体的情志和客观现实的特点,反映的程度如何以及是否融为一个整体,等等。简言之,刘勰整个理论体系中所有基本原理、原则,都是其批评鉴赏标准。全书中对大量作家作品的评论,可以充分说明这一点,只不过具体到某一作家或作品时,根据不同情况而有不同的侧重而已。实际上,古今中外任何一家文艺理论,其创作原理和批评鉴赏标准都是统一的,也不能不是统一的,《文心雕龙》当然也是这样。这样看,探讨刘勰所未明言的批评鉴赏标准是可以的,但割裂其整个理论体系,取出其中某一两点作为其全部标准,就有失偏颇了。

至于批评和鉴赏的关系,这是近年来提出的新课题。周振甫认为"《知音》是讲鉴赏的,是鉴赏论",因而所论"《文心雕龙》的体系"中,有鉴赏论而无批评论[1]。王达津的《文心雕龙的鉴赏论义证》也以《知音》为鉴赏论,并以"六观"为"鉴赏论的核心"。吴调公虽以《知音》为鉴赏论,但往往批评、鉴赏并提,如谓"刘勰的文艺批评主张,或者是文艺批评实践,都是把批评和鉴赏紧密结合"进行的[2]。以"六观"为"鉴赏论的核心",得失是不难明了的。这里有待研究的是,《文心雕龙》是否只有鉴赏论而无批评论?若有批评论,则它与鉴赏论的关系以及特点是什么?

《知音》说:"夫唯深识鉴奥,必欢然内怿,譬春台之熙众人,乐饵之止过客。盖闻兰为国香,服媚弥芳;书亦国华,玩绎方美。"能"深识鉴奥",有很高的鉴赏辨别能力,才能"欢然内怿",得到美感享受。真正的艺术鉴赏,其实是艺术的再创造,必须进入作品的艺术境界中,才能领略其美。但这仅仅是讲鉴赏吗?联系上下文看,却又不然,"深识鉴奥"已经接触到批评问题了。"故知季札观辞,不直听声而已",而是"鉴微于兴废"(《乐府》)。能从乐辞中辨别一国之兴废,确是"精之至"的,而这已经包含着对乐辞的评论了。《知音》赞辞云:"良书盈箧,妙鉴乃订。"大批优秀作品,要靠卓越的评论家来辨别判定。这显然是讲批评的重大作用,而

---

[1] 《文心雕龙注释·前言》。
[2] 《刘勰的鉴赏论》,《古代文论今探》第32页。

它是和"书亦国华,玩绎方美"一脉相承的。可见刘勰是把批评和鉴赏结合在一起讲的。在上引"唯深识鉴奥,必欢然内怿"一段话之前,刘勰说:

> 故心之照理,譬目之照形:目瞭则形无不分,心敏则理无不达……见异唯知音耳。

"见异"即发现作品特有之美和作家独特创作才性,"照理"指洞察作品中幽隐之义理。这些显然不是陶醉于作品境界中的欣赏所能包括的,主要指评论而言。因此,刘勰所谓玩绎、妙鉴,均包举批评和鉴赏二者在内。《辨骚》批评前人"褒贬任声,抑扬过实,可谓鉴而弗精,玩而未核",鉴、玩显然指评论而言,《辨骚》正是通过评论楚辞,揭示了法经求变的为文要则。

由上述可见,《文心雕龙》有批评论内容是可以肯定的。刘勰批评论的特色之一,就是与鉴赏论紧密结合在一起。鉴赏是批评的基础,没有一定的文字鉴赏能力是谈不上批评的。但鉴赏不等同于批评,鉴赏可以陶醉其间,"心游目想"①,而不一定作理性判断;批评却必须在鉴赏的基础上,从作品的境界中跳出来,冷静地把它放在作品的历史序列中明其优劣,确定其适当地位,总结其经验教训等。对于这二者,刘勰虽然经常结合起来讲而不截然分开,但他是强调在提高鉴赏力的基础上,正确进行文学批评的。他既反对"褒贬任声,抑扬过实",又反对"俗听飞驰,职竞新异"(《乐府》),去迎合不健康的趣味;既反对"东向而望,不见西墙"的偏爱和片面性,又反对"贵古贱今""崇己抑人"的不良倾向;既反对"信伪迷真",不作分析,又反对"俗情抑扬","雷同一响"

---

① 萧统《文选序》。

（《才略》）。刘勰所倡导的，是在深厚的修养这个前提下，把作家的创作才性和他所处的时势结合起来，用"六观"的方法对其作品进行全面考察，并且要"入情""觇心""照理"，放出自己的眼光，作出公正的评价。简言之，文学批评既要知其人论其世，又要看作品本身"序志述时"达到了何种水平。这种要求是很高的，又是必要的。刘勰所阐述的这些批评鉴赏原则，即使在今天，仍有借鉴意义。

* * *

至此，《文心雕龙》全书的主要内容和理论贡献，我们已初步勾勒了一个轮廓。《序志》说："虽复轻采毛发，深极骨髓，或有曲意密源，似近而远，辞所不载，亦不胜数矣。"这与《神思》的一段话同旨：

> 至于思表纤旨，文外曲致，言所不追，笔固知止。至精而后阐其妙，至变而后通其数。伊挚不能言鼎，轮扁不能语斤，其微矣乎！

这是说文学创作中有许多细微复杂、可意会而难言传的东西，《文心雕龙》"笔固知止"，"辞所不载"。由此我们知道两点：一是刘勰不认为这类东西有什么神秘，只要"至精""至变"，就可以"通其数""阐其妙"。这种看法是与其唯物主义的文学观相联系的。二是"按辔文雅之场，环络藻绘之府，亦几乎备矣"（《序志》）。除了上述"微矣乎"一类的情形，文学原理、方法、技巧等基本的东西，书中已经详备了。

正因为如此，《文心雕龙》中虽有这样那样的失误，但总的说来，成就不仅是主要的，而且是辉煌的。有人认为："其体大思精，在古代文学批评著作中是空前绝后的。"①这个评价并不为过,其后千余年间,某些方面或个别论点高于刘勰者自然很多,但在整个理论体系上,全面超过《文心雕龙》的论著,却没有。鲁迅先生说:"篇章既富,评骘遂生,东则有刘彦和之《文心》,西则有亚里士多德之《诗学》,解析神质,包举洪纤,开源发流,为世楷式。"②则《文心雕龙》是东方文论代表,与西方文论代表《诗学》同为古代文学理论史上的双璧。周扬同志说它是一个典型,"古代的典型","世界各国研究文学、美学理论最早的一个典型"。则其历史地位和理论贡献更在《诗学》之上了。《文心雕龙》之逐步走向世界,成为当今显学之一,也就是必然的了。

1988 年 1 月

---

① 游国恩、萧涤非等主编《中国文学史》1979 年版第 1 册第 314 页。
② 十六卷本《鲁迅全集》第 8 卷第 332 页。